KNAUR

Über die Autorin:
Pia Casell ist Teilzeit-Weltenbummlerin, arbeitet im Tourismus und liebt das mediterrane Flair über alles. Besonders angetan haben es ihr die noch ursprünglichen Orte abseits der ausgetrampelten Touristenpfade, wo Traditionen und Bräuche noch immer lebendig sind. Wenn immer möglich, reist sie mit ihrer Familie durch die griechische Inselwelt oder nach Süditalien und sammelt unterwegs leidenschaftlich gern Kochrezepte, lokale Keramik und besonders blumige Dialektausdrücke.

PIA CASELL

Oliven zum Frühstück

ROMAN

KNAUR

Besuchen Sie uns im Internet:
www.knaur.de

FSC
www.fsc.org
MIX
Papier aus verantwortungsvollen Quellen
FSC® C083411

Originalausgabe Juni 2019
Knaur Taschenbuch

Ein Imprint der Verlagsgruppe
Droemer Knaur GmbH & Co. KG, München

Redaktion: Ilse Wagner
Covergestaltung: Kristina Krutz, Biebesheim
Coverabbildung: Shutterstock / Colombo Nicola, Ivonne Wierink, ConstantinosZ, Andrekart Photography, Sergio Schnitzler
Illustrationen im Innenteil: MG Drachal / Shutterstock.com
Satz: Daniela Schulz, Rheda-Wiedenbrück
Druck und Bindung: CPI books GmbH, Leck
ISBN 978-3-426-52332-2

2 4 5 3

Für Mam

KAPITEL 1

Ein Bouzoukis-Orchester, gefüllte Auberginen und ein Olivenbaum

Palekastro, Kreta

Es war Mitte Mai, als Lisa Stadler aus der von Menschen überfüllten und auf Eisschranktemperatur heruntergekühlten Ankunftshalle des Flughafens von Heraklion trat und ihr die kretische Nachmittagshitze entgegenschlug.

Die Luft roch nach Diesel. Gruppen entnervter Touristen mit voll beladenen Kofferkarren drängten links und rechts neben ihr vorbei in Richtung Parkplatz, wo die Transferbusse bereits auf die Gäste warteten.

»Das Auto steht gleich da drüben«, rief der Mann mit silberkrausem Haar ihr zu – er hatte sich ihr als Direktor des Museums von Sitia namens Línos Mouskouri vorgestellt – und lotste sie, zielstrebig den Wagen mit ihrem Gepäck vor sich herschiebend, durch das Gewühl.

Lisa bemühte sich, ihn nicht aus den Augen zu verlieren, und richtete dabei die Schlaufe ihrer Computertasche, sodass sie ihr nicht ständig von der Schulter rutschte. Kein leichtes Unterfangen mit all dem anderen Gepäck. Im selben Moment glitt ihr der Griff ihres Trolleys aus der Hand und fiel mit einem lauten Knall zu Boden. Gute Güte, und erst diese Menschenmenge! Dabei hatte die Touristensaison noch gar nicht angefangen.

Als sie endlich bei dem silbernen Toyota RAV4 ankamen, klebte Lisas T-Shirt ihr am Körper, sie war völlig außer Atem, und ihre beiden Koffer sowie die Computertasche schienen Zentner zu wiegen. Auf Línos' Stirn hingegen war nicht einmal ein Schweißtropfen zu sehen. Wie machte er das bloß?

Als hätte er ihren Gedanken gehört, verschwand der Kreter im Wagen, schaltete Motor und Klimaanlage an, bevor er die drei schweren Transportkisten mit Lisas Ausrüstung in den Kofferraum wuchtete. Die übrigen Vermessungs- und Sondiergeräte würden erst übermorgen, zusammen mit den anderen Mitgliedern des Grabungsteams, ankommen.

Erst als sie sich auf den Beifahrersitz fallen ließ, atmete Lisa zum ersten Mal seit ihrer Ankunft tief durch. Sie war tatsächlich hier. Auf Kreta. Um im Auftrag der archäologischen Fakultät der Universität Trier die Ausgrabungen in Roussolakos bei Palekastro wieder aufzunehmen und zu leiten. Der Auftrag, auf den sie ein Leben lang hingearbeitet und den sie erst vor knapp einer Woche angeboten bekommen hatte.

»Es ist uns allen eine Freude, Sie hierzuhaben. Professor Birkmeier hat Sie in den allerhöchsten Tönen gelobt«, rief Línos in Oxford-Gelehrten-Englisch, während er den Wagen über den Flughafenparkplatz lenkte und ein Bouzouki-Orchester in ohrenbetäubender Lautstärke aus dem Radio ertönte. »Sie können es wahrscheinlich kaum erwarten, mit der Arbeit zu beginnen.«

»Wir können uns auch in Ihrer Landessprache unterhalten«, erwiderte Lisa auf Griechisch, bemüht, die Musik zu übertönen. Sie war stolz auf ihre Sprachkenntnisse. Den Doktortitel in Klassischer Archäologie zu haben, ohne neben Altgriechisch und Latein auch Italienisch und Griechisch in Wort und Schrift zu beherrschen, war in ihren Augen so, als würde man auf dem Trockenen schwimmen lernen wollen. »Aber es stimmt, ich möchte mit den Ausgrabungen beginnen, sobald mein Team ankommt. Wären Sie so nett, mich direkt zum Fundort zu fahren? Ich würde mir gern das Gelände ansehen. Sie haben mir ja geschrieben, mit den Unterkünften wäre alles geregelt?«

Wie schaffte es Línos, sich auf den Verkehr zu konzentrieren, wenn ihm beim Fahren ständig der am Rückspiegel hängende Glücksbringer, ein blaues Auge aus Glas, vor der Nase hin und her baumelte?

Doch er hob nur kurz das Kinn, schnalzte mit der Zunge und fuhr unbeirrt auf Englisch fort: »Alles zu seiner Zeit. Für Ihr Team stehen bequeme Caravans bereit. Für Sie haben wir ein Zimmer in einem nahe gelegenen Gutshof gemietet.« Er nickte ihr zufrieden zu. »Dorthin fahren wir jetzt. Dann können Sie sich frisch machen und das Gepäck ausladen. Ich glaube, die Lösung passt ganz wunderbar. Die Besitzerin des Gutshofs ist eine hervorragende Gastgeberin, und das Anwesen grenzt direkt an Roussolakos. Sehr praktisch, nicht?«

Als Grabungsleiterin und Verantwortliche hätte es Lisa zwar vorgezogen, zusammen mit dem restlichen Team untergebracht zu werden, aber innerlich atmete sie erleichtert auf. In einem Zimmer gab es Steckdosen. Ohne Steckdosen keine Mückenstecker, und ohne Mückenstecker …

Besser rasch das Thema wechseln. »Dann gibt es also einen Direktzugang von diesem Gutshof zum Grabungsfeld? Sehr gut, so brauche ich nicht einmal ein Auto oder einen Scooter zu mieten«, sagte sie in professionellem Tonfall. Weitere Ausgaben vom Budgetplan, die sich sparen ließen. Perfekt.

»Nun ja …« Línos runzelte die Stirn und machte eine unbestimmte Handbewegung. »Ganz so einfach ist es leider mit dem Direktzugang nicht. Es gibt es da noch ein kleines … Hindernis.«

Lisa horchte auf. »Ein Hindernis?« Davon war bisher nicht die Rede gewesen.

Der Kreter lächelte besänftigend. »Nur eine kleine Unstimmigkeit, die sich bestimmt bald klären wird, da bin ich sicher. Aber wie gesagt, alles zu seiner Zeit. Nun lehnen Sie sich zurück und genießen Sie die Fahrt.«

Und die Bouzouki-Klänge wuchsen zum Crescendo an.

Natürlich hatte Lisa bereits alles gelesen, was es über die kleine Ortschaft Palekastro zu lesen gab. Das Dorf lag ein Stück landeinwärts auf einer Ebene im äußersten Nordosten Kretas, rund drei Stunden vom Flughafen Heraklion und dreißig Minuten von Sitia, dem nächstgrößeren Ort, entfernt. Ein Landzipfel, der bisher vom Massentourismus verschont geblieben war. Die einzigen Fremden, die sich dorthin verirrten, waren Surfer, denn die Wind- und Meeresströmungen boten ihnen ideale Bedingungen.

Tatsächlich, je weiter nach Osten die Fahrt ging, umso mehr verschwanden die Fremdenbusse von der Straße, und riesige Hotelanlagen machten einer ländlichen Umgebung Platz.

»Jetzt wird es etwas kurvig«, erklärte Línos, als sie vor Sitia von der Schnellstraße abbogen.

Oleander- und Mastixsträucher zeichneten nebst Olivenbäumen und Kermeseichen grün-silberne Tupfer in die Landschaft. Ein paar Ziegen kletterten auf Kalkfelshügeln umher und genossen die saftigen Grasbüschel, die schon bald von der Sommerhitze versengt werden würden.

»Dort sieht man schon Palekastro. Gleich sind wir da.« Línos zeigte nach vorn, wo sich die ersten kleinen Häuser wie weiße Würfel aus der Umgebung abhoben. Ein einzelner trapezförmiger Felsen dominierte die Ebene, hinter der am Horizont ein Streifen Meer zu sehen war. Das musste der Kastris sein, der Tafelberg, von dem die Ortschaft ihren Namen ableitete.

Als sie in das Dorf hineinfuhren, wurde die Straße noch enger, schlängelte sich zwischen hübschen, ein- oder zweistöckigen Häusern mit herrlich blühenden Bougainvilleasträuchern und vereinzelten Palmen hindurch. Autos parkten rechts und links am Straßenrand, manche sogar auf dem schmalen Gehweg.

Geschickt lenkte Línos den Wagen um die Kurven und quetschte sich in die kleinstmöglichen Lücken, um entgegenkommenden Lastwagen auszuweichen.

Entlang der Hauptstraße entdeckte Lisa ein paar Restaurants, Bars, ein Internetcafé und sogar eine Apotheke, direkt neben einem Barbierladen, und unzählige winzige Mini-Märkte. Sie fragte sich, wie die bei der großen Konkurrenz überhaupt überleben konnten? An Einkaufsmöglichkeiten mangelte es den Einwohnern jedenfalls nicht.

Sie waren ein paar Hundert Meter außerhalb des Dorfs angelangt und bogen in ein Seitensträßchen ein, an dessen Rand ein Holzschild mit der Aufschrift »Villa Esperides« stand. Ein Pfeil zeigte auf einen mit Bougainvilleen überwachsenen Mauerbogen, der in einen Innenhof führte.

Das Auto kam im Schatten eines knorrigen Olivenbaums in der Mitte des Hofs zum Stehen.

In Lisas Ohren blieb ein Dröhnen zurück, als Línos den Motor und damit auch das Radio abstellte. Sie stieg aus. Göttliche Ruhe. Und was für eine Wohltat, endlich die Beine ausstrecken zu können.

Ein warmer Windzug spielte in den Blättern der Oleandersträucher entlang der Natursteinmauer und erfüllte die Luft mit dem Duft nach Rosmarin, Salbei und einem Hauch von Jasmin.

Das Haupthaus, ebenfalls mit einer Fassade aus ockergelbem Naturstein, lag auf der gegenüberliegenden Seite des Platzes. Wobei das Ensemble eigentlich aus mehreren Häusern bestand, die zu einem einzigen Gebäude verwachsen schienen – fünf spielerisch zusammengesetzte und durch Steintreppen verbundene Quadrate unterschiedlicher Größe. Weinranken bedeckten die Schatten spendenden Pergolen im obersten Stock, Efeu schlängelte sich um die Tür- und Fensterbogen. Große und kleinere Terrakottakrüge mit Geranien dekorierten die linken Absatzmäuerchen zwischen den Rosen- und Kräuterbeeten und der kleinen Sitzlaube in der Ecke, wo drei Katzen im Schatten faulenzten. Auf der rechten Seite des Hofs hingegen, direkt entlang der Mauer, lagen zwei längliche Steinbauten mit je einem Rundtor als Eingang und kleinen, mit Gusseisengittern gesicherten Fensteröffnungen. Das mussten Gerätelager oder Vorratskammern sein.

Lisa war sprachlos. Falls sie einmal irgendwo auf einem Landgut leben wollte, dann würde es dort so aussehen müssen. Mit Blumen, Sträuchern, Düften und zirpenden Zikaden. All diesen liebevollen Details, die eine beruhigende Gemütlichkeit ausstrahlten – eine Idylle.

»Kalós irthate! Willkommen!«, ertönte eine fröhliche Stimme hinter ihnen.

Eine Frau mit dunkelgrauen, kurzen Locken in einem moosgrünen Leinenkleid winkte ihnen von der Pergola her zu, ehe sie mit klappernden Holzsandalen die Steintreppe hinuntereilte.

»Herzlich willkommen.« Lächelnd und mit ausgebreiteten Armen kam sie näher. Sie mochte um die sechzig Jahre alt sein und war klein – sie reichte Lisa gerade bis zur Brust –, doch ihr Händedruck war kräftig, und ihre Augen strahlten, als sie Lisa zu sich herunterzog und sie auf beide Wangen küsste.

Auf Deutsch, jedoch mit unüberhörbarem Akzent, sagte sie dann: »Mein Name ist Sofía Zoidaki. Ich freue mich sehr, dich kennenzulernen. Ich darf doch Du sagen? Entschuldige, es ist eine Weile her, seit ich jermaniká gesprochen habe, ich bin etwas eingerostet. In Kassel – da haben wir gelebt. Fast dreißig Jahre lang. Aber nun zu dir. Wie war dein Flug? Bestimmt bist du völlig erschöpft von der Reise, du armes Ding.«

»Ich, äh …« Mehr brachte Lisa nicht heraus.

Sofía schnalzte kopfschüttelnd mit der Zunge, seufzte und tätschelte ihr die Hand. »Natürlich bist du erschöpft, du bist ja ganz bleich. Komm, ich mach dir einen kleinen Imbiss. Du musst kurz vor dem Hungertod sein.«

Ohne auf eine Antwort zu warten, winkte die Ältere mit dem Finger in Línos' Richtung, damit er ihnen folgte, bevor sie Lisa mit sich über den Vorplatz zur Treppe zog.

Die zur Hälfte von einer Pergola überdachte Terrasse war noch weitläufiger, als es von unten aus den Anschein gehabt hatte. So groß, dass die zwei zusätzlich aufgespannten Sonnenschirme lediglich einen kleinen Teil zu beschatten vermochten. Direkt neben der Pergola stand ein Holzofengrill, und auf der gegenüberliegenden Seite der Terrasse, unter einem Vordach, befand sich eine komplett eingerichtete Küche mit Tresen. Auf dem Herd blubberte es in mehreren Kochtöpfen. Zwei ältere Frauen und eine jüngere Frau von ungefähr achtzehn Jahren saßen an einem langen Holztisch und schälten Berge von Kartoffeln und Zwiebeln.

Die Jüngere sah auf, ihr Gesicht begann zu strahlen. »Endlich!«, rief sie in akzentfreiem Deutsch, ließ die Kartoffel sowie das Schälmesser in die Schüssel vor sich fallen und rieb die Hände an einem Tuch trocken, bevor sie Lisa entgegeneilte. Die Flipflops an ihren Füßen flappten dabei im Stakkato. »Eine echte Archäologin, und noch dazu aus Jermanía. Ich hab mich schon so auf dich gefreut. Du musst mir jede noch so kleine Neuigkeit aus Deutschland erzählen, hörst du? Alles. Du hast ja keine Ahnung, wie sehr ich Kassel vermisse.« Sie umarmte Lisa, als würden sie sich schon ewig kennen. »Ich bin übrigens Kalli.«

Völlig überrumpelt, erwiderte Lisa die Umarmung. »Lisa. Freut mich ebenfalls.«

Kalli, das war die Kurzform für Kalliópi – »die Schönstimmige«, die Tochter des Zeus und zugleich die Muse der Dichtung. Der Name passte zu dem sympathischen Mädchen. Zu diesem vorwitzigen Funkeln in den Augen und den winzigen Fältchen, die sich auf ihrer Nase kräuselten, wenn sie lachte. So wie jetzt. Ein Lachen, das ansteckend wirkte.

»Komm, ich stell dir meine Verwandten vor.« Kalli zog Lisa zu den Frauen am Tisch, von denen sie im Chor mit einem fröhlichen »Ya sou« begrüßt wurde, die jedoch unbeirrt mit Gemüseschälen fortfuhren. »Das sind meine Tanten mütterlicherseits, Dimitra und Nefeli, und meine Cousine Apollonia. Fühlst du dich nicht wohl, Lisa? Du siehst fix und fertig aus.«

Cousine Apollonia nickte ernst. »O ja, das tut sie. Sie sollte etwas essen.«

»Stimmt, und wie bleich sie ist«, rief Tante Dimitra.

Tante Nefeli nickte verständnisvoll. »Das ist wegen dem

Wetter da oben im Norden. Immer nur Kälte und Regen. Du wirst doch nicht etwa krank werden, kopeliá? Du solltest wirklich etwas essen.«

»Nein, nein.« Lisa winkte überwältigt ab. Himmel, die Frauen redeten so schnell und alle gleichzeitig, dass sie sich konzentrieren musste, um überhaupt mitzukommen. »Es geht mir gut. Wirklich. Ich bin nur etwas …« Ja, was? Überrumpelt? Überfordert? Verwirrt, weil die Frauen sie in ihrem Alter noch kopeliá nannten, was so viel wie »Mädchen« hieß.

»Müde. Natürlich ist sie müde«, vervollständigte Sofia den Satz für sie und tätschelte ihr mitleidig die Wange.

Nur einen Moment später saßen Lisa und Línos unter den Schatten spendenden Weinranken an einem Holztisch, vor ihnen eine immer größer werdende Ansammlung von Tellern und Tellerchen: Oliven, mit Minze vermischter Schafskäse, Brot, Tomatenmus mit Knoblauch, Salat aus Roter Bete, gegrillte Paprika und herrlich aromatisch duftende, in Weinblätter eingewickelte Reisröllchen.

Hatte Sofia nicht von einem kleinen Imbiss gesprochen? Das war mehr Essen, als Lisa jemals in ihrem Kühlschrank gelagert hatte. Vorausgesetzt, sie dachte daran, einkaufen zu gehen, was bei ihren Kochkünsten, die sich gerade mal auf Spiegeleier und Fertignudeln beschränkten, meist ein sinnloser Vorsatz blieb. Aber das hier … es schmeckte einfach göttlich …

»Dann werde ich jetzt Ihr Gepäck ausladen. Wenn Sie wollen, bringe ich Sie danach nach Roussolakos«, meinte Línos schließlich. »So können Sie sich schon mal einen ersten Eindruck verschaffen, bevor es dunkel wird.«

Rasch schluckte Lisa einen letzten Bissen der in Olivenöl eingelegten Auberginen hinunter, schaute auf ihre Armbanduhr und sprang auf. Herrje, richtig … Roussolakos. Inzwischen war es schon fast sieben Uhr Ortszeit, und die Sonne ging bald unter.

Zu spät bemerkte sie das gefährlich nah am Tischrand stehende Wasserglas.

Mit einem lauten Knall schlug das Glas auf dem Boden auf und zerschellte in tausend Stücke.

»Das … das tut mir fürchterlich leid«, stammelte Lisa und bückte sich, um die Scherben aufzulesen. Typisch. Warum musste so etwas immer nur ihr passieren?

Doch Sofia schob sie sanft, aber bestimmt zur Seite. »Nicht doch. Wie hießt es so treffend: Outhén kakón amiyés kaló. Es gibt nichts Schlechtes, an dem nicht auch etwas Gutes ist. Diese Trinkgläser sind schon so alt und angeschlagen, dass ich sie ohnehin ersetzen muss.« Sie lächelte. »Nun geh schon und schau dir Roussolakos in Ruhe an. Wir essen heute Abend ohnehin etwas später. Es kommen noch ein paar Verwandte vorbei, die dich unbedingt kennenlernen wollen. Und lass die Koffer ruhig unten auf dem Hof stehen. Wir kümmern uns darum«, rief Sofia ihr noch nach, als Lisa Línos die Treppe hinunter folgte.

Vor einem verrosteten Eisentor brachte Línos den Wagen kurz darauf zum Stehen. »Da wären wir. Dort drüben sehen Sie die Camper für ihr Team.« Mit einem zufriedenen Lächeln deutete er auf die im Kreis geparkten fünf großen Caravans auf einem Feld rund zwanzig Meter entfernt. »Morgen werden noch die Feldküche und die nötigen sanitären Anlagen aufgebaut. Bis Ihr Team eintrifft, ist alles bereit.«

Ausgezeichnet. Und das Ausgrabungsgelände von Roussolakos lag zudem so nah beim Gutshof, dass Lisa nach der

Inspektion problemlos zu Fuß zurücklaufen konnte. Um diese Jahreszeit war es noch nicht zu heiß dafür. Im Gegenteil, ein angenehmes Lüftchen brachte Kühlung, und nach der ganzen Schlemmerei würde ihr ein kleiner Spaziergang sogar guttun.

»Bitte sehr. Ihr neues Reich.« Mit einer einladenden Geste stieß Línos das Eisentor auf.

Voller Ehrfurcht betrat Lisa Roussolakos. Ein Kiesweg führte vom Eingang zu den für die Öffentlichkeit zugänglichen und teilweise zum Schutz gegen die Witterung überdachten Mauerresten von Villen und Gebäuden. Für Laien nicht mehr als eine wilde Ansammlung von Steinen und Felsblöcken, doch Lisas geübtes Auge erkannte die Gebäudegrundrisse der einzelnen Häuser.

In der frühen Abendsonne schienen die Ruinen wie von einem rotgoldenen Ton überzogen zu sein. Das Gras und die Sträucher raschelten im Wind, Schwärme von Zikaden zirpten um die Wette. Es roch nach dem nahen Meer und sonnengewärmter Erde.

Dieses Gefühl, hier an dem Ort zu stehen, wo bereits vor mehr als fünftausend Jahren Menschen gesiedelt hatten. Wo eine mächtige Handelsstadt erblüht war, während die Menschen andernorts in Europa noch in Lehmhütten hausten. Wo jeder Stein und jeder Kiesel eine Geschichte offenbarte, wenn man nur genau hinsah und genug Geduld aufbrachte, um sich auf die Vergangenheit einzulassen und sie unter dem Staub der Zeit zu entdecken.

Momente wie dieser machten das jahrelange Studium und all die Monate der Feldarbeit bei Regen und Wind, im Schlamm und unter brütend heißer Sonne wieder wett.

»Wie Sie sehen, befinden wir uns hier im Nordteil der Anlage. Direkt vor uns liegen die Häuser eins bis sechs, dahinter die Hauptstraße und der Sektor D«, erklärte Línos und zeigte mit ausgestrecktem Arm nach vorn.

Roussolakos bestand insgesamt aus neun verschiedenen Grabungssektoren, wie Lisa wusste, wovon ein paar nach der Untersuchung wieder zugeschüttet worden waren. Eine übliche Vorgehensweise, denn so konnten Ruinen und noch verborgene Bodenfunde besser vor Umwelteinflüssen oder gar Diebstahl geschützt werden.

Línos runzelte die Stirn. »Ein sehr ambitioniertes Ziel, das Ihr Auftraggeber da hat. Den Nachweis eines Palasts in Roussolakos. Und dafür lässt man Ihnen tatsächlich nur einen Monat lang Zeit?«

»So ist es«, erwiderte Lisa und versuchte, dabei so optimistisch wie nur möglich zu klingen.

Denn Línos hatte recht: Einen Palast in Roussolakos zu finden – das war wahrhaftig der sprichwörtliche Haken an der Geschichte. Schließlich fehlte trotz aller zutage gebrachten Artefakte und Funde bis heute der endgültige Beweis, dass es sich bei den bronzezeitlichen Ruinen um eine administrativ autonome Stadt handelte, wie es ihre Größe zweifelsohne vermuten ließ. Der Puzzlestein, der die Theorie wahr werden ließ: Ein typischer Palastbau, wie er in Knossos, Sitia, Pano Zakros und all den anderen wichtigen Städten der Minoer gefunden worden war.

Eine Tatsache, die Roussolakos in Fachkreisen jenen mystischen Touch eines griechischen Avalons verlieh. Jeder Archäologe, der etwas auf sich hielt, träumte von einem Grabungsprojekt hier, und bereits Studenten im ersten Semester flüsterten sich den Namen voller Ehrfurcht zu. Denn wer immer diesen Palast fand, würde auf dem direkten Weg ins Pantheon der Halbgötter unter den Archäologen aufsteigen.

Und ausgerechnet Lisa sollte diese Chance nun erhalten, die sich nur ein Mal im Leben bot.

Sie schluckte trocken. Professionell bleiben.

»Gemäß meinen Unterlagen haben die letzten Grabungen auf der Südostseite stattgefunden, richtig?« Ohne auf eine Antwort zu warten, ging sie über das Gelände voraus. Vorsichtig. Langsam. Auf jede Bewegung konzentriert. Den Blick stets auf den Boden gerichtet, damit ihr nicht versehentlich ein Fund entging oder sie auf etwas trat, das sich als Relikt entpuppte. Die typische Gangart von Archäologen, sobald sie ein Grabungsfeld betraten.

Es dauerte nicht lang, bis sie die mit Steinplatten gepflasterte Straße erreichte, die von Norden nach Süden quer durch Roussolakos verlief.

Lisa lächelte. Schusselig, wie sie war, verirrte sie sich oft – in Kaufhäusern, an Bahnhöfen, sogar in dem Wohnviertel, in dem sie nun schon seit zwei Jahren lebte. Na ja, was letzteren Punkt betraf, war nur die verflixte Stadtplanung daran schuld, weil die Zufahrtsstraße aufgrund von Bauarbeiten auf einmal gesperrt gewesen war. Ausgrabungsfelder hingegen, sogar wenn Lisa sie zum allerersten Mal betrat, waren für sie so deutlich zu lesen wie ein aufgeschlagenes Buch.

Zielstrebig folgte sie dem Weg in Richtung Süden.

Während der letzten Tage hatte sie sämtliche vorhandenen Dokumentationen der früheren Grabungen wieder und wieder studiert: alle bisher erfassten Karten, Berichte, mikromorphologischen Sondierungsergebnisse, geomagnetischen Prospektionen und sogar die von Drohnen übermittelten Orthofotografien des Geländes.

Zwar gab es anhand der Untersuchungen keine eindeutigen Hinweise, trotzdem war sich die Mehrheit der bisherigen

Forscher Roussolakos' in einem Punkt einig: Wenn es hier tatsächlich einen Palastbau gab, musste er im Südteil der Anlage zu finden sein.

Sie war so sehr in Gedanken versunken, dass sie zusammenzuckte, als sie Línos' Stimme neben sich hörte. »Die letzten Grabungsabschnitte befinden sich auf der Ebene im Südosten. Drei weitere Gebäudegrundrisse und zusätzliche Mauerreste liegen in unmittelbarer Nähe des Strands. Von einem Palast gibt es jedoch nicht die geringste Spur.«

Er verschränkte die Hände hinter dem Rücken und senkte fast entschuldigend den Blick. »Bei zwei Probegrabungen auf dem Gelände direkt daneben sind außer Abwasserablagerung und Schwemmmaterial aus den umliegenden Hügeln nicht einmal Scherben zutage gekommen.«

»In einer Gegend wie Roussolakos rein gar nichts zu finden, das ist eine ziemliche Leistung«, witzelte Lisa, drehte sich jedoch sogleich wieder um, als der Kreter sie eher verständnislos als belustigt ansah. Wieder einer, der ihren Humor nicht verstand, aber daran war sie schon gewohnt.

Inzwischen waren sie in ein Nebengässchen abgebogen und folgten über Treppenstufen den kniehohen Mauerresten. Lisa schritt zügiger aus.

Jenseits der Ebene hinter Roussolakos erhob sich die Hügelkette des Petsophas. Dort oben, das wusste sie, lag ein minoischer Opfertempel.

Die Minoer waren eine Hochkultur gewesen, die zwar, ihrer Epoche entsprechend, nur über beschränkte Mittel und keinerlei Technik verfügt hatten, jedoch dafür umso mehr mit ihrer Umwelt vertraut gewesen waren, überlegte sie.

Links von Roussolakos lag die Küste, rechts davon die Ebene mit dem Petsophas, an dessen Hängen deutliche Spuren der von den winterlichen Regenfällen verursachten Schlammschwemmen zu sehen waren.

Wer hier lebte, kannte die Gefahr, die sowohl von Springfluten wie auch von Schlammlawinen ausging. Mit diesem Wissen und einem natürlichen, noch nicht von modernen Annehmlichkeiten verfälschten Instinkt ... Wo würde ein bronzezeitlicher Minoer also einen Palast bauen?

Die letzten Mauerreste lagen bereits ein gutes Stück weit hinter ihnen. Das Gässchen war in einen von Büschen flankierten Trampelpfad übergegangen, der schon bald an einem Maschendrahtzaun endete. Ein großes Holzschild mit der Aufschrift »Betreten verboten« stand auf Augenhöhe direkt jenseits des Zauns. Dahinter eröffnete sich eine weite Fläche mit Hunderten von Olivenbäumen mit dicken, knotigen Stämmen und silbernem Laub, das im Wind tanzte.

Ein Grinsen zuckte über Lisas Lippen. »Genau da würde ich einen Palast bauen«, sagte sie und drückte die Hände gegen das Drahtgeflecht des Zauns. »Landeinwärts versetzt und in möglichst sicherem Abstand vor Überschwemmung oder Überflutung.«

Línos trat neben sie und seufzte tief.

Warum zeigte sein Gesicht auf einmal diesen zerknirschten Ausdruck?

»Die Idee ist nicht neu, ihre Vorgänger waren derselben Ansicht. Ich hatte Ihnen jedoch von dem Hindernis erzählt«, erklärte er und deutete in Richtung des Olivenhains. »Das ist er. Der Grund, weshalb wir jenseits dieses Zauns nicht graben können.«

»Die Olivenbäume?« Sollte das ein Witz sein?

Der Kreter schnalzte mit der Zunge. »Deren Besitzer. Er verweigert uns das Zutrittsrecht. Schon seit Jahren. Und er ist der halsstarrigste Mensch, der mir je begegnet ist. Sogar für kretische Verhältnisse.«

»Dann werde ich mit ihm sprechen und versuchen, ihn zu überzeugen«, erwidert Lisa voller Inbrunst.

Línos verzog zweifelnd das Gesicht. »Ich fürchte, Sie stellen sich das etwas zu einfach vor.«

Warum war er auf einmal so nervös und fingerte am Kragen seines Poloshirts herum?

»Wenn wir es nicht versuchen, können wir das nicht wissen. Organisieren Sie doch bitte ein Treffen mit dem Landeigentümer. Am besten gleich morgen, was meinen Sie?«

Hier ging es schließlich um eine immense archäologische Entdeckung. Um eine Bereicherung des Kulturguts, die die gesamte Region von Palekastro aufwerten und mit der richtigen Vermarktung touristisch noch interessanter machen konnte. Mehr Besucher bedeuteten mehr Arbeit, und nach allem, was Lisa bisher gesehen hatte, konnte das in dieser Gegend nicht schaden.

»Oh, ich habe ganz vergessen, wie spät es schon ist«, rief Línos mit einem Mal und klopfte mit dem Zeigefinger auf seine Armbanduhr. »Es tut mir sehr leid, aber ich habe noch einen dringenden Termin. Sie sagten, Sie finden allein zum Gutshof zurück, ja? Es ist ganz einfach. Immer die Straße entlang. Richten Sie sich in Ruhe ein. Ich hole Sie morgen um neun Uhr ab. Einverstanden?«

Bevor Lisa etwas erwidern konnte, hatte sich der Kreter bereits umgedreht und war zwischen den Büschen und Mauerresten verschwunden.

Eigenartig. Was war denn auf einmal in ihn gefahren? Aber gut. Wenigstens konnte sie sich so ungestört weiter umsehen. Bis die Sonne unterging, blieb ihr ungefähr noch eine halbe Stunde.

Lisa zog die Dokumentenmappe mit den Untersuchungsskizzen aus ihrer Tasche. Unter den Papieren war auch eine der letzten geomagnetischen Prospektionen, die vor rund zehn Jahren – noch vor dem Mauerbau – gemacht worden war. Sie nahm den Plan in die Hand und folgte dem Zaun, bis er in eine mannshohe Natursteinmauer überging.

Die Grenzmauer schien erst vor Kurzem errichtet worden zu sein, denn auf den Steinen war noch nicht einmal die kleinste Spur von Flechtenbildung zu erkennen. Dieser Olivenbauer machte seinen Standpunkt überdeutlich, das musste man ihm lassen.

Lisa blieb stehen, blickte zur Kontrolle noch einmal auf die Prospektionskarte.

Kein Zweifel, etwa zehn Meter jenseits der Mauer hatten die Geräte eindeutig etwas erfasst und auf der Karte mit einem länglichen, dunklen Fleck verzeichnet.

Wenn sie wenigstens einen Blick über die Mauer werfen könnte, verflixt und zugenäht. Selbst wenn auf der Bodenoberfläche nichts zu erkennen war, sprach die Vegetation oftmals Bände: Pflanzen, die nur an den Stellen wuchsen, wo bestimmte Gesteinsmineralien im Boden vorhanden waren. Bäume, deren Wachstumsform irgendwelche Auffälligkeiten zeigte.

Sie setzte den Fuß in eine Mauerspalte und versuchte hochzuklettern, rutschte jedoch immer wieder ab.

»Mist! Mist! Mist!« Sie hätte geeignete Schuhe anziehen sollen statt der Stoffballerinas, die sie schon während der Reise getragen hatte.

Aber da … nur ein paar Schritte entfernt … ein Olivenbaum. Noch nicht sehr alt, aber groß genug, damit der unterste Ast über die Mauer reichte.

»Heureka!«

Ohne einen weiteren Gedanken zu verschwenden, hangelte sich Lisa am knorpeligen Stamm hinauf und schürfte dabei das Schienbein an der Rinde auf, aber egal …

Ein letztes Mal zog sie sich hoch, bis sie den Ast erreicht hatte und nun bäuchlings so weit wie möglich nach vorn rutschte.

Jetzt bloß nicht hinunterschauen.

Ein leises Knacken ertönte.

Vorsichtig bewegen. Ganz vorsichtig.

Mist, das Laub versperrte ihr die Sicht.

Nur noch ein kleines Stückchen weiter nach vorn. Sie war schon jenseits der Mauer angelangt. Die Olivenblätter raschelten bei jeder ihrer Bewegungen.

»Hey, ti kánis eki? – Was machst du da?«, ertönte auf einmal eine tiefe, wütend klingende Männerstimme.

Im selben Augenblick hörte Lisa das laute Knacken. Sie spürte jenes bleierne Gefühl des Fallens. Einen stechenden Schmerz im rechten Fuß.

Sie schrie auf, und ihr wurde schwarz vor Augen.

Doch statt auf dem Boden aufzuschlagen, fühlte sie nur einen weichen Aufprall.

Arme, die sie festhielten.

Lisa riss die Augen auf und sah ein von der Arbeit im Freien gebräuntes, unrasiertes Gesicht, umgeben von dunklem, zerzaustem Haar, und Augen, so düster wie ein Gewitterhimmel.

KAPITEL 2

Eine Woche früher, oder wie man den Auftrag seines Lebens erhält

Trier, Deutschland – 07. Mai

Lisa hielt den Atem an und konzentrierte sich mit aller Kraft auf die von Fingerabdrücken verschmierten Brillengläser des Mannes, der ihr gegenübersaß, damit dieser auf keinen Fall bemerkte, dass sie ihm am liebsten um den Hals gefallen wäre.

Karl Birkmeier, Professor für Klassische Archäologie und Dekan des Fachbereichs Archäologie und Altertumskunde der Universität von Trier, saß hinter seinem Schreibtisch, auf dem wie immer vor lauter Bücherstapeln, Plänen von Bodenanalysen, Landkarten und Kartonschachteln voller Plastik-Fundbeutel kein Zentimeter der Tischplatte mehr zu erkennen war. Ein kleiner Mann in seinen Sechzigern mit Halbglatze und jenem stets abwesenden Gesichtsausdruck, als lebte er in Gedanken in seinem eigenen, versunkenen Atlantis. Lisas Mentor und Vorbild. Schon seit sie zu Beginn ihrer Studienzeit hier in Trier die erste Vorlesung bei ihm besucht hatte.

»Amaltheias Ziegenhorn mit Zuckerwatte«, entfuhr es ihr. Sie schluckte. »Ich meine … das ist tatsächlich ein sehr unerwarteter Auftrag.«

Professor Birkmeier lächelte versonnen und schob ihr über den Tisch hinweg ein Blatt Papier im A3-Format zu. »Ein Auftrag, den Sie sich mit Ihrer jahrelangen Felderfahrung mehr als redlich verdient haben. Außerdem sind Sie eine der besten Expertinnen auf diesem Spezialgebiet.«

Lisa versuchte, sich die Aufregung nicht anmerken zu lassen.

Es stimmte, während ihrer bisherigen Laufbahn als Archäologin hatte sie bei mehr Ausgrabungen mitgearbeitet, als sie zählen konnte, hatte alle Energie und Leidenschaft in die Forschung gesteckt und vor drei Jahren ihre Dissertation über das Fachgebiet der bronzezeitlichen Minoer mit summa cum laude gemacht. Über jenes geheimnisvolle Volk, das mit seiner Hochkultur auf der griechischen Insel Kreta die erste Zivilisation Europas und sogar Kolonien bis hinauf aufs Festland begründet hatte.

Seither arbeitete sie als freie Mitarbeiterin an der Fakultät. Doch ein Ausgrabungsteam zu leiten, die Verantwortung über eine ganze Feldplanung zu haben – das war eine völlig andere Herausforderung. Und noch dazu in …

Ihr Blick fiel auf das Papier vor sich. Eine geomagnetische Prospektion. Für das ungeübte Auge lediglich eine Ansammlung von undefinierbaren roten Strichen, blauen Zeichen, die aussahen wie Fadenkreuze, und dunkelgrauen Klecksen. Lisa jedoch erkannte die Geländekarte mit den Höhenkurven und den aufgezeichneten Landmarken sofort. Roussolakos. Maßstab 1:1000 stand oben in der linken Ecke.

Augenblicklich vollführte ihr Magen einen Salto.

Roussolakos.

»Der Auftrag kommt vom Hauptsponsor persönlich. Wie war noch gleich der Name? Hm …« Stirnrunzelnd durchwühlte Professor Birkmeier die Papiere auf seinem Tisch. Bis er endlich fand, wonach er suchte, und seine Miene sich triumphierend aufhellte. »Ozuka Founding. Da haben wir's ja.«

Lisa hatte noch nie zuvor von diesem Sponsor gehört.

»Die private Nachlassstiftung eines japanischen Multimillionärs.« Der Professor winkte ab, bevor Lisa etwas dazu sagen konnte. »Ich weiß, ich weiß, Privatsponsoren können eine Plage sein, aber leider kann man sich die Geldgeber heutzutage kaum noch aussuchen. Immerhin … gemäß ihren Statuten setzt sich die Stiftung aktiv für den Erhalt weltweiter Kulturgüter des Altertums ein. Sie hat kürzlich sogar das Patronat über eine neue Ausgrabung in Himera auf Sizilien übernommen.«

»Einem geschenkten Gaul soll man nicht ins Maul schauen.« Lisa nickte. Solange die Finanzierung legal und gesichert war, hatte sie keine Probleme damit. Im Gegensatz zu öffentlichen Geldgebern, bei denen es meist nur um Eigenwerbung ging, handelten Privatsponsoren erfahrungsgemäß aus echtem Kulturinteresse, was für Lisa die oft sehr eigenartigen Auflagen beinahe wieder akzeptabel machte. In diesem Fall jedoch …

»Ozuka will den Beweis der Existenz eines Palasts in Roussolakos haben«, führte Professor Birkmeier weiter aus. »Um diesen zu finden, bleibt gemäß Bedingung ein Monat lang Zeit.« Bei einem Erfolg würden die finanziellen Mittel für alle weiteren Grabungsarbeiten garantiert, was unter Umständen eine gesicherte Arbeit während mehreren Grabungssaisons in den Sommermonaten bedeutete. Nicht zu reden von dem Quantensprung, den eine solche Entdeckung für die Karriere darstellte.

Du kannst das. Darauf hast du dein Leben lang hingearbeitet.

Prompt bekam sie einen Hustenanfall, von dem sie sich erst

nach einer halben Ewigkeit schniefend und mit tränenden Augen erholte.

Mit mitfühlendem Blick reichte Professor Birkmeier ihr einen mit Wasser gefüllten Pappbecher, bevor er die Brille auf die Nasenspitze vorschob und seine Aufmerksamkeit auf einen mit Teeflecken dekorierten Notizzettel richtete.

»Sie haben eine Woche lang Zeit, um das Team zusammenzustellen, ich lasse Ihnen dabei freie Hand. Ihr Flug ist für den fünfzehnten Mai gebucht. Ich hoffe, das ist Ihnen nicht zu kurzfristig, aber Sie kennen den Drill ja. Hat man endlich Sponsoren gefunden, ist Zeit ein kostbares Gut.«

»Kein Problem«, beeilte sich Lisa zu erwidern, während sie die Unterlagenmappe entgegennahm, die der Professor ihr reichte. Er gehörte noch der alten Schule an, in der moderne Datenübermittlungsmöglichkeiten mit Nichtbeachtung gestraft wurden.

In der Mappe lagen Unterkunfts- und Verpflegungslisten neben Budget- und Terminplänen. Sofort stellte Lisa in Gedanken eine ungefähre Gehaltsrechnung auf. Das Budget für den ersten Monat reichte für ein Team von fünf Archäologen plus mindestens einen Vermessungstechniker und einen Geologen. Vor Ort konnten sie an die zwanzig Grabungshelfer rekrutieren. Dazu kamen noch zusätzliche lokale Mitarbeiter – sie benötigten Bagger, Lastwagen für Material und den Erdtransport sowie jemanden, der sich um die Verpflegung und Instandhaltung der Unterbringungen kümmerte. Gemäß der Dokumentation bot das Museum von Sitia ebenfalls Unterstützung an. Sehr gut.

»Ich werde die gesamten Unterlagen der bisherigen Messungen und Prospektionen brauchen«, sagte Lisa, angelte einen Bleistift aus der Blechdose, die Professor Birkmeier als

Stifthalter benutzte, und begann, eine Liste von Namen potenzieller Teammitglieder auf die Rückseite des Budgetplans zu kritzeln, durchzustreichen und neu zu schreiben.

Und wer käme als zweiter Grabungstechniker infrage? Als ihre rechte Hand und Stellvertretung? Zu dumm, der fähigste Kollege, den sie kannte, arbeitete zurzeit bei einem Projekt im nordspanischen Galicien mit.

Lisa schrieb »GT« und drei große Fragezeichen aufs Papier, machte einen dicken Strich darunter und fing eine neue Liste an: Sonnenschutzlotion. Mückenschutz – eine Unmenge an Mückenschutz. Nobite – nein, besser Autan Protection Plus, zehn Pumpflaschen davon sollten fürs Erste reichen. Oder vielleicht doch besser noch mehr?

Und nicht zu vergessen das Moskitonetz. Und Mückenstecker. Und viele, viele Tuben Fenistil. Besser zu viele statt zu wenige, sie hatte schließlich schon genug schmerzhafte Erfahrungen machen müssen. Es war beinahe unheimlich, mit welcher Zielsicherheit sich die gesamten Mückenkolonien auf Lisa stürzten, sobald sie auch nur Deutschlands Südgrenze bei Konstanz überschritt. Als hätte sie Zuckerwatte auf der Haut kleben.

»Ihrer Geschäftigkeit nach zu urteilen, nehmen Sie den Projektauftrag also an?« Professor Birkmeiers amüsiert klingende Stimme riss Lisa aus ihren Gedanken.

»Ja. Ja, selbstverständlich.« Was für eine Frage.

»Wunderbar.« Er lächelte. »Die Tochter des berühmten Archäologen Helmut Stadler tritt in ihres Vaters Fußstapfen. Er wird bestimmt begeistert sein, wenn er davon erfährt, dass Sie die Familientradition fortführen. War es nicht ganz in der Nähe von Roussolakos, wo er damals seinen Sensationsfund gemacht hat?«

Mit einem Ruck stand Lisa auf. Der Blätterstapel aus der Dokumentenmappe flatterte zu Boden.

Hastig sammelte sie die Papiere ein, klemmte sich einen Teil davon unter den linken Arm, den Rest unters Kinn und streckte die freie rechte Hand zum Gruß aus. »Vielen Dank, Professor Birkmeier. Ich werde Sie nicht enttäuschen. Versprochen.«

Damit eilte Lisa aus dem Zimmer.

Am fünfzehnten Mai. In einer Woche. Dann würde sie nach Kreta fliegen. Nach Palekastro. Für mindestens einen Monat. Als Grabungsleiterin.

Vater würde früh genug davon erfahren.

Herrgott, sie hatte noch so viel zu tun bis zu ihrer Abreise.

KAPITEL 3

Die Frau aus Deutschland und der Tag, an dem es mit der Ruhe vorbei war

Palekastro, Kreta – Mitte Mai

Charis sah die beiden Gestalten schon von Weitem beim Grenzzaun stehen: Línos Mouskouri zusammen mit einer unbekannten Frau.

Charis' Nacken schwoll vor lauter Wut an. Der Blitz soll diesen Esel Mouskouri mitsamt der restlichen Brut der Museums- und Kulturbehörden treffen.

Er rammte die Schaufel in die Erde und richtete sich zu seiner vollen Größe auf. Zwar war er zu weit entfernt, um hören zu können, was die beiden besprachen, aber er hatte während der letzten Monate schon genug andere von diesem hartnäckigen Pack verjagt. Er wusste genau, was sie wollten, es drehte sich schließlich immer um dasselbe: Auf seinem Land würden Ruinen von unschätzbarem kulturellem Wert vermutet, behaupteten sie. Und mit der Entschädigung, die Charis erhalten sollte, wenn er ihnen zu Ausgrabungszwecken Zutritt auf seinen Olivenbaumhain gewähren würde, hätte er eine Zeit lang ausgesorgt, versprachen sie.

Die Aasgeier hielten ihn für dämlich, was ihn in seinem Stolz beinahe noch mehr beleidigte als das Angebot selbst. Dreißigtausend Euro, damit er ihnen rund ein Drittel seines Landes zur Verfügung stellte, das diese Archäologenfritzen dann umgraben und für Jahrzehnte unbrauchbar machen würden, falls sie es ihm überhaupt jemals wieder zurückgaben.

»Ihr könnt mich mal kreuzweise«, knurrte er und lief mit großen Schritten in Richtung Grenzzaun. Den beiden würde er schon zeigen, dass sich Charíalos Zoidakis von niemandem für dumm verkaufen ließ. Selbst wenn auf seinem Grund und Boden eine zweite Akropolis verborgen läge, würde er ihnen das Zutrittsrecht nicht gewähren. Nicht auf dem Land, das er von seinem Vater geerbt hatte.

Er hob den Blick und blieb wie angewurzelt stehen. Wo waren die beiden?

Dann hörte er das Aufheulen eines Motors. Kurz darauf sah er Línos Mouskouris Wagen, eine Staubwolke hinter sich aufwirbelnd, davonbrausen.

Charis blickte dem Auto nach und verzog die Lippen zu einem abfälligen Grinsen. »Feiglinge.« Etwas anderes war auch kaum zu erwarten gewesen.

Gerade wollte er wieder zurückgehen, als etwas anderes seine Aufmerksamkeit weckte. Ein seltsames Geräusch. Wie das Schaben von Schuhsohlen auf Stein, und es kam von der anderen Seite der Mauer.

Was, zum …?

»Mist! Mist! Mist!« Die Stimme einer Frau.

Fassungslos hielt Charis inne und starrte die Mauer an, als wäre diese es gewesen, die in einer Sprache gesprochen hatte, die er zwar seit seiner Kindheit kannte, jedoch nie damit gerechnet hätte, sie ausgerechnet inmitten seiner alten Olivenbäume zu hören.

»Heureka!«, rief die Stimme.

Wie bitte?

Doch weiter kam er mit seinen Überlegungen nicht, denn nur einen Moment später hörte Charis das Rascheln von Laub. Die Äste des Olivenbaums direkt jenseits der Mauer begannen, sich eigenartig zu bewegen.

Einer der Äste reichte über die Grenze. Der war Charis schon lang ein Dorn im Auge, aber der besagte Olivenbaum stand nicht auf seinem Grundstück, somit konnte er den Ast nicht absägen.

Dann sah er sie. Es war die Frau, die vorhin zusammen mit dem Esel Mouskouri am Grenzzaun gestanden hatte. Er erkannte sie an dem haselnussbraunen Haarschopf.

Versuchte sie etwa, sich über den Ast zu schieben? War sie noch ganz bei Trost? Der Ast war doch viel zu dünn …

»Hey, ti kánis ekí?« Charis reagierte, ehe er den Satz zu Ende gesprochen hatte, und war in drei Schritten bei der Mauer angelangt.

Der Ast brach mit lautem Knacken.

Die Frau schrie auf und fiel in Charis' Arme wie eine reife Wassermelone.

Sie wog nicht viel – kein Wunder, sie war auch nicht besonders groß und noch dazu recht mager. Durch das zu einem Pferdeschwanz zusammengebundene Haar traten ihre Wangenknochen in einer markanten, fast schon eleganten Wölbung hervor, die einen interessanten Gegensatz zu den vorwitzigen Sommersprossen auf ihrer Nase bildete.

Sie riss die Augen auf, starrte ihn an und schrie erneut.

Die Haarsträhne, die ihr ins Gesicht gefallen war, hatte fast genau dieselbe Farbe von flüssigem Karamell wie ihre Augen. Wie alt sie wohl sein mochte? Wahrscheinlich ungefähr so alt wie er selbst, schätzte er, also Mitte dreißig.

Und sie schrie immer noch. Immer schriller.

Mit einem Ruck stellte Charis die Frau auf die Beine.

Sie verstummte, nur um im nächsten Moment aufzustöhnen.

Er griff nach ihrem Oberarm. Was war denn nun schon wieder?

»Mein Fuß. Ich kann nicht mehr auftreten«, sagte sie keuchend in fehlerfreiem Griechisch und verzerrte dabei das Gesicht vor Schmerz.

Auch das noch …

»Nur wer Hirse im Kopf hat, klettert auf einen Olivenbaum, nachdem es im Winter kaum geregnet hat«, raunzte Charis wütend und kümmerte sich nicht um irgendwelche Höflichkeitsfloskeln. »Was hattest du außerdem da oben zu suchen? Hast du das Schild da vorn nicht gesehen? Das hier ist mein Grundstück. Betreten verboten.« Mit ausgestrecktem Arm zeigte er auf das Holzschild, das er genau dort aufgestellt hatte, wo jeder dieser Buddeldeppen es sehen konnte.

»Sie sind das?« Die Augen der Frau wurden groß. Mit einer entschiedenen Geste zog sie den Arm aus seinem Griff, stützte sich mit einer Hand an der Mauer ab und straffte die Schultern – leicht wankend, denn sie balancierte noch immer auf einem Bein.

»Sie sind der Besitzer des Olivenhains?« Sie strich sich die Haarsträhne hinters Ohr und zupfte ihr kakifarbenes Hemd zurecht. »Was für ein glücklicher Zufall, ich wollte ohnehin mit Ihnen sprechen. Mein Name ist Lisa Stadler. Ich arbeite für die Archäologische Fakultät in Trier und soll die Ausgrabungen hier in Roussolakos wieder aufnehmen.« Damit streckte sie ihm die freie Hand entgegen.

Ihren Gruß ignorierend, verschränkte Charis die Arme vor der Brust und warf ihr einen herablassenden Blick zu.

Hatte er's doch gewusst. Wieder eine dieser Archäologen. Obwohl, zugegeben, die Hübscheste, die ihm bisher unter die Augen gekommen war. Und sie war aus Deutschland. Dennoch war ihr Griechisch wirklich tadellos.

»Nun gut.« Sie zog die Hand wieder zurück, hüpfte auf einem Bein näher zur Mauer, versuchte, sich kurz mit dem verletzten Fuß abzustützen, sog jedoch sogleich vor Schmerz die Luft ein. Dann fuhr sie fort: »Vielleicht sollte ich mich erst mal entschuldigen. Es war nicht meine Absicht, Ihr Grundstück unerlaubt zu betreten, glauben Sie mir. Ich wollte mir nur einen kleinen Blick er… Oooh!«

Charis sah, wie die Frau von einem Moment zum nächsten erbleichte und gegen die Mauer sackte.

In zwei großen Schritten war er neben ihr. Herrgott, sie fiel doch nicht etwa in Ohnmacht?

»Vorsicht. Langsam hinsetzen.« Er stützte sie, während sie sich, die Lippen zusammengepresst, ins Gras niederließ. Sie hatte große Schmerzen, das war nicht zu übersehen.

»Zeig mir mal deinen Fuß.« Er kniete vor sie hin.

»Das ist nicht nötig. Es geht schon wieder. Wirklich«, protestierte die Frau.

Ohne ihren Einwand zu beachten, krempelte er ihr rechtes Hosenbein hoch und begutachtete den Knöchel. Es schien nichts gebrochen, aber das Gelenk war inzwischen stark angeschwollen und mit einem prächtigen Bluterguss dekoriert. Kein Wunder, wer kam schon auf die hirnrissige Idee, mit diesen unnützen Schuhen auf einen Baum zu klettern? Dabei hatte sie noch Glück gehabt.

Er schnalzte mit der Zunge, schüttelte den Kopf. Verflucht, verflucht und dreimal verdammt dazu. Dieses vermaledeite Archäologenpack brachte nur Ärger. Aber obwohl sich jede

Faser in ihm allein bei dem Gedanken daran sträubte, konnte er die Frau nicht einfach hier sitzen lassen, er war schließlich kein Unmensch.

»Das muss versorgt werden«, sagte er knapp.

Sie winkte ab und machte Anstalten, aufzustehen. »Machen Sie sich meinetwegen keine Umstände. Ich wohne nicht weit von hier entfernt, das schaffe ich … Huch!«

Kurzerhand nahm Charis ihre Tasche, umfasste mit geübtem Griff Lisas Taille und warf sie sich über die Schulter. Sie wog weniger als ein Sack frisch geernteter Oliven.

»Was soll das? Lassen Sie mich sofort runter!«

»Du kannst keinen Schritt laufen, und mein Wagen steht dort oben am Weg.«

»Sie können mich doch nicht einfach so mitschleppen?«

»Warum nicht? Unsere Ziegen tragen wir auch so. Wenn sie besonders störrisch sind, binden wir ihnen sogar die Vorder- und Hinterbeine zusammen.«

Er grinste, als er sie nach Luft schnappen hörte.

Tatsächlich sagte die Frau daraufhin kein Wort mehr. Nicht einmal, als sie wenig später den alten, verrosteten Pick-up erreichten und er sie auf den Beifahrersitz verfrachtete.

Sogleich presste sie sich die Tasche wie einen Schutzschild an die Brust und warf ihm einen wütenden Blick zu.

Gute Güte, einen Moment dachte er, sie würde ihm das Gesicht zerkratzen. Dabei war Charis um einiges freundlicher gewesen, als er normalerweise gegenüber denjenigen ihres Schlags war.

Grimmig über das Lenkrad gebeugt, fuhr er den Wagen bis zum Kiesweg und dann weiter auf der Hauptstraße in Richtung Palekastro. Unterwegs kontrollierte er sein Handy, das wie immer in dieser Gegend kein Netz hatte.

Erneut fluchte er innerlich. Es blieb ihm tatsächlich nichts anderes übrig, als die Frau zuerst zu sich nach Hause auf den Gutshof zu bringen, dort gab es WLAN und Festnetz. Yiayià konnte ihr einen kalten Umschlag gegen die Schwellung machen, während er Cousin Petros anrief. Der war zwar erst im dritten Semester seines Medizinstudiums, aber er wusste bestimmt, was zu tun war. Besser, als ins Krankenhaus nach Sitia zu fahren, denn einen Arzt gab es in Palekastro nicht. Mit etwas Glück wären sie die Frau schon bald wieder los.

Wenig später bog Charis in das Seitensträßchen ab, lenkte den breiten Pick-up vorsichtig durch den mit Bougainvilleen überwachsenen Mauerbogen und parkte auf dem Innenhof. Dabei registrierte er die anderen Autos, die bereits dort standen. Der Seat mit dem kaputten Rücklicht gehörte Cousin Costas, und der nagelneue, glänzende Fiat war Onkel Iordánis' ganzer Stolz.

Nanu? Ein spontaner Verwandtenbesuch?

»Yiayià«, rief er, während er ausstieg.

Sogleich erschien seine Großmutter an der Treppe. »Was ist denn?« Sie wischte die Hände an der Schürze ab und trat auf die erste Stufe.

Charis ging um den Wagen herum und erklärte: »Eine dieser Archäologen. Sie ist von einem Olivenbaum gefallen.«

»Woher wissen Sie, wo ich wohne?«, fragte Lisa, als er die Wagentür öffnete.

»Lisa? Um Himmels willen«, rief Yiayià und eilte die Treppe herunter.

Charis stutzte. Woher kannte Yiayià den Namen der Frau?

Doch er kam nicht dazu, sich weiter darüber zu wundern, denn auf einmal strömte Charis' gesamte weibliche Verwandtschaft die Treppe herunter auf den Hofplatz. Eine aufgeregt auf Deutsch und Griechisch durcheinanderplappernde Schar, bestehend aus mindestens einem Dutzend Tanten und Cousinen vom ersten bis zum dritten Grad, die sich um Lisa scharten.

»Das arme Ding. Was ist denn passiert?«

»Der Knöchel – sie hat sich den Knöchel gebrochen. Ist von einem Baum gefallen.«

»Was hat sie denn auf einem Baum gemacht?«

»Vielleicht ist es auch das Knie. Wenn es ein hoher Baum war, kann auch das Knie etwas abbekommen haben.«

»Schaut nur, wie bleich sie ist. Und sie bringt kein Wort mehr heraus, die Ärmste.«

»Sie steht unter Schock. Der Baum muss riesig gewesen sein.«

»Bestimmt fünf Meter hoch. Wenn nicht noch mehr.«

»Wahrscheinlich hat sie sich sogar das Bein gebrochen. Oder die Hüfte. Bei solchen Stürzen kann man nie wissen.«

»Bringen wir sie erst einmal in ihr Zimmer. Sie braucht Ruhe«, rief Yiayià über das Stimmengewirr hinweg.

Sofort horchte Charis auf. Ihr Zimmer?

Schon schoben sich die Frauen zusammen mit Lisa an ihm vorbei zur Treppe. Gerade noch rechtzeitig bekam Charis den Arm seiner Schwester zu fassen und zog sie zur Seite. »Ihr Zimmer? Was soll das heißen?«

Kalli zuckte die Schultern und setzte ihre unschuldigste Miene auf. »Ich hab keine Ahnung, was du meinst.«

»In dieser Familie kann keiner auch nur rülpsen, ohne dass du darüber Bescheid weißt, also erzähl mir keine Märchen«, sagte er in seinem bedrohlichsten Tonfall. Wohl wissend, dass sich seine jüngste Schwester noch nie davon hatte beeindrucken lassen, dazu war sie viel zu unbeschwert und er ihr gegenüber viel zu nachsichtig. Einen Versuch war es dennoch wert.

»Na ja …« Sie lehnte sich gegen das Auto, streckte den Fuß in die Höhe und ließ ihre Flipflops zwischen ihren Zehen an dem Lederstreifen baumeln, während sie gespielt schuldbewusst den Blick senkte.

Ah, sie wusste genau, wie sie Charis um den Finger wickeln konnte. Doch dieses Mal würde er nicht darauf hereinfallen.

»Lisa wohnt hier, solange sie in Roussolakos arbeitet. Der Museumsdirektor von Sitia hat sie heute Nachmittag hergebracht«, sagte Kalli in jenem Ist-doch-alles-in-bester-Ordnung-Tonfall, den nur sie so überzeugend hinbekam.

»Sie wohnt … Wie bitte?« Charis traute seinen Ohren nicht. »Línos Mouskouri war hier? In unserem Haus?« Vergeblich versuchte er, seine Stimme zu dämpfen.

Kalli nickte. »Das Essen hat ihnen beiden gut geschmeckt.«

Das schlug dem Fass den Boden aus. Seine Großmutter, seine Schwester – sein eigen Fleisch und Blut –, sie hielten dem Feind auch noch die Tür auf.

Charis presste die Zähne zusammen. Zum Teufel, am liebsten hätte er laut gebrüllt.

»Nun mach nicht so ein Drama. Diese Lisa ist zwar etwas wortkarg, aber sonst ganz nett, glaube ich«, meinte Kalli und legte ihm beschwichtigend die Hand auf die Brust. »Außerdem hat Yiayià es nur gut gemeint. Die Mieteinnahme für das Zimmer stopft immerhin ein paar Löcher in der Haushaltskasse.«

Einen Moment verschwand der Ausdruck von Unbeschwertheit aus ihrem Gesicht. »Sie macht sich Sorgen, weißt du. Nach der schlechten Olivenernte letzten Winter, und weil die Verkäufe doch so zäh laufen. Tante Nefeli hat letzten Samstag auf dem Straßenmarkt von Chania gerade mal drei Flaschen Öl und nur ein einziges Stück Seife verkaufen können.«

»Sie hätte sich erst mit mir absprechen sollen«, erwiderte Charis zähneknirschend. Obwohl ihm, wenn er ehrlich sein wollte, bewusst war, dass es lediglich um seinen eigenen Stolz ging. Und darum, dass Kallis Worte für ihn wie ein Schlag in die Magengrube waren, denn er machte sich ebenfalls Sorgen um die Familienfinanzen.

Die letztjährige Ernte war die schlechteste seit acht Jahren gewesen; seit Vater gestorben war und er, Charis, den Olivenhain geerbt und als neues Oberhaupt die Verantwortung für die Familie übernommen hatte; seit seine beiden Schwestern und er ihr bisheriges Leben in Deutschland hinter sich lassen mussten, um hier in Palekastro neue Wurzeln zu schlagen – in ihrem eigentlichen Heimatland, das sie bisher jedoch hauptsächlich aus dem Urlaub kannten.

»Sich mit dir absprechen – ja, klar. Wenn's weiter nichts ist.« Kalli lachte auf. »Wer hat denn getobt wie ein bockiger Esel, als der Vertreter vom Kulturministerium vor drei Monaten angerufen und um ein Gespräch mit dir gebeten hat? Bei allem, was auch nur im Entferntesten mit Roussolakos und dem Olivenhain zu tun hat, siehst du doch gleich rot.«

Mit einem leisen Knurren lehnte Charis sich neben seine Schwester an das Auto und verschränkte die Arme vor der Brust. »Du verstehst das nicht. Diese Leute sind wie Aasgeier. Denen geht es doch gar nicht um die Erhaltung unseres Kulturguts, sondern nur darum, wie sie noch mehr Geld in die eigenen Taschen stopfen können. Auf Kosten von uns Landbesitzern.« Sowie auf Kosten jahrhundertealter Familientraditionen und der eigenen Geschichte. Und jetzt hatte ausgerechnet seine Familie eine dieser Archäologen im Haus.

Inzwischen war die Sonne untergegangen, und Grillen zirpten in den Büschen und Sträuchern des Gartens. Oben auf der Terrasse hatte jemand bereits die Kerzen in den alten Marmeladengläsern entlang der Brüstung angezündet. Stimmengewirr und Gelächter ertönten.

»Ach, komm schon.« Kalli knuffte ihn mit dem Ellenbogen in die Seite. »Vielleicht ist es gar nicht so schlecht, dass Lisa bei uns wohnt. Wir können versuchen, ihr unseren Standpunkt näherzubringen. Auf friedliche Art und Weise. Jedenfalls hat es keinen Sinn, sich gegenseitig anzufeinden.«

Auf friedliche Art und Weise zu einer Einigung kommen? Mit dieser Beamten- und Archäologenmeute? Das war so unwahrscheinlich zu bewerkstelligen wie eine der zwölf Taten des Herkules.

»He, ihr beiden. Wollt ihr etwa da unten Wurzeln schlagen?«, rief einer ihrer Cousins von der Terrasse herunter und winkte ihnen zu.

»Geh schon hoch, ich komme gleich nach«, sagte Charis.

Doch Kalli blieb vor ihm stehen, sah ihn an, den Kopf zur Seite geneigt, streckte die Hand aus und berührte seine Wange. »Versprichst du mir, dass du dich Lisa gegenüber nicht wie der Minotaurus in Person benimmst? Versuch es zumindest. Yiayià und mir zuliebe, ja?«

Sie drehte sich um, ohne auf seine Antwort zu warten, und lief mit klappernden Flipflops die Treppe zur Terrasse hinauf.

Dieses kleine Biest. Sie wusste genau, dass er ihr noch nie etwas hatte abschlagen können.

Charis blieb gegen den Wagen gelehnt stehen und atmete tief durch. Die Abendluft roch bereits nach Thymian, Minze und Sommer.

Auf friedliche Art und Weise zu einer Einigung kommen.

Kallis Worte hallten in seinen Gedanken nach.

Er liebte seine beiden Schwester, obwohl er Philyra, die Mittlere von ihnen dreien, kaum noch sah, seit sie mit ihrem Mann und den zwei Kindern aufs Festland nach Piräus gezogen war. Kalliópi hingegen war immer das Küken der Familie gewesen und Charis' heimliche Komplizin und Vertraute. Schon als sie noch in Deutschland gelebt hatten.

Auf friedliche Art und Weise zu einer Einigung kommen.

Doch Kalli war jung und unerfahren und glaubte in ihrem jugendlichen Übermut, die Welt verändern zu können. Zugleich setzte sie ihn mit ihrer Bitte unter Druck, wollte er sie nicht enttäuschen, was er wiederum mit seiner Rolle als älterer Bruder kaum vereinbaren konnte.

Mist, was für eine Krux.

Gelächter ertönte von der Terrasse her. Und im selben Moment kam ihm eine Idee – nein, *die* Idee.

Er griff nach seinem Handy, das Empfang anzeigte, und suchte nach der Nummer seines Cousins.

»Petros! Wie geht es dir? Lang nichts gehört«, rief er. »Hör zu, ich brauche deine Hilfe. Kannst du auf den Hof kommen? Nein, nichts Schlimmes, eine Bekannte hat sich den Knöchel verletzt. Wenn du ihn dir mal ansehen könntest? Nur, um sicherzugehen, dass nichts gebrochen ist, Yiayià macht sich Sorgen. In einer halben Stunde? Ausgezeichnet, du hast etwas gut bei mir.«

Dann drehte er dem Haupthaus den Rücken zu und sagte leiser: »Und, Petros, ruf mich an, sobald du unterwegs bist, dann warte ich vorn an der Straße auf dich. Keine Bange, ich muss dich nur noch um einen kleinen Gefallen in eigener Sache bitten. Und ich habe vielleicht einen Vorschlag, wo wir mit der Tanzgruppe künftig üben können. Ja, auch mit den Musikern. Endáxi – okay. Bis gleich.«

Charis grinste zufrieden, als er auflegte.

Kalli wollte eine friedliche Einigung.

Gut, seinetwegen. Was die Mittel und Wege betraf, um das zu erreichen, hatte er ihr jedoch nichts versprochen.

KAPITEL 4

Der kretische Fluch

Ob es so etwas wie einen kretischen Fluch gab? Eine Art Verwünschung, die irgendwelche minoischen Hohepriester ausgesprochen hatten und die jeden heimsuchte, der es wagte, Roussolakos zu betreten? Das fragte sich Lisa zum wiederholten Mal, als sie zwei Wochen später aus dem Büro der Zolldirektion des Flughafens von Heraklion trat.

»Ich fasse es nicht. Das ist ja hier noch schlimmer als in Deutschland«, rief der Mann neben ihr im breitesten Nordfriesisch.

Sein Name war Martin Arens – kurz Tin. Er gehörte zu dem sechzehnköpfigen Grabungsteam unter Lisas Leitung. Sie kannte und schätzte ihn bereits von früheren Feldprojekten her und hatte ihn praktisch direkt aus seinem Trekkingurlaub auf der Kapverdischen Insel Santo Antão nach Kreta einfliegen lassen. Denn Tin war einer der Besten im Spezialgebiet der Geo- und Siedlungsarchäologie – mit einem schier unerschöpflichen Fachwissen, einer beispielhaften Arbeitsmoral und einer Ruhe und Besonnenheit, die ihresgleichen suchte.

Was seine beiden letztgenannten Charaktermerkmale betraf, so schienen sich diese jedoch in Luft aufgelöst zu haben: Tin fuhr sich mit den Händen durch die sonnengebleichten

Haare, die ihm – zusammen mit seinem braun gebrannten Gesicht – das Aussehen eines verwegenen Piraten verliehen. »Vorgestern wollten sie die von Trier beglaubigten Übersetzungen der Materiallisten. Heute sollen diese auch noch mit einem Authentifizierungsstempel des Deutschen Konsulats versehen sein. Was denn noch? Brauchen wir vielleicht auch ein mit Weihwasser besprenkeltes Segensschreiben vom Papst, damit die Zollbehörde unser Zeug freigibt?« Er ließ seinem Ärger freien Lauf.

»Vom Patriarchen von Konstantinopel«, sagte Lisa geistesabwesend, während sie durch das Bündel an Dokumenten in der Aktenhülle blätterte.

Es war ein endloser Marathon von einer Behörde zur anderen. Ein unsäglicher Frust. Und das nur, weil niemand von der Fakultät in Trier daran gedacht hatte, die hochsensiblen Messgeräte bei der griechischen Zollbehörde anzumelden. So standen die Kisten mit dem Magnetometer, dem Vier-Sonden-Gradiometer mitsamt den dazugehörenden technischen Hilfsmitteln in der Zolllagerhalle des Flughafens von Heraklion und setzten Staub an, obwohl Lisa und ihr Team sie dringend für weitere Bodenuntersuchungen brauchten.

»Was?« Tin schüttelte verständnislos den Kopf.

»Wir sind hier in Griechenland. Hier hat der Patriarch von Konstantinopel das kirchliche Sagen.«

»Meinetwegen auch der Zeus vom Olymp«, knurrte Tin. »Scheiß drauf, ich will endlich meine Messgeräte haben.«

Die grelle Sonne blendete, als sie aus dem Flughafengebäude traten. Wortlos ließ Lisa die Dokumente zurück in ihre Umhängetasche gleiten und wich im letzten Moment einem Abfallkübel aus, stolperte stattdessen jedoch über einen der Bordsteine am Gehweg.

»Vorsicht!« Gerade noch rechtzeitig hielt Tin sie an der Schulter fest.

Zu spät. Heißer Schmerz schoss Lisa in den rechten Fußknöchel. »Autsch. Verflixt, nicht schon wieder.«

Doch der Schmerz verebbte, machte einem dumpfen Pochen Platz. Es sei nur eine Verstauchung, hatte Sofias Neffe an jenem Abend ihres Missgeschicks gemeint und ihr einen elastischen Verband angelegt. Ein Glück, dass sie den immer noch trug.

Neben Tin humpelte Lisa weiter in Richtung Besucherparkplatz, wo der gemietete Wagen stand – ein Škoda in dem grässlichsten Rostrot, das die Menschheit je gesehen hatte. Sie schlug die Wagentür neben sich zu, schloss die Augen und ließ den Kopf gegen die Lehne sinken.

Der schmerzhaft pochende Knöchel machte sich deutlich bemerkbar, und die drei riesigen Mückenstiche in der Kniekehle juckten, sodass Lisa sich am liebsten blutig gekratzt hätte. Sogar die Insekten der Insel hatten es auf sie abgesehen – allen Sprays, Armbändern, Mückensteckern und dem Mückennetz über dem Bett zum Trotz.

Dabei war das noch längst nicht ihre einzige Sorge. Zwei ganze Wochen lagen sie schon hinter dem Zeitplan zurück, und solange sie das Zutrittsrecht auf das angrenzende Land nicht erhielten, versickerte die Möglichkeit, die Verzögerung wieder aufzuholen, buchstäblich im Sand.

Das war der Punkt, an dem das nächste ihrer Probleme ins Spiel kam: Der Landbesitzer, der ihnen den Zutritt verweigerte. Charíalos Zoidakis, der miesepetrigste Mensch, dem sie je begegnet war. Der Enkel ihrer Landlady und Besitzer des Gutshofs, auf dem sie einquartiert war. Was wiederum bedeutete, dass sie unter demselben Dach wohnte wie der Mann, der die Mitschuld an dem ganzen Dilemma trug.

Sogleich wurde das Pochen in ihrem Knöchel stärker.

Dabei hatte Lisa mehr als einmal versucht, mit ihm zu sprechen, um ihn mit vernünftigen Argumenten zu überzeugen. Doch der Kerl war einfach nicht zu fassen, war entweder schon vor Sonnenuntergang verschwunden – irgendwo auf seinem Olivenhain oder in einem der unzähligen Bergdörfchen im Inland, wo, wie Sofia meinte, »die besten Kräuter für unsere Olivenseifen angebaut werden«. Oder er verschanzte sich inmitten seiner Familie, wohl wissend, dass Lisa es nicht wagte, vor seinen versammelten Verwandten eine Diskussion mit ihm anzufangen. Bestimmt würde sich der ganze Familienclan einmischen, und gegen diese geballte Ladung hätte sie keine Chance.

Vielleicht sollte sie jedoch genau das tun. Charis überrumpeln und das Überraschungsmoment ausnutzen, wenn er sich am sichersten fühlte. Das wäre zwar hinterhältig, aber der Zweck heiligte die Mittel. Denn statt auf der vielversprechenden Landparzelle jenseits der Grenzmauer zu graben, blieb ihnen bisher nichts anderes übrig, als sich, mangels der nötigen Messgeräte, nahezu blind durch die kaum kartografierten Zonen im südwestlichen Teil von Roussolakos zu wühlen. Abgesehen von ein paar Keramikscherben und dem kleinen Höhepunkt beim Auffinden einer Abfallgrube aus spätminoischer Zeit, hatte sich das Gebiet als völlig brach herausgestellt. Von weiteren Mauer- oder Gebäuderesten – geschweige denn von einem Palast – fehlte jede Spur.

Ihr blieben noch zwei Wochen, um den Beweis der Existenz eines solchen zu finden.

Immerhin schien die Behörden-Odyssee bald ein Ende zu

finden, es fehlten nur noch die Beglaubigungsstempel des Deutschen Konsulats auf den Dokumenten, und dieses befand sich ebenfalls hier in Heraklion. Wenn sie sich also beeilten und die Stempel noch heute bekämen, schafften sie es vielleicht rechtzeitig wieder zurück, ehe die Zollbehörde am Mittag schloss, und konnten Tins Geräte endlich auslösen.

»Das Konsulat ist geschlossen. Termine müssen vorher telefonisch vereinbart werden. Das Büro ist morgen wieder von neun bis elf geöffnet«, erklärte der Wachmann hinter dem Informationsschalter. Dabei zeigte seine Miene deutlich, wie wenig er von dieser unchristlichen Störung hielt.

Lisa schüttelte energisch den Kopf. »Es geht doch nur um ein paar Stempel.«

»Termin. Telefonisch. Morgen. Etwas anderes gibt's nicht.« Damit schob der Kerl die Panzerglasscheibe vor Lisas Nase wieder zu.

»Des walte der rothaarige Donner!«, knurrte Tin, während er den Škoda durch das Verkehrsgetümmel von Heraklion in Richtung Küstenschnellstraße lenkte.

Wie recht er hatte. Es war unfassbar. Die Griechen mochten vielleicht Arithmetik und die Demokratie erfunden haben, ihre Bürokratie hingegen befand sich noch im Zeitalter des Neolithikums.

Kein Zweifel, der kretische Fluch hatte erneut zugeschlagen.

Trotz des herrlichen Tages. Nicht die kleinste Wolke trübte den Himmel, und die Sonne ließ das Blau des Meeres entlang der Küste in schönstem Azur aufleuchten. Lisa staunte immer wieder, wie ursprünglich sich Kreta präsentierte, je weiter sie sich von den Touristenhochburgen entfernten: Noch nicht von der Sommerhitze vertrocknet, tupften Wildblumen farbige Flecken über das zarte Grün der Felder. Verschlafene Dörfer klebten auf den Hügelkuppen, während kleine, einsame Sandbuchten die Küste säumten. Die Insel strahlte hier noch jene beschauliche Erhabenheit und Ruhe aus, die Lisa unter anderen Umständen wahrscheinlich verzauberte hätten.

Stattdessen kaute sie auf ihrem Daumennagel und beachtete die vorüberziehende Landschaft kaum. Wie sollte sie Professor Birkmeier die Verzögerung erklären? Oder dem Sponsor?

In Gedanken formulierte sie die E-Mail:

Aufgrund unvorhergesehener Komplikationen … Nein, das klang zu hilflos.

Wegen schwieriger lokaler Begebenheiten … Das war noch weit untertrieben.

Weil ihr da oben in Trier keinen Plan von eurer Arbeit habt und ein rüpelhafter kretischer Olivenbauer mir hier das Leben schwermacht. Das traf es auf den Kopf.

Nach drei Stunden Fahrt erreichten sie Palekastro am frühen Nachmittag, und wie immer um diese Uhrzeit schien das Dorf wie ausgestorben. Auf dem Hauptplatz lagen nur ein paar Katzen auf den schattigen Stufen der Kuppelkirche. Es herrschte die alltägliche Mittagsruhe von eins bis fünf Uhr nachmittags. Eine weitere lokale Gepflogenheit, an die Lisa sich nicht gewöhnen konnte. Was war der Sinn davon, die Hälfte des Tages zu verschlafen?

Wenigstens auf der Ausgrabungsstelle von Roussolakos hielt man sich nicht an solche kontraproduktiven Sitten. Schon von Weitem sah Lisa die Gruppe im Suchschnitt einer erst gestern von Büschen und Grassoden freigelegten Befundstelle arbeiten, die in unmittelbarer Nähe zur Grenzmauer lag. Zum Schutz gegen die Sonne hatten sie eine an vier Pflöcken befestigte Zeltplane über das Arbeitsfeld gespannt.

Eine Ausgrabung war stets eine organisatorisch hochkomplexe Angelegenheit, in der jeder, ob Archäologe, Grabungshelfer, Techniker, Geologe oder Baggerfahrer, eng abgestimmt mit den anderen arbeiten musste. Anhand der Prospektionen entschieden die Archäologen, wo der Oberboden abgetragen werden musste, erteilten den Baggerfahrern genaue Angaben, wie tief sie graben mussten, um eine Befundfläche freizulegen, auf der dann die Grabungshelfer mit ihrer Arbeit beginnen konnten. Stück um Stück gruben diese sich, den Anweisungen folgend, ins Erdreich vor, während jeder einzelne Kübel voll Abraumerde von einer anderen Gruppe durch große rechteckige Siebe geschüttelt wurde, damit weder die kleinste Keramikscherbe noch der unscheinbarste Knochenrest unentdeckt blieb.

Gleichzeitig mussten alle Grabungsfortschritte von Zeichnern vermessen und entweder fotografisch oder auf einer Karte festgehalten werden. Die Fundstücke wurden genau dokumentiert und schließlich von einem weiteren Team sorgfältig datiert, falls möglich gereinigt und, ihrer Beschaffenheit entsprechend, in einem der eigens dafür herbeigeschafften Container zwischengelagert, bevor sie klassifiziert und nach Material und Altersschätzung sortiert wurden.

Rasch zog sich Lisa in einem der Container um, den sie zu ihrem Feldbüro umfunktioniert hatte. Ein T-Shirt und eine Cargohose, dazu ein Cowboyhut aus Stroh. Den hatte sie schon seit Jahren, und obwohl dessen Ränder bereits ausgefranst waren, brachte sie es nicht über sich, das alte Ding wegzuwerfen.

In Arbeitskleidung fühlte sich Lisa gleich besser. Als sie nach draußen trat, in den rund einen Meter tiefen Graben des Befundprofils stieg und vorsichtig mit der Spitzkelle Schicht um Schicht an Erdkrumen abtrug, machte alles wieder Sinn: die sich ständig wiederholenden, in Fleisch und Blut übergegangenen Bewegungen. Der Geruch von Lehm und Steinstaub.

Lisa fühlte, wie sich ihre Gedanken allmählich beruhigten. Genau darum liebte sie ihre Arbeit. Den Boden unter den Händen spüren. Das aufgeregte Flattern im Magen, sobald die Kelle über etwas Hartes scharrte. Die erwartungsvolle Spannung, bis man den Gegenstand freigelegt hatte – ein Knochenstück vielleicht oder einen Mauerteil oder auch nur eine Keramikscherbe.

Dass die Sonne inzwischen untergegangen war, bemerkte sie erst, als sie das Sirren einer Mücke hörte.

»Mistvieh, elendes.« Instinktiv schlug sie sich mit der Hand aufs Ohr.

»Bald ist es zu dunkel, um noch etwas sehen zu können. Was hältst du davon, wenn wir für heute Schluss machen?« Mit amüsiert hochgezogenen Augenbrauen stand Tin am Grubenrand.

Er streckte die Hand aus und zog Lisa hoch. »Wir anderen gehen später ins Dorf zum Essen. Dort gibt's eine nette kleine Taverne. Die servieren das leckerste Gyros der Gegend. Lust, mitzukommen?«

Lisa tat, als klopfte sie sich den Dreck von den Knien. Dabei waren die Hosen inzwischen so voller Lehmflecken und verkrustetem Schlamm, dass es ohnehin nichts nutzte. »Ich muss noch ein paar E-Mails und Berichte schreiben. Ein anderes Mal gern«, erwiderte sie. Hoffentlich wirkte ihre Miene entschuldigend genug, damit Tin sie nicht durchschaute.

Dass sie Professor Birkmeier eine Nachricht mit der Beichte der Verzögerung schuldete, war zwar nicht gelogen, doch sie hatte noch immer keine passende Formulierung gefunden. Außer ein Geistesblitz suchte sie aus heiterem Himmel heim, andernfalls würde sie die E-Mail ohnehin nicht heute schreiben. In Wahrheit graute es Lisa vor diesem Geselligkeitszwang außerhalb der Arbeitszeit.

Wahrscheinlich lag das daran, dass sie nach der Scheidung der Eltern bei ihrer Mutter in einem beschaulichen Münchner Vorort aufgewachsen war. Das größte und einzige interfamiliäre Ereignis hatte sich auf das halbjährliche Treffen zum Schafkopfen mit Tante Gerti und Onkel Leo beschränkt. Mehr Gemeinschaftsleben kannte sie und vermisste sie auch nicht. Es gab keinen plausiblen Grund, weshalb man sich Tag für Tag gegenseitig auf die Nerven gehen musste.

Außerdem war ihr die besagte Taverne sehr wohl vertraut. Sofia hatte sie am dritten Abend in Palekastro dorthin geschleppt. Um sie einem weiteren Teil der Familie vorzustellen, denn die Taverne gehörte ihrem Bruder, wie die Apotheke einem Vetter, der Gemüseladen an der Ecke einer Tante gehörte und ihr Neffe der Besitzer von mindestens drei der Mini-Märkte im Dorf war. In Palekastro gab es keine lebende Seele, die nicht um dreiundvierzig Ecken herum mit Sofias Familie verwandt war.

»Na dann.« Mit einem Schulterzucken wandte sich Tin zum Gehen. Auch die anderen räumten ihre Werkzeuge zusammen, packten ihre Feldflaschen und Rucksäcke und winkten zum Abschied, bevor sie in Richtung der Camper gingen.

Was für eine göttliche Stille mit einem Mal auf dem Feld herrschte.

Ob sie nicht doch vielleicht noch ein, zwei Stunden weitermachen sollte? Die Abendluft war nicht zu kühl, und im Moment zählte jede Minute, die sie an der Grabung arbeiten konnte.

Das durchdringende Sirren eines Mückenschwarms enthob sie jedoch der Entscheidung.

Rasch schlüpfte Lisa in eine Jacke, vergewisserte sich, dass die Fundkisten allesamt in dem Wellblechschuppen mit dem Sicherheitsschloss untergebracht waren, griff nach der großen Zeichenmappe, dem Rucksack mit Laptop und einer Plastikschachtel voll mit kleinen Fundbeuteln, die sie heute Abend noch in Ruhe begutachten und katalogisieren wollte. Dann ging sie zum Eingang, wo bereits einer der beiden vom Museum in Sitia beauftragten Sicherheitsbeamten stand, die das Grabungsgelände nachts bewachten.

»Ya sas«, rief sie ihm zu, ehe sie zu Fuß den Weg zum Gutshof einschlug.

Auf ihrem iPod lief einer ihrer Lieblingssongs – *Mambo Nr. 5* von Lou Bega. Lisa liebte die Tanzmusik der Achtziger- und Neunzigerjahre. Diesen Rhythmus. Diesen Funk und Groove, der einem ins Blut ging.

Die Plastikschachtel vor sich balancierend, tänzelte sie den Feldweg entlang und drehte sich um die eigene Achse, obwohl sie nicht tanzen konnte. Ihr hatte schon von Kind auf jegliche Bein- und Körperkoordination gefehlt, und der verletzte Knöchel sorgte dafür, dass ihre Bewegungen noch steifer wirkten. Ihr Vater hätte sowohl die Musik als auch das Tanzen für eine Beleidigung des guten Geschmacks gehalten.

Sie grinste bei dem Gedanken. Was soll's, Vater war weit weg, hielt wahrscheinlich gerade irgendwo irgendeine Konferenz ab oder nahm an einer Preisverleihung für seine Verdienste im Bereich der Klassischen Archäologie teil. Außerdem erlaubte sie sich dieses Quäntchen Ausgelassenheit auch nur, wenn niemand sie sehen konnte.

Wenig später trat Lisa durch den Mauerbogen, der zum Gutshof führte. Auf dem Platz rund um den Olivenbaum standen mindestens zehn Autos.

Sie erstarrte.

Schon von hier unten konnte sie das Stimmengewirr auf der Terrasse hören.

In Gedanken seufzte Lisa auf. Der vereinte Familienclan. Schon wieder. Und sie hatte Tins Einladung ausgeschlagen. Ein buchstäblicher Gang vom Regen in die Traufe.

Nicht, dass sie Sofia, Kalli oder die anderen unzähligen Familienmitglieder nicht mochte, im Gegenteil. Aber abgesehen davon, dass es schier unmöglich war, sich die Namen aller zu merken, waren sie viel zu vereinnahmend, viel zu laut und vor allem viel zu viele. Wie ruhig und erholsam dagegen die Treffen zum Schafkopfen mit Lisas Verwandten gewesen waren.

Wenn sie jedoch unbemerkt über den Hof und durch den unteren Stock in ihr Zimmer gelangen könnte …

Lisa schlich sich an der Mauer entlang zum Eingang in den ersten Stock, der, so hatte Sofia ihr erklärt, nur während der Wintermonate benutzt wurde.

Die Fensterläden blieben hier unten den ganzen Sommer über ständig geschlossen, um die Hitze abzuhalten. Doch das vom oberen Stock einfallende Licht reichte, damit Lisa ihren Weg fand. Vorbei an dem langen, rustikalen Holztisch mit Bänken im Essbereich, der für mindestens zehn Personen Platz bot, dem gestreiften Sofa mit den kirschroten Samtkissen, den mit herrlichen Schnitzereien verzierten Kommoden aus Zedernholz und dem offenen Kamin in der Ecke des Wohnzimmers.

Nur noch die Steintreppe hoch und bis zum Ende des Gangs schleichen, wo ihr Zimmer lag.

Sie hörte das Klappern von Geschirr, Gelächter und das Geschrei von einem Kleinkind.

Lisa hielt den Atem an.

Bloß schnell in ihrem Zimmer verschwinden, bevor jemand sie entdeckte.

Sie hatte den Gedanken nicht zu Ende gedacht, als die Schlaufe ihres Rucksacks am obersten Knauf des schmiedeeisernen Treppengeländers hängen blieb, sie mitten in der Bewegung zurückgerissen wurde, ihr die Plastikschachtel aus den Händen fiel und mit lautem Getöse auf den Steinplatten aufschlug. Der Deckel ging auf, die Plastiksäckchen schlitterten über den Boden.

Sofort ließ sich Lisa auf die Knie fallen. »Mist!« Die Fundstücke. Hoffentlich waren sie alle heil geblieben.

Auf einmal herrschte Stille. Eine verdächtige, unheimliche Stille.

Dann hörte Lisa das Geräusch von Holzstühlen, die auf Steinplatten zurückgeschoben wurden, von eiligen Schritten und schließlich Kallis Stimme: »Was machst du denn da auf dem Boden?«

Sie schaute auf. Dabei traf ihr Blick auf Charis, der, die Arme vor der Brust verschränkt, neben seiner Schwester stand und auf Lisa hinuntersah. Aus dieser Perspektive wirkte er noch größer, noch breitschultriger, und in seinen Augen funkelte unverhohlener Spott.

Was sie hier machte? Zusammensammeln, was von ihrem

Selbstbewusstsein und ihrer Hoffnung auf etwas Ruhe übrig geblieben war.

Die Mückenstiche in ihrer Kniekehle juckten auf einmal wieder höllisch.

Eigentlich hätte sie wissen müssen, dass diese Familie mit honigtriefenden Fingern nach jedem Gast griff und alle mit den fröhlichen Gesichtern und einer schnörkellosen Herzlichkeit bezirzte.

Wenig später fand sich Lisa, eingequetscht zwischen Großonkel Stelios und einem pausbäckigen kleinen Jungen – wessen Kind war das gleich noch? –, mit ungefähr zwölf weiteren Personen am voll besetzten Esstisch wieder.

Ihr gegenüber saß eine lächelnde kretische Schönheit namens Alíki. Eine entfernte Cousine, die Lisa heute zum ersten Mal sah, nachdem die junge Kreterin sie vorhin spontan in eine nach Ylang-Ylang riechende Umarmung gezogen hatte.

Alíki mochte ungefähr Mitte dreißig sein. Mit dunklem, zu perfekt fallenden Wellen frisiertem Haar, das ihr bis über die Brust reichte und die hohen Wangenknochen betonte. Dazu Augen mit unendlich langen Wimpern und eine Nase, bei der sogar Kleopatra vor Neid erblasst wäre. Dabei war sie kaum geschminkt. Kein Wunder, bei der makellosen Haut hatte sie das auch nicht nötig.

Ganz zu schweigen von ihrer Figur. Lisa hatte nie viel Aufhebens um ihre eigene Erscheinung gemacht, aber neben diesem Abbild der Aphrodite fühlte sie sich wie der Glöckner von Notre-Dame.

Etwas weiter oben am Tisch erkannte Lisa Cousin Petros, der neben Charis Platz genommen hatte und sie angrinste.

»Wie geht's dem Knöchel?«, fragte Petros, während er die

Schüssel mit dem Tomatensalat an seine Schwägerin weiterreichte, deren Namen Lisa vergessen hatte.

»Schon viel besser.« Lisa nickte dankend, hob den Kopf jedoch gleich noch ein Stückchen höher, als sie den Blick bemerkte, den Charis ihr zuwarf. Immerhin waren sie nun auf Augenhöhe.

Trotzdem stockte ihr schon wieder der Atem.

Himmelherrgott, reiß dich zusammen, Stadler. Er ist nicht der erste Mann, den du zu Gesicht bekommst.

Nein, aber mit Abstand einer der attraktivsten. Außerdem sah er nun ganz anders aus als bei ihrer ersten Begegnung auf dem Olivenhain: frisch geduscht und mit sorgfältig gestutztem Dreitagebart. Die dunklen Locken waren feucht und ließen sich anscheinend nicht bändigen. Doch ihn schienen die Strähnen nicht zu stören, die ihm in die Stirn fielen. Er kräuselte die Augenbrauen, sein rechter Mundwinkel zuckte. Und dieser Blick. Augen von der Farbe warmem Cointreaus. Amaltheias Ziegenhorn mit Zuckerwatte, ein Apollon in Jeans und Leinenhemd.

Sie sollte ihn zur Rede stellen. Hier und jetzt. Das Überraschungsmoment wäre nie günstiger. Doch Lisas Zunge schien ihr am Gaumen festzukleben. Was hatte sie ihm noch gleich sagen wollen?

»Trotzdem strengst du dich zu sehr bei der Arbeit an. Du solltest dich wirklich noch schonen«, sagte Sofia und schaufelte einen zweiten Löffel mit Boureki auf Lisas Teller.

»Nicht so viel für mich, bitte«, versuchte Lisa, den Nachschlag abzuwehren.

»Ach was. Wo es für so viele reicht, reicht es auch für eine Portion mehr. Du gehörst schließlich jetzt zur Familie«, erwiderte Sofia ungerührt.

Schon stand der volle Teller vor Lisa. Zucchini-Kartoffel-Auflauf, und er verströmte ein herrliches Aroma nach Minze und würzigem Käse.

Ohne dass sie etwas dagegen tun konnte, lief ihr das Wasser im Mund zusammen, und die ideale Gelegenheit zog ungenutzt vorbei – einmal mehr –, während sie den ganzen Teller leer aß.

Erst irgendwann nach dem Nachtisch aus Loukomades – kleinen, frittierten und mit Honig beträufelten Hefeteigbällchen –, dem dritten Gläschen Raki, das wie durch Zauberei immer wieder aufgefüllt wurde, und nachdem sie für den kleinen Manolis, der, wie sich herausstellte, der Enkel von Sofias Schwester war, fünfmal hintereinander »Fischers Fritze« wiederholt hatte, weil er den deutschen Zungenbrecher so drollig fand, gelang Lisa endlich die Flucht in ihr Zimmer.

Rasch schloss sie die Tür hinter sich ab und lehnte sich mit einem erleichterten Seufzen dagegen.

Ruhe. Die leisen Gesprächsfetzen, die von der Terrasse her durchs geöffnete Fenster drangen, störten nicht weiter.

Als Erstes prüfte Lisa die Fundstücke in der Plastikschachtel. Ein paar davon waren zerbrochen, der Großteil lag jedoch noch immer unversehrt in den beschrifteten Plastikhüllen. Zum Glück.

Dann den Mückenstecker einschalten, prüfen, ob das Fliegengitter am Fenster geschlossen war, rasch unter die Dusche hüpfen und sich den Frust des Tages abspülen.

Es war noch nicht allzu spät, als Lisa schließlich aus dem Badezimmer kam. Die Dusche hatte sie erfrischt und ihre Lebensgeister erneut geweckt.

Auf ihrem Schreibtisch hatte sie sich eine Art provisorischen Arbeitsplatz zur Fundaufnahme eingerichtet: zwei Laptops mit der Datenbank für die Erfassung der Funde, wo sie zudem sämtliche geologischen und archäobotanischen Auswertungsergebnissen und Prospektionen sammelte, eine externe Festplatte, auf der sie täglich eine Kopie der Daten speicherte, ein Mikroskop und ein kleines, höhenverstellbares Zeichenpult.

Endlich konnte sie sich in Ruhe dem Klassifizieren der Fundstücke widmen, nebst der Feldarbeit ihre zweitliebste Beschäftigung. Sie fühlte sich dabei immer wie beim Auspacken eines Geschenks: erst die Überraschung beim Auffinden, dann die wachsende Freude und Bewunderung beim genaueren Betrachten.

Voller Erwartung setzte sich Lisa an den Arbeitstisch, schaltete die Rechner an, breitete die Fundbeutel vor sich aus und hielt inne, als der unverwechselbare Klang einer kretischen Lyra ertönte. Jenes birnenförmige Saiteninstrument, das ebenso schrill klang wie eine verstimmte Geige.

Sie kniff angestrengt die Augen zusammen und stieß den Atem aus.

Prompt setzten erste, laute Zurufe, Klatschen und die taktgebende Gitarre ein, bevor sich die Lyra und der typische Gesang abwechselten. Eine einzelne Männerstimme.

Lisa hörte das Stampfen von Füßen.

Himmel, jetzt tanzten sie auch noch.

Mit einem resignierten Schnauben griff sie nach der Schachtel mit den Ohrenstöpseln.

Es war jeden Abend dasselbe und dauerte bis spät in die Nacht hinein. An Schlaf war nicht zu denken, denn sogar mit den Stöpseln in den Ohren war der durchdringende Klang der Lyra zu hören. Anfangs hatte Lisa versucht, die nervige Musik mit einem Song von ihrer Playlist zu übertönen. Zwecklos. Nicht einmal Prince mit seinem *Let's go crazy* kam dagegen an.

Sie schloss das Fenster, riss es jedoch bereits nach kurzer Zeit wieder auf, denn die Luft im Zimmer wurde schnell stickig.

Charis, Petros und ein paar weitere Verwandte gehörten zu einer Folklore-Tanzgruppe, hatte Sofia ihr erklärt. Das sei Tradition in der Familie. Und natürlich mussten sie für das kommende Fest zu Ehren der Agia Triada, der Heiligen Dreifaltigkeit, üben. Was zwar hieß, dass niemand im Haus schlafen konnte, aber die Familientradition sei schließlich eine Ehrensache, und sie, Lisa, solle doch einfach zusammen mit dem Rest der Familie bei den Proben zusehen, dann hätte sie viel mehr davon.

Es war zum Haareraufen.

Um ein Uhr nachts knipste Lisa das Licht aus und legte sich aufs Bett.

Auf der Terrasse wurde noch immer Musik gespielt.

Schliefen diese Kreter denn nie?

Doch. Von eins bis fünf Uhr nachmittags.

Der kretische Fluch fiel Lisa wieder ein, während sie vergeblich versuchte, den Kopf unter dem Kissen zu vergraben.

KAPITEL 5

Der Seitenscheitel und andere Komplikationen

Von: lisa.stadler@unitrier.de
An: kl.birkmeier@unitrier.de

Betreff: Grabungsbericht Roussolakos – Woche 2
Datum: 29.05.2018–18:47 Uhr

Lieber Professor Birkmeier – kalispera!
Ich mache es kurz und schmerzlos: Leider gibt es noch keinen veränderten Lagestatus zu verzeichnen. Immerhin hat der Zoll inzwischen endlich die Messgeräte freigegeben, was uns die Arbeit um ein Vielfaches erleichtert.
Bleiben somit nur noch die hinderlichen lokalen Begebenheiten um das Zutrittsrecht auf das benachbarte Grundstück. Doch auch hier gebe ich nicht auf. Ich bin felsenfest davon überzeugt, dass wir jenseits der Grenzmauer fündig werden, auch sämtliche bisherigen Examinationen deuten darauf hin.
Aufgrund der unvorhergesehenen Komplikationen bitte ich jedoch um eine Fristverlängerung von zwei Wochen.

Für Ihre Unterstützung in der Vermittlung mit der Ozuka Founding danke ich Ihnen schon jetzt.

Allerbeste Grüße aus Kreta
Lisa Stadler

* * *

Von: g.kuegler@unitrier.de
An: lisa.stadler@unitrier.de

Betreff: Interne Kommunikation
Datum: 30.05.2018–09:00 Uhr

Sehr geehrte Frau Kollegin,
ich danke Ihnen für den gestrigen Bericht. Wie es scheint, wurden Sie noch nicht über die letzten, kurzfristigen Änderungen innerhalb des Vorstands der Forschungskommission informiert.

Leider muss ich Ihnen mitteilen, dass sich Professor Birkmeier aus familiären Gründen bis auf Weiteres von seinen Pflichten zurückgezogen hat. Als Prodekan untersteht der Fachbereich nun ad interim mir.

Ich habe inzwischen die bisherigen Forschungsdetails sowie Ihre Berichte über das Roussolakos-Projekt eingehend studiert. Sie mögen zwar mit Ihren Einschätzungen richtig liegen, doch müssen wir trotz allem rühmenswerten Enthusiasmus realistisch bleiben. Solange der Besitzer des an der Grabungsplanung angrenzenden Grundstücks das Zutrittsrecht verweigert, bleibt jede noch so schöne Theorie nichts weiter als das. Aufgrund der gegebenen Umstände kann ich dem Sponsor gegenüber keine Empfehlung für eine Fristverlängerung aussprechen.

Es liegt in unserem Sinn, die Ozuka Founding langfristig als Partner für weitere Projekte zu behalten. Eine solche Zusammenarbeit kann nur auf einem offenen Dialog, gegenseitigem Vertrauen und nicht zuletzt einer Erfolg versprechenden Perspektive basieren. Solange Sie nicht massive Verbesserungen durchsetzen können, scheint das Projekt Roussolakos diesen Anforderungen leider nicht zu genügen.

Mit freundlichen Grüßen
Dr. phil. Gerd Kügler
Universität Trier

* * *

Erschrocken starrte Lisa auf den Bildschirm ihres Laptops.

Professor Birkmeier. Aus familiären Gründen? Bis auf Weiteres von seinen Pflichten zurückgezogen?

War etwas mit seiner Frau passiert?

Oder vielleicht mit seinem Sohn, der, soweit Lisa wusste, in Kanada lebte?

Die Fakultät von Trier ohne Karl Birkmeier. Das war so unvorstellbar wie Athen ohne die Akropolis. Wie eine Odyssee ohne Odysseus.

Und mit seinem Fortgang verlor Lisa nicht nur einen Mentor und Freund, sondern auch ihren Fürsprecher. An dessen Stelle saß nun ausgerechnet Gerd Seitenscheitel Kügler – der größte aller Speichellecker, der nicht akzeptieren konnte, dass sie als freie Mitarbeiterin bei den Studenten zu den beliebtesten Referenten zählte und dass ihr das Roussolakos-Projekt quasi in den Schoß gefallen war.

Lisa klappte den Deckel des Laptops so energisch zu, dass es laut klackte.

Solange Sie nicht massive Verbesserungen durchsetzen können, scheint das Projekt Roussolakos diesen Anforderungen nicht zu genügen … Unmissverständlicher hätte die Mahnung kaum sein können.

Sie schloss die Augen, atmete tief durch und massierte sich die schmerzende Stirn. Von draußen drangen die vertrauten Geräusche ins Containerbüro: das Schmirgeln der Bürsten, mit denen zwei Grabungshelferinnen die ausgesiebten Keramikscherben säuberten; das monotone Brummen des Kleinbaggers im südlichen Planquadrat; das Rattern eines Schubkarrenrads; Tin, der ein Liedchen pfiff.

Währenddessen arbeitete Lisas Verstand auf Hochtouren.

Am liebsten hätte sie zum Telefon gegriffen und mit Professor Birkmeier gesprochen, gefragt, wie es ihm ging. Die Uni war sein Leben gewesen, das wusste sie. Doch das musste warten. Denn ihre erste Ausgrabung steuerte auf ein Desaster von olympischen Ausmaßen zu. Ein gefundenes Fressen für alle Neider unter ihren Berufskollegen – solchen wie Gerd Kügler. Und das hauptsächlich deshalb, weil sie ihres Vaters Tochter war. Des weltberühmten Archäologen Professor Helmut Stadler. Wenn die Leute wüssten, dass dieser Umstand für Lisa eher einen Fluch denn einen Segen darstellte!

Aber jetzt drohten sämtliche Mühen und Entbehrungen der letzten Jahre mit einem Schlag so nutzlos wie ein alter Sandspachtel zu werden. Verflucht noch eins, wie hatte sie es nur so weit kommen lassen können?

Mit einem Ruck stand sie auf, schaute auf ihre Armbanduhr: zehn Uhr dreißig morgens.

Lisa nahm den Schlüssel des Škoda und ihren Rucksack, bevor sie aus dem Containerbüro eilte.

Wo mochte sich ein sturer, kretischer Olivenbauer um diese Tageszeit verstecken?

»Charis?« Kalli schüttelte den Kopf und sah von ihrer Zeitschrift auf, die sie, in der Hängematte auf der Veranda liegend, las. »Er ist vor etwa einer Stunde mit seiner Vespa los. Warum?«

»Ich muss mit ihm reden. Kannst du ihn anrufen und mich dann sprechen lassen? Ich habe mein Handy in Roussolakos vergessen. Bitte. Es ist wichtig.« Verstohlen schob Lisa ihr Mobiltelefon tiefer in die Hosentasche und staunte darüber, wie gut sie lügen konnte. Charis hätte bestimmt niemals geantwortet, wenn eine unbekannte Nummer mit Vorwahl aus Deutschland auf seinem Display erschienen wäre. Warum war sie nicht schon viel früher darauf gekommen?

»Worum geht es denn?« Kalli kletterte aus der Hängematte und trat neben Lisa, während sie auf den grünen Wählbutton ihres Smartphone-Displays tippte. Die Neugier stand ihr ins Gesicht geschrieben.

Ohne eine Antwort zu geben, nahm Lisa das Handy.

Der Summton ertönte. Einmal. Zweimal. Dreimal.

Sie presste die Lippen zusammen.

Nimm schon ab, nimm schon ab, nimm schon ab … bevor sie womöglich der Mut verließ.

Ein Klicken in der Leitung. Dann ertönte Charis' lachende Stimme. »Schwesterherz. Ich habe deine Einkaufsliste nicht vergessen, keine Angst …«

»Hier ist Lisa. Ich muss dringend mit Ihnen sprechen. Wo kann ich Sie treffen? Jetzt«, sagte sie ohne Umschweife.

Am anderen Ende der Leitung wurde es still.

KAPITEL 6

Das Kafenion oder die letzte Männerbastion

Meinst du nicht, dass du allmählich übertreibst?«, fragte Cousin Petros und gähnte, bevor er an seinem Mokka nippte. »Für Späße bin ich immer zu haben, das weißt du. Aber diese nächtelange Tanzerei …« Er fuhr sich mit der Hand übers Gesicht. »Ich kriege vor Müdigkeit kaum noch einen Buchstaben ins Hirn, dabei sollte ich mich längst auf mein Examen vorbereiten. Und wie ich das sehe, lässt sich die jermanida davon ohnehin kein bisschen beeindrucken.«

Charis klopfte ungeduldig mit den Fingern auf den Tisch und unterdrückte ein Gähnen.

Wie an jedem anderen Tag um diese Uhrzeit war das Kafenion nur von wenigen Einheimischen besucht. Lediglich Sotíris, der junge Wirt, stand hinter dem Tresen und trocknete die frisch gewaschenen kleinen Teetassen aus Glas ab. Die beiden alten Männer, die im Schatten der Platane saßen und Tavli spielten, waren Sotíris' Großvater Costa und dessen Nachbar, der einäugige Ioánnis.

»Noch einen Mokka«, rief Charis dem Wirt zu und fuhr mit dem Fingerklopfen fort. Petros hatte recht, so konnte es nicht weitergehen. Sein schöner Plan erwies sich als nutzlos und diese deutsche Archäologin als resistenter als erwartet. Dreimal verteufelt.

Dabei war es ein Heidenspaß gewesen, Lisas übernächtigtes Gesicht zu sehen, nachdem er und Cousin Petros zusammen mit den anderen Mitgliedern der Folkloregruppe zum ersten Mal bis in die frühen Morgenstunden oben auf der Terrasse gesungen und getanzt hatten. Kalli wollte eine friedliche Einigung, und was war friedlicher, als für einen Auftritt beim Triadas-Fest zu proben?

Bestimmt würde es der jermanida bald zu bunt werden, hatte er gedacht. Ja, und sie würde den Gutshof mit Sicherheit schon nach ein paar Tagen in Windeseile verlassen und zu ihresgleichen in die Container ziehen, womit er zumindest endlich wieder Ruhe im eigenen Haus hätte. Das war sein Plan gewesen.

Doch weit gefehlt. Nach mehr als zwei Wochen war die Archäologin noch immer da, und Yiayià und Kalli lasen ihr jeden Wunsch von den Augen ab, während er, Charis, vor Erschöpfung literweise Kaffee in sich hineinschütten musste und beim Abendessen am Familientisch mit dem Schlaf kämpfte.

»Ihr beiden seht aus, als hättet ihr einen ganzen Monat lang durchgefeiert«, bemerkte Sotíris mit einem süffisanten Grinsen, als er die Mokkatasse vor Charis auf den Tisch stellte.

Petros gähnte. »So ähnlich fühlt es sich auch an. Bei aller Liebe, Cousin, aber das war's. Ich steige aus.«

»Aussteigen? Wobei denn?« Mit einer gekonnt beiläufigen Geste begann Sotíris, den Tisch mit einem Tuch abzuwischen, ließ den Blick dabei von Petros zu Charis wandern und dachte offensichtlich nicht im Traum daran, sich um seine eigene Angelegenheit zu kümmern. Ein Kafenion war schließlich eine nie versiegende Quelle von Klatsch und Tratsch.

Mit einer fahrigen Handbewegung winkte Charis ab. Er

konnte Sotíris zwar gut leiden, zumal dieser der jüngere Bruder des Ehemanns seiner Schwester Philyra war und somit zur Familie zählte. Aber im Moment stand ihm nicht der Sinn nach einer ausführlichen Antwort.

»Beim Verscheuchen von Charis' Nemesis«, erklärte Petros unverblümt. »Autsch! Was denn?«

Der Tritt ans Schienbein hatte gesessen.

Doch zu spät. Schon drehten sich die beiden alten Männer vom Nebentisch zu ihnen um.

Das silberne Gestrüpp von Costas Augenbrauen zog sich vorwurfsvoll zusammen. »Nefeli? Etwa die Tochter des Bürgermeisters? Ein so hübsches Ding verscheucht man nicht, schreib dir das hinter die Ohren, Junge.«

»Du alter Trottel hörst immer schlechter.« Der einäugige Ioánnis lachte. »Er hat Nemesis gesagt.«

»Hm.« Costa schüttelte den Kopf. »Kenne ich nicht. Kommt sie von außerhalb?«

Charis fluchte innerlich. Genau so entstanden die wildesten Gerüchte, und das fehlte ihm gerade noch.

Die Rettung kam unverhofft, als sein Handy klingelte. Kalli. Liebe, süße Kalli. Man sollte sie heiligsprechen.

»Schwesterherz. Ich habe deine Einkaufsliste nicht vergessen, keine Angst …«, antwortete er mit einem gekünstelten Lachen, das schon beinahe schrill klang.

»Hier ist Lisa. Ich muss dringend mit Ihnen sprechen. Wo kann ich Sie treffen? Jetzt.«

Abrupt richtete Charis sich auf. Die deutsche Archäologin. Mit Kallis Telefon? Aber …?

»Hallo? Hören Sie mich?«

»Ich bin nicht taub«, sagte Charis und bemühte sich um einen gleichgültigen Tonfall.

»Nun? Wo kann ich Sie also treffen?« Lisa ließ nicht locker.

»Das ist im Augenblick ziemlich unpassend. Ich bin beschäftigt.«

»Dann sagen Sie mir, wann und wo?«

»Heute Abend nach dem Abendessen hätte ich vielleicht Zeit.« Es musste möglichst gelangweilt klingen. Wenn er so tat, als würde er gähnen, schien es noch überzeugender.

»Nein, ich muss Sie unter vier Augen sprechen. So schnell wie möglich, es kann nicht bis heute Abend warten.« Ihre Stimme hatte einen ungewöhnlich gepressten Klang.

Am Nebentisch hatten die beiden Alten ihr Spiel wieder aufgenommen. Die Würfel klapperten auf dem hölzernen Brett.

»Sind Sie etwa im Kafenion?«, rief Lisa durchs Telefon.

Mist, wie hatte dieses hartnäckige Frauenzimmer das erraten? »Ich bin in ein paar Minuten da.«

Charis sprang auf. »Moment. Das geht ni…« Doch das monotone Summen ertönte bereits aus der Leitung. Sie hatte aufgelegt.

Fassungslos starrte er auf das Gerät. Sie konnte doch nicht allen Ernstes …?

»Was ist los?« – »Wer war das denn?« – »Ist etwas passiert?«

Erst jetzt bemerkte Charis die Blicke der anderen.

»Das war die deutsche Archäologin«, sagte er und schluckte. »Sie kommt hierher.«

»Wie bitte?«, riefen Petros und Costa im Chor.

Der einäugige Ioánnis schüttelte den Kopf. »Die jungen Leute von heute.«

»O nein, kommt gar nicht infrage.« Sotíris' Gesicht hatte die Farbe einer Tomate angenommen, und er warf sich schwungvoll sein Wischtuch über die Schulter. »Eine Frau hat in meinem Kafenion nichts zu suchen. Wo soll denn das hinführen? Das hier ist die letzte Bastion, die uns Männern noch geblieben ist.«

Das zustimmende Gemurmel verstummte augenblicklich, als ein rostroter Škoda in halsbrecherischem Tempo über den Platz vor der Kirche gerast kam. Reifen quietschten, ein beißender Geruch nach verbranntem Gummi breitete sich aus, während der Wagen mit der Stoßstange einen am Platzrand stehenden Geranienkübel streifte und nur eine knappe Handbreit vor Costas und Ioánnis' Tisch anhielt.

»Ich glaube, ich habe mir eben in die Hosen gepinkelt«, flüsterte Costa.

Ioánnis nickte, ihm war vor Schreck der Mund offen stehen geblieben, und das Lid an seinem blinden Auge zuckte.

Charis hingegen holte tief Luft, als die Frau aus dem Auto stieg, die Wagentür hinter sich zuknallte und mit weit ausholenden Schritten näher kam.

An den Knien ihrer Hose hing getrockneter Schlamm. Mehrere Haarsträhnen hatten sich aus ihrem Pferdeschwanz gelöst und fielen ihr ins Gesicht. Spuren von Kalkstaub klebten ihr an den Wangen. Die Lippen waren fest zusammengepresst und die Stirn von dunklen Furchen durchzogen. Kein Zweifel, Charis hatte Lisa noch nie zuvor so voller wütender Entschlossenheit gesehen.

»Scheiße, das stinkt nach Ärger«, hörte er Petros neben sich fluchen. Ein paar Frauen streckten die Köpfe aus den Fenstern oder blieben, mit Einkaufstaschen beladen, mitten auf der Straße stehen, um zu sehen, wer den ungewöhnlichen Tumult verursachte. Sogar Pater Artémios trat in seiner knöchellangen Soutane vor die Holztür der Kirche auf der gegenüberliegenden Seite des Platzes.

»Da sind Sie ja. Gut. Es geht um Roussolakos, ich brauche Ihre Hilfe. Können wir da drin ungestört reden?« Als hätte sie die entgeisterten Blicke rundum nicht bemerkt, schob Lisa einen Stuhl des Kafenions zur Seite und machte Anstalten, das Lokal zu betreten.

Auch ohne sich umzudrehen, wusste Charis, dass sämtliche Leute, die die Szene beobachteten, genau in diesem Moment ihren Augen nicht trauten und sich vor Entsetzen die Hand vor den Mund schlugen.

Aus dem Augenwinkel erkannte er Sotíris, der demonstrativ das Serviertablett unter den Arm klemmte und bereits den ersten Schritt machte, um sich Lisa todesmutig in den Weg zu stellen, als wäre sie die Rachegöttin Tisiphone.

Charis packte Lisa an der Schulter, hielt sie zurück und verfluchte sich in derselben Millisekunde dafür.

»Du kannst nicht da hinein«, sagte er auf Deutsch. Die Worte fühlten sich ungewohnt und zugleich vertraut an. Es war ihm nie zuvor aufgefallen, wie viel tiefer seine Stimme in dieser Sprache klang.

Lisa blieb stehen und starrte ihn an. »Wie? Ich verstehe nicht.«

Charis presste die Lippen zusammen. Wie sollte er es ihr erklären, ohne dass er die Angelegenheit noch schlimmer machte?

»Können wir uns bitte beeilen. Ich habe wirklich keine Zeit mehr.« Damit riss sie sich los und marschierte zwischen den Tischen und Stühlen auf den Eingang zu.

Doch sie kam nicht weit. Sotíris stand auf der Schwelle seines Lokals – breitbeinig, den Zipfel des weißen Geschirrtuchs in den Gürtel gestopft und die Ärmel seines Hemds hochgekrempelt.

Lisa zögerte. Charis konnte deutlich sehen, wie sich ihr Rücken versteifte, als sie trotzig den Kopf hob. Der Wirt hingegen ignorierte sie und rief stattdessen in Charis' Richtung: »Kümmere du dich darum. Sie ist schließlich dein Gast.«

»Was soll das? Lassen Sie mich jetzt bitte durch.« Lisas Stimme wurde lauter.

Sotíris stemmte die Fäuste in die Hüften, rührte sich jedoch nicht vom Fleck. Er würde keinen Zoll nachgeben. Charis kannte den jungen Wirt gut genug, um dessen zusammengezogene Augenbrauen richtig zu deuten.

Rasch trat er näher, stellte sich neben Sotíris und Lisa und hob beschwichtigend die Hände. »Ich sagte doch, dass du da nicht hineingehen kannst. Du bist eine Frau, und die sieht man in einem Kafenion nun mal nicht gern.« Lisa schnappte nach Luft, riss ungläubig die Augen auf und brachte kein Wort mehr heraus.

»Nun ja, Palekastro ist ein kleiner Ort, die Sitten sind hier manchmal noch etwas … hinterwäldlerisch«, wandte Petros ein und zuckte entschuldigend die Schultern.

»Von wegen«, rief Costa von seinem Tisch her. »Unsere Sitten sind nicht wählerisch.«

Ioánnis schnaubte. »Hinterwäldlerisch. Er hat hinterwäldlerisch gesagt.«

»Noch schlimmer. Die Ohren sollte man ihnen allen langziehen, diesen jungen Leuten von heute.«

Ungläubig schüttelte Lisa den Kopf. Sie atmete stoßweise. »Das ist …« Sie stockte, während ihr Blick von Sotíris zu Petros glitt und schließlich an Charis hängen blieb. »Das ist chauvinistisch. Aber etwas anderes kann man von gewissen Leuten wohl auch nicht erwarten.«

Mit einem Ruck drehte sie sich um und ging zum Wagen zurück. Die Kupplung kreischte, als sie den Rückwärtsgang einlegte, den Wagen wendete und davonfuhr.

Charis sah ihr nach.

»Ich bin verdammt froh, dass ich heute nicht in deiner Haut stecke«, sagte Petros. Kein Zweifel, sobald Yiayià von dieser Szene hier erfuhr, würde sie ihm die Hölle heißmachen. Womöglich hatte er den Bogen tatsächlich überspannt.

Lisa hatte allerdings gerade eben einfach umwerfend ausgesehen.

KAPITEL 7

Wurzeln und Flecken

Nie zuvor in ihrem Leben hatte Lisa dermaßen die Fassung verloren.

»Du dumme Gans«, fluchte sie und trat das Gaspedal bis zum Anschlag durch.

»›Das ist chauvinistisch‹. Ehrlich, Stadler? Ist das alles, was dir dazu eingefallen ist?« Sie schlug mit der flachen Hand auf das Lenkrad. Das war's. Verspielt war die Möglichkeit einer Aussprache mit Charis. Aus und vorbei. Und das nur, weil ihre Sozialkompetenz anscheinend irgendwo unter dem Nullniveau lag.

»Allens kloor?« Tin hob den Kopf aus einem neuen Grabungsschnitt und zog die Augenbrauen hoch, als Lisa kurz darauf in Roussolakos eintraf, sich eine Kelle schnappte und neben ihm in die Grube kletterte.

»Wunderbar.« Mehr bekam sie nicht über die Lippen. Mehr gab es zu dem heutigen, beschissenen Tag auch nicht zu sagen.

Sie arbeitete, bis am späteren Nachmittag dunkle, regenschwere Wolken aufzogen und ihnen gerade noch genug Zeit blieb, um die wichtigsten Befunde und Suchschnitte mit Plastikplanen abzudecken. Nur wenige Minuten später regnete es in Strömen vom Himmel, während Blitze durch die Wolken zuckten und ohrenbetäubender Donner grollte.

Trostlos, genau wie Lisas Laune. Die besserte sich auch nicht, als Tin sie mit dem Škoda zurück zum Gutshof fuhr.

»Ruh dich aus und lass dich bekochen. Morgen machen wir weiter wie immer«, sagte er, bevor sie ausstieg. Er hatte gut reden.

So schnell sie konnte, rannte sie zum Haus, war jedoch trotzdem nass bis auf die Haut, und ihre Schuhe schmatzten bei jedem Schritt, als sie unter dem Vordach ankam.

Die Tür im Erdgeschoss war unverschlossen. Barfuß trat Lisa ein und bemerkte sofort die ungewohnte Ruhe im Haus. Doch es musste jemand da sein, im Kamin brannte ein Feuer.

Sie entdeckte die auf der gepolsterten Holzbank sitzende Gestalt allerdings erst, als Charis auf Deutsch sagte: »Nur fürs Protokoll: Ich bin kein Chauvinist.«

Lisa zuckte zusammen. »Du meine Güte. Sie haben mich erschreckt.«

Er stand auf und reichte ihr ein Wolltuch. »Hier. Setz dich dort ans Feuer. Nicht, dass du noch eine Lungenentzündung kriegst.«

»Seit wann ist Ihnen meine Gesundheit denn so wichtig?« Sofort biss sie sich auf die Zunge. Das hatte angriffslustiger geklungen als gewollt. Lernte sie denn nie dazu?

Charis' Lippen zuckten, ansonsten blieb seine Miene unbeweglich. »Ist sie nicht. Wenn du krank wirst, dauert es aber noch länger, bis ich dich los bin«, sagte er ruhig, so als würde er über die Samtkissen auf dem Sofa sprechen.

Lisa blieb stehen und starrte ihn an. Dass ihm ihre Anwesenheit ein Dorn im Auge war, wusste sie. Doch dass er sie so schnell wie möglich loswerden wollte …

Er seufzte, als er ihr Zögern bemerkte, und setzte sich wieder auf die Bank. Dabei legte er die Hände mit den Handflächen nach oben auf die Knie. »Das war ein Scherz. Was denkst du eigentlich von mir?«

Sie wickelte sich die Wolldecke eng um die Schultern und trat zum Feuer.

»Was ich von Ihnen denke? Um ehrlich zu sein, fällt es mir schwer, mich festzulegen. Im Moment schwanke ich zwischen stur, halsstarrig und engstirnig«, sagte Lisa schließlich. Das war zwar etwas unverschämt, aber was er konnte, konnte sie auch.

Charis' Augenbrauen fuhren in die Höhe. Doch dann erhellte ein schiefes Grinsen seine Miene. »Touché. Aber können wir uns trotzdem auf ein Geschäft einigen? Du hörst auf, mich zu siezen, dafür verrate ich Yiayià auch nicht, dass du ihren guten Teppich ruiniert hast.« Er deutete auf den Boden vor Lisa.

Um Himmels willen, sie hatte gar nicht bemerkt, dass sich um ihre Füße eine schmutzige Pfütze gebildet hatte.

Rasch trat sie auf den Fliesenboden, wo sie ebenfalls bräunlich nasse Abdrücke hinterließ.

»Ich gehe mich schnell umziehen. Wenn Sie … du mir inzwischen einen Lappen besorgst, wische ich das gleich alles sauber.« Damit rannte sie in ihr Zimmer hoch, schälte sich in Windeseile aus den nassen Kleidern.

War das zu fassen? Da bot sich endlich die unerwartete Gelegenheit zu einer Aussprache, und sie tropfte wie ein Eiszapfen in der Wüste. Bestimmt war Charis längst wieder verschwunden, wenn sie hinunterging.

Rasch schlüpfte sie in ein paar verwaschene Jeans und eine Leinentunika. Dabei ertappte sie sich bei einem kritischen Blick in den Spiegel. Ihre Haare waren ein Desaster.

Sie griff nach der Mappe mit den bisherigen Untersuchungsergebnissen und rannte aus dem Zimmer, besann sich jedoch am oberen Treppenabsatz gerade noch rechtzeitig auf Contenance. Er sollte schließlich keine falsche Vorstellung bekommen.

Charis saß noch immer im Wohnzimmer, allerdings in einem der bequemeren Sessel. Und er hatte sogar alle ihre Spuren weggewischt sowie ein Frottiertuch über den Fleck auf dem Teppich gelegt, damit es die Nässe aufsog.

Draußen schüttete es noch immer, doch das Kaminfeuer verströmte eine heimelige Wärme.

Er hob den Kopf, sobald er sie bemerkte. »Besser?«

Lisa nickte. »Danke fürs Aufwischen.«

»Keine Ursache«, erwiderte er und wandte den Blick wieder zum Feuer, die Beine lässig ausgestreckt und an den Knöcheln übereinandergeschlagen.

Nun gut. Jetzt ruhig und sachlich bleiben. Immerhin ist er noch da. Vielleicht war doch nicht alles verloren.

Demonstrativ setzte sich Lisa direkt ihm gegenüber auf den Mauerabsatz des Kamins.

»Sofia und Kalli sind nicht da?«, fragte sie und ächzte innerlich. Was für ein lahmer Anfang.

Charis schüttelte den Kopf. »Sie sind bei Dimitra. Um eine neue Seifenrezeptur auszutüfteln.« Unvermittelt richtete er sich auf, beugte sich vor und stützte die Ellenbogen auf den Knien ab, während er den Blick auf Lisa richtete und in fließendem Deutsch sagte: »Lassen wir jetzt dieses Katz-und-Maus-Spiel, ja? Du hast dich heute Morgen zum Dorfgespräch gemacht, weil du mit mir reden wolltest. Hier bin ich, und es ist niemand sonst im Haus.«

Es war eigenartig, ihn auf einmal in ihrer Sprache sprechen

zu hören. Nur wenn man ganz genau hinhörte, nahm man einen Hauch von Akzent wahr.

Lisa gab sich innerlich einen Schubs. »Ja, es stimmt, ich habe etwas sehr Wichtiges betreffend Roussolakos mit Ihn… mit dir zu besprechen.«

Jetzt bloß die richtigen Worte finden.

»Man hat mich mit dem Auftrag hergeschickt, den seit Jahrzehnten gesuchten minoischen Palast in Roussolakos zu finden«, fing sie an. »Und inzwischen bin ich davon überzeugt, zu wissen, wo wir danach suchen müssen.«

Augenblicklich veränderte sich seine Miene zu dem gewohnt herablassenden Ausdruck, und er schnaubte. »Lass mich raten. Auf meinem Grundstück natürlich.«

»Zweifellos. Hier …« Eilig zog sie die Papiere aus der Mappe. »Das ist eine geomagnetische Prospektion, die auf deiner Landparzelle noch vor dem Mauerbau gemacht worden ist. Siehst du diese Schatten?« Mit dem Finger deutete sie auf die langen, rechteckigen Flecken. »Sie zeigen ganz deutlich eine Störzone – etwas, das dort im Boden liegt. Etwas Großes. Zwar kann ich nicht mit hundertprozentiger Sicherheit sagen, um was genau es sich dabei handelt. Wenn wir aber eine weitere Messung mit einem Magnetometer machen könnten, dann …«

»Nein.«

»Eine solche Messung ist rein oberflächlich. Dabei wird weder der Mutterboden noch die Vegetation in irgendeiner Weise beeinträchtigt. Trotzdem ermöglicht sie uns eine um ein Vielfaches genauere Analyse.«

»Und dann? Was geschieht, sobald ihr mit euren Analysen diesen … Palast gefunden habt? Und sag jetzt nicht, dass ihr dann endlich Ruhe gebt. Du weißt so gut wie ich, dass das nicht stimmt.« Seine Stimme klang schärfer. Er richtete den Zeigefinger drohend auf die Papiere.

Lisa bemühte sich um einen beschwichtigenden Tonfall, als sie weitersprach: »Natürlich kann der Fund nur mittels einer Probegrabung eindeutig nachgewiesen werden. Das würde einen Teil des Olivenhains vorübergehend beeinträchtigen, das leugne ich nicht. Aber sollten wir den Palast wirklich finden …« Sie machte eine weit ausholende Geste. »Das wäre die archäologische Sensation, auf die wir schon so lange hoffen. Roussolakos würde mit einem Schlag berühmt. Das verspricht erneute Fördergelder, Medienpräsenz und nicht zuletzt Touristen, Arbeitsplätze sowie eine Aufwertung der gesamten Region. Ich bin sicher, dass man dir für die Landparzelle eine angemessene Entschädigung zahlen würde.«

»Eine angemessene Entschädigung?« Charis sprang auf. »Dieses Land gehört meiner Familie schon seit über fünfhundert Jahren. Den Olivenbaum draußen auf dem Hof hat mein Ururgroßvater gepflanzt. Der Hof und der Olivenhain sind unsere Heimat, die Wurzeln meiner Familie liegen hier. Genau hier.« Er stampfte mit dem Fuß auf den Boden. Seine Worte waren zu einem dunklen Grollen geworden. »Und soll ich dir verraten, wie viel sie mir für den besagten Teil des Grundstücks angeboten haben? Eine Misere von dreißigtausend Euro, jawohl, so wenig sind euch sogenannten Wissenschaftlern dieses viel gepriesene Kulturgut und das Herzblut der Menschen hier wert.«

Lisa erschrak. Dreißigtausend Euro? Sie hatte keine Ahnung von dem Angebot gehabt. »Allein das Land ist doch mindestens das Dreifache wert, von den Olivenbäumen ganz zu schweigen«, sagte sie empört.

Sie stieß den Atem aus und senkte den Blick auf die Prospektion. Auf den rechteckigen Flecken.

Der Palast. Er lag dort. Sie wusste es, sie spürte es instinktiv. Doch plötzlich schämte sie sich für ihre Gedanken – ja, ein wenig sogar für ihre Ambition.

Charis' Worte hallten in ihrem Kopf nach.

»Das ist …«, fing sie an, schluckte fassungslos und versuchte es dann erneut. »Das ist Ausbeutung im Namen der Erhaltung von Kulturgütern.« Lisa wusste, das geschah viel zu oft, und sie verabscheute die Tatsache aus tiefstem Herzen. »Darf ich fragen, von wem dieses Angebot gekommen ist?«

Er sah sie an. »Von einem Vertreter des Kulturministeriums«, antwortete er verärgert. »Aber was spielt das für eine Rolle? Gehört ihr nicht alle zur selben Schlangenbrut?«

Ein gezielter Schlag, und er schmerzte.

Sie sammelte die Dokumente wieder ein und legte sie zurück in die Mappe, bevor sie eine nicht vorhandene Stofffalte auf dem Oberschenkel glatt strich. »Ich verstehe Ihren Ärger, glauben Sie mir. Ginge es um mein eigenes Land, würde ich mich ebenso weigern. Ein solches Angebot grenzt an Diebstahl.« Dann stand sie auf und presste sich die Mappe gegen die Brust. Das war's. Das Ende ihres Traums.

»Es tut mir leid, dass die Skrupellosigkeit von ein paar Leuten einen dunklen Schatten auf diejenigen wirft, denen der Erhalt von Kultur – mitsamt ihrem unschätzbaren Wert für die Menschheit – wirklich am Herzen liegt. Bitte glauben Sie mir, wenn ich Ihnen versichere, dass ich den Auftrag niemals angenommen hätte, hätte ich von dieser Vorgeschichte gewusst.« Damit wandte sie sich zum Gehen.

Sie biss die Zähne zusammen. Und noch heute Abend würde sie einen Bericht nach Trier schreiben. Der Gedanken ließ Lisa innerlich aufstöhnen. Die Information käme ihrem neuen Interimsvorgesetzten gerade recht. Der Schmarotzer Kügler würde sich vor Schadenfreude bestimmt die Hände reiben.

»Dann sind wir also wieder beim Siezen angelangt?«, hörte sie Charis sagen, als sie bereits auf der untersten Treppenstufe stand.

Langsam drehte sie sich zu ihm um. Dass sie wieder in die Höflichkeitsanrede gewechselt hatte, war ihr gar nicht aufgefallen. Wenn sie es sich jedoch recht überlegte … »Für das, was ich sagen wollte, hat es einfach besser geklungen«, antwortete Lisa mit einem Schulterzucken.

Seltsam, wie Charis' Gesichtsausdruck innerhalb von Sekunden von Verblüffung zu einem bemühten Zusammenpressen der Lippen wechselte. Seine Nasenflügel bebten, die Fältchen an seinen Augen wurden immer tiefer. Bis er schließlich schallend auflachte.

Ja, tatsächlich. Charíalos Zoidakis lachte. Und er schien kaum mehr aufhören zu können.

»Du bist wahrhaftig eine der eigenartigsten Frauen, die mir je begegnet ist, Lisa Stadler«, prustete er, als er wieder zu Atem gekommen war und sich mit dem Handrücken die Tränen aus den Augen gewischt hatte.

»Sagt ausgerechnet der Unergründlichste aller Kreter«, murmelte sie und bemühte sich, ihre Verständnislosigkeit hinter einem höflich-distinguierten Gesichtsausdruck zu verbergen. Was war an der ganzen Geschichte denn so lustig?

Noch immer glucksend, setzte er sich wieder in den Sessel und sagte auf Griechisch: »Und das alles nur wegen einem Haufen alter Ruinen. Unfassbar.«

Alte Ruinen? Hatte er Roussolakos tatsächlich gerade so

genannt? Lisa holte tief Luft. Es war nicht das erste Mal, dass sie auf solche Meinungen prallte, und sie vergaß manchmal, dass jemand, der sich nicht wie sie tagein, tagaus damit beschäftigte, auch nicht verstehen konnte, was die Faszination von Ausgrabungen ausmachte.

»Roussolakos war höchstwahrscheinlich nach Knossos die größte Minoerstadt Kretas. Der Fund eines Palastbaus würde genau das beweisen«, erklärte sie voller Inbrunst. Ein Haufen alter Ruinen. Ha, von wegen.

»Nur weil du mir das sagen wolltest, fährst du wie ein Henker über den Kirchplatz?« Sein Grinsen wirkte beinahe genießerisch, während er mit den Fingern an einem Faden am Stoffbezug der Armlehne zupfte. Machte er sich etwa über sie lustig?

Empört stemmte sie die rechte Faust in die Hüfte. »Ich bin nicht wie ein …«

»Und riskierst dabei um ein Haar einen Dorfskandal?«

Lisa schnappte nach Luft. Das war doch gar nicht ihre Absicht gewesen.

»Obwohl … eigentlich hätte ich mir das denken können. Von jemandem mit einem so fragwürdigen Musikgeschmack muss man wohl alles erwarten.« Seine Augenbrauen hoben sich, er schüttelte den Kopf und schnalzte mit der Zunge. »Bei offenen Fenstern hört man es bis hinunter auf die Terrasse. Theé mou, MC Hammer. Ist das dein Ernst?« Grübchen bildeten sich an seinen Augenwinkeln, als er erneut grinste.

Lisa hätte es besser wissen müssen. Hätte die offensichtliche Provokation ignorieren, sich umdrehen, in ihr Zimmer gehen und die Tür hinter sich abschließen sollen.

Bevor sie ein zweites Mal darüber nachdenken konnte, legte

sie die Dokumentenmappe auf die Treppe und trat direkt vor Charis. Er hatte es schließlich nicht anders gewollt.

Mit einem zuckersüßen Lächeln sagte sie dann in bestem Griechisch: »Über meinen Musikgeschmack lässt sich vielleicht streiten, obwohl das weder etwas mit Roussolakos noch mit den Vorkommnissen beim Kafenion zu tun hat. Aber wenn wir schon davon sprechen: Im Gegensatz zu anderer Musik – und ich nenne jetzt absichtlich keine Namen – bietet meine wenigstens Abwechslung und hat einen Rhythmus, zu dem man tanzen kann.«

Charis' Lächeln gefror. »Spielst du damit auf jemand Bestimmtes an?«

»Wie kommst du darauf?« Lisa war stolz auf ihren unschuldigen Tonfall. Mit einem zufriedenen Lächeln wandte sie sich ab und ließ den Kreter einfach sitzen. Der Triumph schmeckte köstlich.

Er hielt jedoch nur gerade mal fünf Stunden an. So lange, bis Lisa mit der Familie am selben Abend am Esstisch saß und Charis, einen Olivenstein ausspuckend, aus heiterem Himmel sagte: »Dann tanzt du also gern, Lisa? Ist das so?«

Sie fühlte, wie ihr die Röte in die Wangen stieg, als sich die Blicke aller Anwesenden auf sie richteten. Wie auf Kommando entglitt Lisa die Gabel und fiel mit lautem Klirren auf den Teller. »Na ja, ich tanze gern, das stimmt.«

Sie bereute die Worte sofort. Warum hatte sie nicht einfach den Mund halten können?

»Kannst du auch den Syrtos tanzen?«, fragte Charis scheinbar beiläufig, während er ein Stück Brot abriss und in das Öl auf seinem Teller tunkte.

Der Syrtos. Einer der typischen Reigentänze, wie sie überall in Griechenland bei Dorffesten oder Hochzeiten getanzt wurden und deren komplizierte Schrittfolgen und Sprünge die Kinder wahrscheinlich schon mit der Muttermilch eingesogen und die Nichtgriechen nur mit Mühe lernen konnten. Und um das Ganze für Fremde noch schwieriger zu machen, hatte jede Region sowie jede Insel ihre eigenen Tanzschritte.

»Entgegen anderer Meinung – und ich nenne absichtlich keinen Namen – hat unser kretischer Syrtos nämlich sehr wohl Rhythmus«, fügte Charis hinzu, bevor er sich das Brotstück in den Mund schob und genießerisch kaute.

»Aber natürlich hat unser Chaniótikos Rhythmus. Wer behauptet denn etwas anderes?«, rief Kalli entsetzt. Es folgte allgemeines zustimmendes Gebrummel der anwesenden Verwandten.

Wenn sich doch nur hier und jetzt bitte der Boden auftun und Lisa verschlucken könnte. »Nun, ich habe noch nie einen Syrtos getanzt, aber …«, versuchte sie zu erklären.

Als hätte er auf diesen einen Satz gewartet, fiel Charis ihr ins Wort und schlug begeistert mit der Hand auf den Tisch. »Wie wäre es dann mit einer Wette? Genau! Nächste Woche ist Agia Triada mit Festtanz auf dem Kirchplatz.«

Augenblicklich fühlte Lisa Panik in sich hochsteigen. Festtanz? Nächste Woche? O nein, o nein, das war nicht gut – ganz und gar nicht gut.

»Ich wette, du schaffst es nicht, den Chaniótikos zu tanzen, ohne aus dem Takt zu geraten.« Charis klatschte vor Vergnügen in die Hände, seine Augen blitzten. »Gewinne ich, ist das Thema Roussolakos gegessen. Schaffst du es doch, lasse ich dich und dein Team eine dieser Sondierungen auf meinem Land machen. Eine einzige Sondierung, nicht mehr. Ist das ein Angebot?«

Es folgte eine beinahe unheimliche Stille. Kallis fassungsloser Blick wanderte von ihrem Bruder zu Lisa, Sofia hielt mitten im Brotschneiden inne, der eingenickte Großonkel Stelios öffnete die Augen, und der kleine Manolis hörte sogar auf zu quengeln.

Fieberhaft suchte Lisa nach einem Ausweg: Sie hatte zwei linke Füße und in etwa so viel Rhythmusgefühl wie eine Kakerlake mit Heuschnupfen.

Andererseits bekäme sie endlich den lang ersehnten Zutritt zum Olivenhain. Roussolakos. Der Palast wäre zum Greifen nah. Wenn sie es nur irgendwie schaffte, den kretischen Syrtos zu tanzen.

Eine zappelnde, in der Falle sitzende Maus. Das Bild klebte in ihren Gedanken fest, als sie sich »Einverstanden« sagen hörte.

KAPITEL 8

Die Agia Triada, der Pentozalis und der Chaniótikos

Am besten, sie schmiss alles hin und verkroch sich in einem tiefen Erdloch. Mindestens die nächsten fünfzehn Jahre lang. Bis dann wäre hoffentlich wieder Gras über die Sache gewachsen, und keiner konnte sich mehr an Dr. phil. Lisa Stadler erinnern, die hier in Palekastro ihre berufliche Karriere mit einem kolossalen Desaster in den Sand manövriert hatte, indem sie sich auf die dämlichste Wette seit Menschengedenken einließ.

»Nein, nein, nein!«, zischte Lisa und stampfte mit dem Fuß so fest auf den Boden, dass ihr ein warnender Schmerz durch den Knöchel fuhr. Den Blick auf den Bildschirm ihres Notebooks gerichtet, blies sie sich eine Haarsträhne aus der schweißnassen Stirn. Es war Mittag, und ihr Bürocontainer glich einem Backofen. Der alte Standventilator, den Línos Mouskouri ihr gnädigerweise ausgeliehen hatte, ratterte in vergeblicher Mühe vor sich hin.

Wieder von Anfang an. Zum wahrscheinlich hundertzweiundachtzigsten Mal. Drei Schritte mit dem linken Fuß hinter den rechten, Fußschlenker, einen Schritt zurück, wieder Fußschlenker. Und dabei schön im Takt bleiben, elegant auf den

Fußballen wippen, Kopf und Schultern gerade halten und lächeln. In diesen YouTube-Videos sah das so einfach aus. Dabei war es in Wahrheit leichter, im Handstand zu häkeln, als diesen vermaledeiten Chaniótikos zu tanzen.

Genau in diesem Moment verlor sie während eines kurzen Rückschritts das Gleichgewicht, stolperte und prallte mit der Hüfte gegen den Tisch mit den Fundproben.

Keuchend blieb sie stehen. Ein Schweißtropfen rann ihr über den Nasenrücken und fiel vor ihr auf die Tischplatte.

Vergiss es, Stadler. Vergiss es einfach.

Sie würde es nie schaffen, sie versuchte es schließlich schon seit geschlagenen acht Tagen. Während jeder freien Minute – in ihrem Zimmer oder hier im Bürocontainer. Wo immer sich das Notebook an Strom und WLAN anschließen ließ und sie so mithilfe der Videos üben konnte. Wobei »üben« nicht das richtige Wort war, denn das setzte ein Minimum an Fortschritt voraus.

Und heute war der Festtag der Heiligen Dreifaltigkeit. Die Agia Triada.

Das Ausgrabungsgelände von Roussolakos war ausnahmsweise menschenleer, der Feiertag galt auch für das Grabungsteam. Das ideale Versteck für Lisa. Vor allem, da auf dem Gutshof schon seit gestern das Festfieber ausgebrochen war und die Vorbereitungen auf Hochtouren liefen: Es war Sitte, dass jeder größere Haushalt sich an der Organisation der Verpflegung während des Fests beteiligte. Darum türmten sich in Sofias Küche seit Tagen Kisten und Körbe voller Auberginen, Zwiebeln und Kartoffeln für die Moussaka.

»Ich kann es kaum noch erwarten bis zum Fest«, hatte Kalli gestern Abend freudestrahlend gesagt. »Das ganze Dorf versammelt sich, um gemeinsam zu feiern und zu tanzen. Das ist jedes Mal ein Riesenspaß, du wirst sehen. Was ziehst du denn an? Es muss etwas Bequemes sein, in dem man tanzen kann. Nicht zu festlich, aber trotzdem schick.«

Das Outfit war das Allerletzte, worüber sich Lisa bisher Gedanken gemacht hatte. Viel wichtiger war, wie sie den Abend überhaupt überstehen sollte.

»Du musst schließlich beim Chaniótikos eine gute Figur machen«, hatte Kalli ungerührt gemeint. »Yiayià, ich und die anderen Frauen zählen auf dich. Mein Bruder benimmt sich manchmal ziemlich daneben, sobald es um diesen Olivenhain geht. Es wird langsam Zeit, dass ihn jemand auf den Boden zurückholt. Aber natürlich erfährt er besser nicht, dass wir auf deiner Seite sind. Du weißt ja, wie er ist, von wegen Familie und so.«

Natürlich konnte die junge Kreterin nicht wissen, dass Lisa nicht einmal den Grundschritt einwandfrei beherrschte, geschweige denn, dass ihre Bewegungen dabei die Grazie eines Besenstiels hatten.

»Scheiße.« Mit einem Stöhnen ließ sich Lisa auf ihren Arbeitsstuhl fallen.

Was, wenn sie einfach hierblieb und so tat, als hätte sie die Wette vergessen?

Der Gedanke war verführerisch. Doch im selben Moment sah Lisa Charis' Gesicht vor sich – dieses Grinsen mit den spöttisch hochgezogenen Augenbrauen –, und sie verwarf die Möglichkeit sofort. Man konnte sie vieles nennen: einen Nerd, einen sozial schwer kompatiblen Menschen mit einem fast schon übertriebenen Hang, anderen mit ihren Macken auf die Nerven zu gehen. Aber sie war kein Feigling.

Trotzdem kam der Abend viel zu schnell, und Kalli zerrte Lisa unerbittlich mit zum Festplatz.

Schon von Weitem wehte der Geruch nach gebratenem Fleisch und Rauch herbei, Gelächter war zu hören und der unverwechselbare Klang von Gitarren und einer Lyra.

Lisa traute ihren Augen nicht, als sie den Platz vor der Kirche erreichte. Sofia und ihre Schwestern waren schon vor Stunden, mit Türmen von Töpfen und Schüsseln beladen, vorausgegangen, da sie zur Kochbrigade gehörten.

Seit wann lebten in dem sonst so ruhigen und verschlafenen Ort so viele Leute? Alte, Junge und Kinder – Hunderte von ihnen. Vor lauter Menschen konnte Lisa sich kaum mehr orientieren.

»Komm. Uns gehört der Tisch da drüben«, rief Kalli und zog sie durch die Menge zu den Dutzenden von langen Tischreihen, die die eine Hälfte des Platzes einnahmen. Direkt gegenüber, beim Eingang zur Kirche, stand eine große Holztribüne mit einem Podest für die Musiker – zwei Bouzouki-, ein Gitarre-, ein Lyraspieler sowie ein Trommler –, deren Musik durch die rund um den Platz verteilten Lautsprecher noch verstärkt wurden.

»Da sind Charis und Petros«, schrie Kalli Lisa über die Musik hinweg zu und ging zu dem Tisch direkt vor der Tribüne.

Auf den ersten Blick hätte Lisa die beiden tatsächlich kaum erkannt. Sie standen inmitten einer Gruppe von sieben Männern, allesamt in der gleichen Festtracht gekleidet: Faltpumphosen aus blauem Stoff mit eng anliegenden Westen der gleichen Farbe, dazu schwarze Hemden und ebenfalls schwarze, kniehohe Stiefel. Jeder der Männer trug einen Dolch in einem Gürtel aus kirschroter Seide, und um die Stirn hatte jeder das typische schwarze Kopftuch mit Fransen gebunden.

Die Musik hörte genau in dem Moment auf, als sie die Gruppe erreichten. Die plötzliche Stille hinterließ ein Dröhnen in Lisas Ohren.

Charis wandte sich um, als Kalli seinen Namen rief.

Einen Moment stockte Lisa der Atem. Unglaublich, wie schaffte der Mann es nur, noch besser auszusehen? In der Tracht wirkte er noch größer, noch stolzer.

»Da bist du ja, omorfiá mou.« Lächelnd legte Charis seiner Schwester zur Begrüßung den Arm um die Schultern und küsste sie auf die Stirn. »Ich hatte schon gedacht, ihr kommt nicht mehr.« Dabei fiel sein Blick auf Lisa.

Sofort straffte sie die Schultern und bemühte sich um eine unbeschwerte Miene. Er brauchte schließlich nicht zu bemerken, dass sie sich am liebsten unter einem der Tische verkrochen hätte.

»Setzt euch. Wir sind gleich dran«, sagte er und drehte sich wieder zu den Männern um.

Heimlich fächelte sich Lisa mit der Hand Luft zu. Obwohl sie ein leichtes Sommerkleid trug, wurde ihr auf einmal unerträglich heiß, zudem klebte das Mückenspray unangenehm auf ihrer Haut.

Sie setzte sich zwischen Kalli und Tante Dimitra an den mit weißen Papiertischtüchern gedeckten Tisch. Einer der besten Plätze, stellte sie fest. Von hier aus hatte man einen direkten Blick sowohl auf die Festgesellschaft als auch auf die Musiker und die Tribüne.

»Gleich geht es los«, rief Kalli aufgeregt und zeigte auf Charis, Petros und die restlichen Männer, die auf den Stufen zur Tribüne Aufstellung nahmen. »Die sind richtig gut, du wirst sehen.«

Die Musik setzte wieder ein. Zuerst die melodiegebende

Lyra. Dann folgten die Bouzoukis – eine nach der anderen – und die Gitarre und die Trommel für den Takt, während sich das Tempo der Melodie mit jedem neuen Einsatz beschleunigte und zu einem rasanten Zusammenspiel der Instrumente wurde.

Unter dem Applaus der Menge betraten die Tänzer die Tribüne, stellten sich in einer Reihe auf und legten einander die Arme auf die Schultern.

Kalli beugte sich zu Lisa und schrie ihr ins Ohr: »Das ist der Pentozalis.«

Pentozalis – das bedeutete auf Deutsch so viel wie »fünf Schritte«. Lisa hatte bereits davon gehört. Es war ein alter Kriegstanz. Glaubte man der Überlieferung, ging der Name auf den fünften Befreiungsaufstand der Kreter gegen die ottomanische Herrschaft im 18. Jahrhundert zurück.

Inzwischen hatte die Musik ein hohes Tempo erreicht.

Trotzdem zuckte Lisa zusammen, als die Tänzer alle gleichzeitig mit dem rechten Fuß aufstampften und der Pentozalis begann. Es folgten mehrere leichtfüßige, gehüpfte Kreuzschrittkombinationen. Jede Bewegung, jeder Schritt, jeder Sprung waren präzise, fast auf die Hundertstelsekunde synchron und immer wieder unterbrochen von Aufstampfen, das auf den Holzbrettern der Tribüne wie das laute Knallen von Gewehrschüssen klang. Ein Kriegstanz, tatsächlich.

Dabei hielten sich die beiden Tänzer ganz rechts außen, statt wie alle anderen an den Schultern, nur an einem Taschentuch fest. Wobei der äußerste Tänzer, der Tanzführer, nicht immer der Schrittabfolge der anderen folgte, sondern seine eigene zum Besten gab. Eine bei fast allen Reigentänzen im östlichen Mittelmeer übliche Darstellung.

Lisa hielt instinktiv den Atem an, als der Tanzführer hochsprang und dabei sprichwörtlich die Beine in die Luft warf, während er sich kaum merklich auf dem Nebenmann abstützte.

Im nächsten Moment unterbrach der Lyraspieler sein Spiel und begann mit einem kurzen Sprechgesang. Jedoch in einem so undeutlichen Dialekt, dass Lisa kein Wort verstand.

»Jetzt kommt Charis an die Reihe.« Kalli knuffte Lisa, im Takt klatschend, mit dem Ellbogen in die Seite.

Mit kurzen, hüpfenden Schrittfolgen tauschten der bisherige Tanzführer und Charis die Positionen.

Und plötzlich war es so, als würde der Rhythmus noch schneller, das Stampfen der Tänzer noch lauter.

Mit einem kurzen Anlauf sprang Charis hoch – einmal, zweimal – und verschränkte dabei die Beine, während er beim dritten Mal mitten im Sprung eine halbe Drehung vollführte, bevor er wieder auf den Füßen landete und unbeirrt weitertanzte. Amaltheias Ziegenhorn mit Zuckerwatte.

»Oppah!«, hörte Lisa Kalli begeistert rufen, doch sie selbst war zu sehr auf die Tänzer konzentriert, um mehr als das wahrzunehmen.

Charis stieß einen kurzen Ruf aus – ähnlich dem Befehl während einer Militärparade. Ein Signal für die Tänzer und Musiker. Mit einem Schlag brach die Musik ab, und die Tänzer standen stramm. Einen kurzen Atemzug lang, bevor die Melodie wieder einsetzte und die Männer in einem Stakkato von donnernden Fersenschlägen weitertanzten.

Das heisere, gehetzte Kreischen der Lyra. Der Rhythmus der Trommeln und Bouzoukis. Die Dynamik der Bewegungen. Das perfekt synchrone Aufschlagen der Füße auf die

Holzbretter – ohrenbetäubend und auf eine seltsame Art hypnotisierend.

Bis sie Tänzer mit einem letzten, alles übertönenden Aufstampfen stehen blieben und die Musik zeitgleich abbrach. Die Zuschauer klatschten euphorisch.

Wie betäubt fiel Lisa in den Applaus mit ein. Erst jetzt bemerkte sie, dass sie während der Tanzvorstellung fast vergessen hatte zu blinzeln.

Das war wirklich beeindruckend gewesen, und es versöhnte sie beinahe wieder mit dem Gedanken an all die schlaflosen Nächte, die Charis und die anderen ihr beschert hatten. Kein Zweifel, die Proben auf der Terrasse hatten sich gelohnt.

Bei dem Gedanken verpuffte Lisas Begeisterung mit einem Schlag, und die Erinnerung an ihre eigenen, nutzlosen Bemühungen kamen ihr wieder in den Sinn.

Der Chaniótikos.

Du kannst das. Positiv denken. Solange sie sich nicht unsichtbar machen konnte, war das auch das Einzige, was ihr übrig blieb.

Doch zunächst folgte eine unsäglich lange Ansprache des Bürgermeisters, dann begann das Essen: mit Kräutern gewürzter Hammel vom Spieß, gekochter Tintenfisch, Salate mit Tomaten und Reis und Kartoffeln und Gurken, Gemüseaufläufe mit würzigem Käse überbacken, Wassermelonen und hausgemachter Ravani – mit Orangensirup gesüßter Grießkuchen …

Immerhin. Wenn Lisa sich schon zum allgemeinen Gespött machen musste, dann wenigstens mit einem mit Köstlichkeiten gefüllten Magen.

Und erst dieser Wein … herb und auf der Zunge prickelnd und vor allem süffig.

Nach einer kurzen Pause spielten auch die Musiker wieder. Eigentlich klang die Musik gar nicht mal so schlecht, fand Lisa. Wahrscheinlich hatte sie sich inzwischen schon daran gewöhnt. Sie wippte sogar mit dem Kopf den Takt mit.

Noch ein Schluck von dem Wein.

Auf der anderen Seite des Platzes erkannte sie Tin zusammen mit einem Grüppchen aus dem Grabungsteam. Lisa fuhr hoch, winkte und rief: »Tin! Hey, Tin!« Doch es lag wohl an der lauten Musik, dass er sie nicht hörte.

In der Zwischenzeit hatten sich Charis, Petros und fünf der Tänzer – bestimmt allesamt Cousins zwischen dem ersten und vierten Grad – zu ihnen an den Tisch gesetzt.

Ihr war nie zuvor aufgefallen, wie ähnlich sich die männlichen Familienmitglieder sahen. Alle hatten sie das gleiche kantige Kinn, die gleichen hohen Wangenknochen.

»Als wären sie alle mit demselben Stempel gemacht«, sagte Lisa kichernd und schenkte sich ein weiteres Glas voll Wein ein. Der schmeckte immer besser. Und die Musik klang immer melodischer …

Wie war noch gleich der erste Grundschritt für den Chaniótikos gewesen?

Sie kratzte sich am linken Arm, als es direkt über dem Ellbogen plötzlich zu jucken anfing. Ein dicker, fetter Mückenstich. So groß wie eine Eineuromünze.

Das Lachen brodelte aus ihr hervor, ohne dass Lisa etwas dagegen hätte tun können, und sie rang nach Luft, während ihr Tränen über die Wangen liefen.

Die Erinnerung an die Tanzschritte war wie weggeblasen, ihre Karriere stand auf Messers Schneide – all die Jahre des Studiums und der Knochenarbeit, ihrem Vater zum Trotz. Stattdessen saß sie hier als Futter für die kretischen Mückenschwärme, trank viel zu viel Wein … und es war ihr absolut egal.

Die Musiker begannen mit dem nächsten Stück. Lisa erkannte den Takt sofort. Er war langsamer und melodiöser als beim Pentozalis.

Wie von einem unsichtbaren Magneten angezogen, drängten die Leute zu der Tanzfläche. Sie alle wollten den Syrtos tanzen.

Es war so weit. Lisa schloss die Augen, sprach sich selbst Mut zu, bevor sie sich mit einem Ruck erhob. Der Boden unter ihr begann zu wanken, und sie musste sich mit den Händen auf dem Tisch abstützen, um das Gleichgewicht nicht zu verlieren.

Wie durch eine Watteschicht hindurch hörte sie eine vertraute, tiefe Männerstimme, die auf Deutsch mit einem Hauch von Akzent sagte: »Besser, du setzt dich wieder hin.«

Eine Hand hielt sie am Oberarm fest.

»Der Chaniótikos.« Lisa schüttelte entschieden den Kopf, schob die Hand weg. »Wir haben gewettet, und ich bin kein Feigling. Ich werde jetzt diesen verfluchten Tanz tanzen. Wenn ich die Wette gewinne, bekomme ich das Zutrittsrecht. Das hast du mir versprochen.«

»Ja, das habe ich.« Charis nickte. Seine Stimme klang ruhig und bedächtig. So, als erklärte er einem kleinen Kind, weshalb es keinen Lutscher bekam. »Heute ist jedoch nicht der richtige Tag, um dich beweisen zu wollen. Du hast zu viel getrunken.«

»Mir bleibt aber keine Zeit mehr.« Blitzschnell drehte Lisa sich um, ging zur Tanzfläche, zwängte sich in die Reihe.

Lang-kurz-kurz-lang-kurz-kurz. Herrgott, Stadler, nun stell dich nicht so dämlich an.

Drei Schritte mit dem linken Fuß hinter den rechten. Fußschlenker. Einen Schritt zurück. Wieder Fußschlenker. Zwischenschritt. Und wieder von vorn …

Die Leute klatschten im Takt mit, das machte es Lisa leichter. Wenn nur diese Hitze nicht wäre, sie bekam kaum noch Luft.

Drei Schritte nach hinten. Fußschlenker. Und einen Schritt zurück. Oder war es nach vorn?

Lisa zögerte. Einen Moment zu lang. Prompt prallte das junge Mädchen linker Hand gegen Lisas Schulter.

Welcher Schritt? Welcher Schritt?

»Nach rechts«, zischte ihr das Mädchen zu. »Weißt du denn nicht, wie man tanzt?«

Hastig versuchte Lisa, die Bewegung zu korrigieren. Doch sie hatte den Faden längst verloren. Die Lyra kreischte schrill in ihren Ohren, sie schmeckte Galle im Mund, die Gesichter der Leute rundum verschwammen ihr vor den Augen.

Lisas Beine fühlten sich an wie nasse Mehlsäcke, als sie sich umdrehte und rannte. Sie schaffte es gerade noch um die nächste Hausecke, damit niemand sah, wie sie sich übergab.

Erschöpft lehnte sie sich gegen die Hausmauer. Der Schweiß fühlte sich klamm auf ihrer Haut an. Vom Festplatz her tönten die letzten Takte des Chaniótikos, gefolgt von Applaus und Beifallspfiffen. Palekastro feierte, niemand würde sie vermissen.

Wenig später schloss Lisa die Tür zu ihrem Zimmer hinter sich ab. Zwar wusste sie nicht genau, wie sie es zurück zum Gutshof geschafft hatte, aber egal.

Sie war kurz vor dem Verdursten. Das kühle Wasser aus dem Wasserhahn im Bad schmeckte zwar leicht nach Chlor, doch es war eine Wohltat, und sie trank und trank und wusch sich das Gesicht sowie die Arme ab. Der Mückenstich am Ellbogen brannte teuflisch. Zumindest vertrieb der Schmerz allmählich den Nebel in Lisas Kopf, der sich morgen früh ohnehin anfühlen würde, als hätte sie ihn gegen eine Betonmauer gedonnert.

Welcher Teufel hatte sie bloß dazu gebracht, so viel zu trinken? Noch dazu bei diesen Temperaturen.

Sie ließ sich auf das Bett fallen und stöhnte, als erneut eine Welle von Übelkeit in ihr aufstieg.

Jetzt nur noch das Licht ausschalten, die Augen schließen und hoffentlich vergessen, dass sie sich eben endgültig zur allergrößten Lachnummer der Insel gemacht hatte.

Am nächsten Morgen erwachte sie mit einem so scheußlichen Geschmack im Mund, als läge ein verwesendes Tier auf ihrer Zunge. Ihr Kopf dröhnte.

Wie spät es wohl war? Sie tastete nach ihrem Mobiltelefon. Das Display zeigte 9:13 Uhr an sowie drei unbeantwortete Anrufe von Línos Mouskouri und eine neue E-Mail in ihrem Posteingang. Der Absender war die Uni Trier.

Mit einem Schlag war Lisa hellwach, schälte sich aus den Bettlaken, stand auf und ignorierte die Tatsache, dass sie noch immer das Kleid vom gestrigen Abend trug. Leicht wankend tappte sie zum Schreibtisch, schaltete das Notebook ein, Mailnachrichten ließen sich darauf besser lesen.

Sie rieb sich die verklebten Augen, bevor sie den Blick auf die Nachricht senkte.

Von: g.kuegler@unitrier.de
An: lisa.stadler@unitrier.de

Betreff: Projekt Roussolakos
Datum: 08.06.2018–21:00 Uhr

Sehr geehrte Frau Stadler,
ich bedauere, Ihnen hiermit offiziell mitteilen zu müssen, was leider nicht im Geringsten überraschend gekommen ist: Die Osuka Founding hat ihre Sponsorschaft für das Projekt Roussolakos aufgrund längerfristig unüberbrückbarer Schwierigkeiten mit sofortiger Wirkung vorterminlich zurückgezogen. Sämtliche Gelder für den laufenden Kostenaufwand für Gehälter oder Zahlungen an Dritte sind somit gesperrt.
Ich danke Ihnen für die Kenntnisnahme und bitte Sie, die nötigen Vorkehrungen und Informationen in die Wege zu leiten sowie die Rückreise der angeworbenen Mitglieder des Forschungsteams zu veranlassen, wie unter Punkt 5.4. im Projektvertrag vorgeschrieben. Für allfällige Rückfragen steht Ihnen das Sekretariat jederzeit zur Verfügung.

Mit freundlichen Grüßen
Dr. phil. Gerd Kügler
Universität Trier

Lisa klappte das Notebook zu, lehnte sich im Stuhl zurück und sah zum Fenster.

Draußen strahlte die Sonne. Von der Terrasse her drang der Geruch von frisch gebrühtem Kaffee durchs offene Fenster. Sie hörte das leise Summen einer Biene und das Rauschen des Windes in den Oleanderbüschen unten im Garten.

Sie staunte, wie gefasst sie die Nachricht aufnahm. Ihr Verstand arbeitete mit kühler Sachlichkeit. Sie hatte alles versucht, es bestand kein Grund für irgendwelche Selbstvorwürfe.

Lisa stand auf, wusch sich und schlüpfte in ihre Arbeitskleider. Als Erstes musste sie ihr Team informieren. Am besten gleich.

Ihr Mobiltelefon klingelte. Línos' Name war auf dem Bildschirm zu lesen.

»Hallo«, antwortete Lisa.

»Frau Stadler, ich wurde gestern schon von Trier informiert. Was für eine Schande. Es tut mir unsäglich leid.«

Lisa schluckte und schloss konzentriert die Augen. Es dauerte eine Weile, bis sie sicher sein konnte, dass ihre Stimme nicht zitterte, als sie sagte: »Ja, mir auch.«

KAPITEL 9

Das überschwappende Mokkaschäumchen

Die frische Morgenluft war eine Wohltat. Charis saß am Holztisch auf der Terrasse, streckte sich und stöhnte leise, als es in seinem Nacken knackte. Kein Wunder, er hatte die ganze Nacht lang kaum ein Auge zugetan.

Es war Samstagmorgen. Nach dem gestrigen Fest lag um diese Zeit eigentlich noch jeder vernünftige Mensch im Bett, doch Charis' Arbeit kannte weder Feiertag noch Wochenende, und die wöchentliche Bestandsaufnahme und Buchführung erledigten sich nicht von allein.

Im Haus war es ruhig. Einzig Yiayià stand am Herd und kochte den Morgenkaffee. Vorsichtig gab sie ein weiteres gehäuftes Löffelchen Kaffeepulver ins briki, das kleine Kännchen, das auf dem brennenden Gasherd stand. Dann den Zucker – einen Löffel pro Mokkatasse. Charis mochte den Kaffee am liebsten métrio, also nicht allzu süß.

Einen kurzen Moment ließ Yiayià Pulver und Zucker im Wasserkännchen ziehen, bevor sie zu rühren begann. So lange, bis sich der Zucker allmählich im heiß werdenden Wasser auflöste. Erst dann drehte sie das Gas ein klein wenig zurück. Ein richtiger Kaffee wollte Weile haben, und nur beim langsamen Aufkochen bildete sich das typische Schäumchen.

Bald schon zog der herb-süßliche Geruch nach frisch gebrühtem Mokka über die Terrasse.

Charis hatte seiner Großmutter immer gern beim Kaffeekochen zugesehen. Es hatte etwas Beruhigendes, fand er. Es war seine ganz persönliche Vorstellung von Zuhause und Gemütlichkeit. Vor allem, wenn Yiayià, wie eigentlich üblich, dazu ein Liedchen vor sich hin summte.

Doch heute schwieg sie, und sie wartete auch nicht geduldig, bis der Mokka bis kurz unter den Rand des Kännchens aufkochte, bevor sie ihn vom Herd nahm, sondern sie schüttete ihn lieblos in ein Tässchen und stellte dieses so energisch vor Charis auf den Tisch, dass sogar ein wenig von dem Mokkaschäumchen überschwappte.

»Du hättest sie nicht so viel trinken lassen sollen gestern«, sagte Yiayià in einem Ton, der Charis innerlich zusammenzucken ließ. Es war derselbe Tonfall, mit dem sie ihm auch früher schon die Leviten gelesen hatte.

»Sie ist eine erwachsene Frau. Ich werde ihr bestimmt nichts vorschreiben«, erwiderte Charis und blies über den Mokka, bevor er davon nippte. Nur ganz wenig, um den Geschmack zu testen. Richtig genießen konnte man den Kaffee erst, nachdem sich das Pulver gesetzt hatte.

Missbilligend schnalzte Yiayià mit der Zunge, während sie sich eine Schürze umband. »Wer hat denn etwas von vorschreiben gesagt? Du hättest dich besser um sie kümmern sollen. Unseren Wein verträgt nicht jeder, schon gar nicht bei der Hitze. Und ganz abgesehen davon, braucht sie trotz aller Selbstständigkeit jemanden, der sich um sie sorgt.«

Augenblicklich schlug Charis' Verstand Alarm. »Xéchasé

to! – Vegiss es! Was immer du dir da zusammengereimt hast, hörst du?«, grollte Charis warnend.

Nicht schon wieder dieses leidige Thema. Es war einer der häufigsten Streitpunkte zwischen ihnen beiden, denn in Yiayiàs Weltbild gehörte jeder anständige Mann in Charis' Alter längst unter die Haube. Seit Jahren versuchte sie, ihn mit der gesamten heiratsfähigen Frauenwelt Kretas zu verkuppeln. Fehlte nur noch, dass sie ihre Auswahlkriterien auf dickköpfige deutsche Archäologinnen ausweitete.

Doch wie immer tat Yiayià seinen Einwand mit einem strengen Fingerschnippen ab. »Während hier gegackert wird, legen die Hühner woanders Eier. Nimm dir das gefälligst zu Herzen, Junge.«

Sie drehte sich um und ging zum gegenüberliegenden Tischende, wo auf einem ausgebreiteten Plastiktischtuch die Zutaten für den Paximadia-Teig bereitstanden. »Ich war vorhin an Lisas Tür und habe leise geklopft. Sie hat keine Antwort gegeben.« Yiayià seufzte kopfschüttelnd. »Das arme Ding. Bestimmt fühlt sie sich elend.« Mit nur wenigen Handgriffen mischte sie Gerstenmehl, Hefe und Salz auf dem Tisch und goss nach und nach lauwarmes Wasser dazu.

»Wahrscheinlich schläft sie noch. Oder sie ist unter der Dusche«, versuchte Charis, die Situation zu entschärfen.

Fehlanzeige. Yiayià hörte ihm nicht zu. »Wozu hast du überhaupt mit dieser dummen Geschichte angefangen?« Sie begann, den Teig zu kneten. »Eine Wette. Um einen Tanz. Manchmal frage ich mich wirklich, von welchem deiner Olivenbäume du wohl heruntergefallen bist, Charìalos Zoidakis.« Die Schärfe, mit der sie seinen Namen aussprach, verhieß nichts Gutes, und sie bearbeitete den Teig mit einer Inbrunst, die nicht zu ihrem Gemüt passte.

»Die Wette war doch nur ein Vorwand, um das Thema mit dem Zutrittsrecht elegant ein für alle Mal aus der Welt zu schaffen«, rechtfertigte sich Charis und stellte die Mokkatasse wieder auf den Tisch. Der Kaffee klebte ihm auf der Zunge und schmeckte bitter. »Ich hätte nie damit gerechnet, dass sie sich überhaupt darauf einlässt, wo sie doch gar nicht tanzen kann.«

Verwundert hob Yiayià den Blick und hörte einen Moment damit auf, den Teig zu schlagen.

Sofort erklärte Charis: »Na ja, ich habe sie ein paarmal zufällig auf dem Nachhauseweg von Roussolakos gesehen. Glaub mir, sogar ein tauber Kranich hat mehr Rhythmusgefühl.« Im selben Moment wurde ihm bewusst, wie hässlich das klang.

Yiayià starrte ihn an. Wortlos. Mehrere Atemzüge lang. Dabei presste sie die Lippen immer mehr zusammen.

Das Gewitter kam prompt mit Hagel, Blitz und Yiayià-Donner. »Du hast es gewusst und die Tatsache dennoch schamlos ausgenutzt?« Mit vier Schritten stand sie vor Charis, nahm die Mokkatasse vom Tisch. »Trink deinen Kaffee gefälligst woanders und schäm dich dabei in Grund und Boden.« Demonstrativ schüttete sie die restliche Flüssigkeit ins Spülbecken, bevor sie sich wieder dem Teig zuwandte und Charis keines einzigen Blickes mehr würdigte.

Ohne ein Wort stand er auf. Er hasste es, sich mit Yiayià zu streiten. Noch mehr hasste er es, wenn sie ihm die kalte Schulter zeigte.

»Selbstredend, dass du das bei Lisa wiedergutmachen wirst. Also lass dir etwas einfallen«, sagte Charis' Großmutter, als er die Sonnenbrille und den Autoschlüssel vom Tresen nahm und die Terrassentreppe hinunter auf den Vorhof ging, wo der Toyota stand. Er schlug die Wagentür zu und fuhr davon.

Erst als Charis drei Kilometer außerhalb von Palekastro nach einer letzten Kurve vor einem hohen, mit tannengrüner Isolierfarbe bemalten schmiedeeisernen Zaun anhielt, hatte er seinen Ärger wieder einigermaßen unter Kontrolle. Er drückte den Knopf der Fernbedienung und wartete, bis sich das Tor öffnete. Dahinter lagen zwei einstöckige Gebäude. Sein Vater hatte den Betriebshof vor Jahren eigenhändig gebaut. Zuerst nur ein Steinhaus, gerade groß genug für einen Öltank. Nach und nach war daraus ein solides Lagerhaus mit einem Nebengebäude für das Büro und einer Gerätehalle geworden.

Sobald Charis das Tor zum Lagerhaus aufschob, schlug ihm der vertraute Geruch von zerstampften Oliven entgegen. Die Reihe kleiner Kippfenster direkt unter der hohen Decke sorgte für genügend Licht, um den weiß getünchten Raum zu erhellen. An der hinteren Wand standen die vier zwei Meter hohen Tanks, in denen das noch ungefilterte Olivenöl aus der Mühle reifen konnte.

Wie immer, wenn Charis hierherkam, war es, als holte ihn die Vergangenheit ein. Er erinnerte sich an die Wochen während der Sommerferien, wenn er zusammen mit seinen Schwestern von Deutschland nach Kreta gekommen war. Oft war er dann stundenlang mit seinem Vater hier gewesen, hatte auf einem der Holzregale entlang der linken Wand gesessen und ihm bei der Arbeit zugesehen. Wie er die Qualität des Olivenöls kontrollierte. Oder wie er das Öl in die Krüge und Flaschen abfüllte und diese in die Regale an der Wand gegenüber stellte.

Charis sah seinen Vater noch immer am Holztisch in der Mitte des Raums stehen. In der Hand hielt er ein kleines Sherryglas, mit dem er das Aroma des Öls degustierte, gleich einem Weinsommelier erst Farbe und Transparenz prüfte, daran roch und dann ein Schlückchen davon kostete.

Mit seiner Eigenproduktion war Vater damals ein großes Risiko eingegangen, denn die meisten Olivenbauern der Region verkauften ihre Erträge lieber gewinnversprechend an große Industriebetriebe oder Genossenschaften. Aber sein Vater hatte fest an sich selbst, an die Familie und die alten Traditionen geglaubt und dafür sogar in Kauf genommen, dass seine Kinder zusammen mit den Großeltern im weit entfernten Kassel lebten, wo sie immerhin eine gute Ausbildung bekamen, um eines Tages das Erbe übernehmen zu können.

Aber all seiner Tatkraft und Pläne zum Trotz hatte Charis' Vater nicht mit einer entschlossenen deutschen Archäologin namens Lisa Stadler rechnen können.

»Verflucht noch mal.« Charis stützte sich mit beiden Händen auf den Holztisch. Seine Kindheitserinnerungen und damit einhergehende nostalgische Gedanken waren mit einem Mal verpufft. An ihre Stelle trat Yiayiàs vorwurfsvoller Blick. *Du hättest gar nicht erst mit dieser dummen Geschichte anfangen sollen.*

Bei allem, was ihm heilig war: Hätte er auch nur geahnt, mit welcher Verbissenheit sich Lisa in die Sache hineinsteigerte, wäre er nie auf diese Idee mit dem Tanz gekommen.

Während der nächsten Stunde versuchte Charis, sich auf seine Arbeit zu konzentrieren. Er zählte die Bestände an gefüllten Flaschen und Krügen in den Regalen. Prüfte den Gehalt des Olivenöls in den Tanks und gab sämtliche Daten und Mengen akribisch auf seinem Tablet ein.

Dabei verzogen sich seine Lippen zu einem Lächeln. Sein Vater hätte über diese moderne Technik nur den Kopf geschüttelt. Kostantinos Zoidakis war ein Meister seines Fachs gewesen, hatte so viel von der Qualität der Oliven und des Öls gewusst wie kaum ein anderer, war dabei jedoch stets nur seinem Instinkt gefolgt und hatte auf die eigenen Fähigkeiten vertraut. Weder Taschenrechner noch Computer waren zu seinen Lebzeiten über die Schwelle des Gutshofs gelangt.

»Hör auf das, was deine Sinne dir sagen, dann hast du alle Werkzeuge, die du brauchst: Augen zum Sehen, eine Zunge zum Schmecken, Hände, um zu fühlen, und einen Kopf zum Denken«, hatte Vater immer gesagt. Manchmal konnte Charis die Worte noch immer von den Wänden widerhallen hören.

Er verließ das Lagerhaus und ging über einen schmalen, mit Granitplatten gepflasterten Weg zu seinem Büro im Nebengebäude. Einem kleinen Raum mit zwei Schreibtischen und einer Reihe von Aktenschränken entlang der Wand.

Schon beim Öffnen der Eingangstür hörte er die vertraute perlende Stimme: »Selbstverständlich, ich werde mich persönlich darum kümmern, darauf gebe ich Ihnen mein Wort. Es ist, wie gesagt, nur eine kleine Zahlungsverzögerung. Sie können sich auf mich verlassen … Das wünsche ich Ihnen ebenfalls, und grüßen Sie Ihre Frau von mir. Sie hat mir kürzlich ein absolut sa-gen-haftes Rezept für eine Haarkur gegeben … Bis bald.«

Charis trat gerade zur rechten Zeit ein, um zu sehen, wie die junge Frau am Bürotisch den Telefonhörer auflegte und sich dann das lange Haar mit einem theatralischen Aufseufzen über die Schulter zurückwarf.

Ein Lächeln erhellte sogleich ihr Gesicht, als sie ihn sah. »Da bist du ja!«

Er schmunzelte. Cousine Alíki, wie sie leibte und lebte. Sie kam dreimal die Woche ins Büro und kümmerte sich um die

Telefonate und den Briefverkehr oder nahm Bestellungen entgegen. Nicht, dass es eine so große Nachfrage gegeben hätte, geschweige denn, dass Charis sich überhaupt eine Sekretärin hätte leisten können. Aber Alíki war eine Frohnatur und hatte die Gabe, jeden wütenden Gläubiger mit ihrem Charme zu bezirzen und zu einem weiteren Zahlungsaufschub zu überreden. Außerdem gehörte sie zur Familie.

»Alles in Ordnung?«, fragte er und küsste seine Cousine zur Begrüßung auf den Scheitel.

Sie nickte. »Das war Arís Papadakis.«

Der Chef der Transportfirma, die sich schon seit mehreren Jahren um die Verschiffung des Olivenöls aufs Festland kümmerte. Charis schuldete ihm noch die Zahlung für die letzte Fracht.

»Ich habe ihm versprochen, dass ich dir eigenhändig einen Kübel verrotteter Zwiebeln über den Kopf kippe, wenn er bis Ende nächster Woche kein Geld erhalten hat. Er lässt dich grüßen und sagte, ich solle doch besser noch ein paar zermantschte Tomaten dazugeben.« Alíki lachte.

»Hm«, gab Charis zur Antwort. Er liebte seine Cousine wie eine Schwester, doch er hatte auch ohne ihr Geplapper genug damit zu tun, seine Gedanken zu ordnen, die aller Anstrengung zum Trotz immer wieder zum gestrigen Abend abschweiften und seinen Selbstvorwürfen noch mehr Zunder gaben. Yiayià hatte recht, er hätte Lisa zurückhalten sollen, sie wohnte schließlich in seinem Haus und stand somit unter seiner Verantwortung.

Wäre sie nur nicht so verdammt störrisch. Ihm war noch nie zuvor eine Frau wie sie begegnet. So selbstbestimmt und entschlossen. Schon die Szene im Kafenion hatte deutlich gezeigt, was Lisa für ihre Überzeugung zu tun bereit war.

Mit einem Seufzer setzte Charis sich an seinen Tisch, verband das Tablet mit der Tastatur und holte die Lager- und Verkaufsstatistiken der letzten Monate hervor, was seine Laune noch schlechter werden ließ. Die Zahlen sprachen für sich. Die letztjährige Ernte war so mies gewesen, dass sie den Literpreis für das Olivenöl hatten erhöhen müssen, um überhaupt die Unkosten decken zu können, was sich natürlich wiederum in den Verkaufszahlen niederschlug. Und wenn er nicht bald eine Lösung fand, würde er die finanziellen Rücklagen angreifen müssen, um den Hof und die Familie über die Runden zu bringen.

»Wie war denn das Fest gestern? Ich musste ja leider arbeiten.« Alíki stand auf, setzte sich vor Charis auf die Tischkante und trommelte erwartungsvoll mit ihren aprikosefarben lackierten Fingernägeln auf die Holzplatte.

Er nickte, ohne aufzusehen. »Du weißt doch: Agia Triada – es ist jedes Jahr dasselbe.«

»Wie hat es Lisa gefallen? Bestimmt war das eine ganz neue Erfahrung für sie.« Sie gluckste und ließ die Beine baumeln.

»Ziemlich sicher sogar«, erwiderte Charis. Alíki hatte ja keine Ahnung, wie recht sie damit hatte.

Augenblicklich erschien die Szene mit Lisa, die sich durch die Menge drängte und sich bei den Tanzenden einreihte, erneut vor seinen Augen. Zu Anfang hatte sie die Schritte sogar ganz passabel hinbekommen, doch dann war sie aus dem Takt geraten. Er hatte nicht genau gesehen, weshalb, aber in diesem Moment wäre er beinahe hingerannt und hätte Lisa herausgezogen. Zum Teufel mit der Wette. Dass sie sich vor allen blamierte, war nie seine Absicht gewesen. Erst recht nicht, dass sie sich betrank und übergeben musste. Dort an der Mauerecke.

Charis war ihr gefolgt. Den ganzen Weg zurück bis zum Gutshof, um sicherzugehen, dass ihr nichts zustieß. Natürlich in einem gewissen Abstand, damit sie ihn nicht bemerkte. Sie hätte ihm bestimmt die Hölle heißgemacht, sogar in ihrem Zustand.

Mit einem stummen Fluch auf den Lippen stand er auf, holte zwei Wasserflaschen aus dem kleinen Kühlschrank neben der Tür, reichte eine davon Alíki und drückte sich die andere in den Nacken. Es war inzwischen bereits früher Nachmittag, und das Büro glich einer Sauna, obwohl sich der Stabventilator alle Mühe gab.

Keine Frage, eine Klimaanlage musste her. Eine kostspielige Investition, um die sich Charis schon seit Jahren drückte.

Alíki nahm einen Schluck Wasser, bevor sie die Flasche neben sich auf den Tisch stellte, den Kopf schief legte und Charis mit listig zu Schlitzen zusammengekniffenen Augen ansah. »Wie findest du sie eigentlich? Lisa, meine ich?«

Er erstarrte. »Wie bitte?« Im selben Moment verfluchte er den leicht panisch klingenden Tonfall.

Und was war daran außerdem so lustig?, fragte er sich, während er zusah, wie Alíki laut auflachend den Kopf zurückwarf und dann vom Tisch herabsprang.

»Wie sie dir gefällt, will ich wissen, du Witzbold.« Sie verpasste Charis einen leichten Klaps auf die Brust, blieb jedoch vor ihm stehen.

Er schnaubte. Alíki würde nicht lockerlassen, das wusste er nur zu gut. »Sie ist Archäologin«, brummte er und drehte seiner Verwandten den Rücken zu. Das musste als Antwort reichen.

»Und sie ist sehr hübsch, nicht wahr?«, bohrte Alíki weiter. »Obwohl sie eine Spur mehr auf ihr Äußeres achten sollte. Ihre Hände sind eine Katastrophe.«

»Sie arbeitet mit Schaufel und Spaten. Da macht sich eine Maniküre nun mal nicht gut.« Sofort biss sich Charis auf die Zunge. Hoffentlich hatte das jetzt nicht so geklungen, als würde er Lisa verteidigen wollen.

Doch zum Glück schien Alíki nichts bemerkt zu haben, denn sie trat zu ihrem Arbeitsplatz, schaltete den Computer aus und nahm ihre Tasche. »Ich muss heute etwas früher gehen«, erklärte sie. »Meine Chefin im Hotel hat mich um eine Extraschicht gebeten. Aber hier ist so weit alles erledigt: Die Rechnungen nehme ich mit zur Post, und es gibt zwei neue Bestellungen.« Sie legte die Papierausdrucke vor Charis auf den Tisch.

Im Vorbeigehen berührte sie kurz seinen Arm und sagte: »Wir haben zwar seither nie wieder darüber gesprochen, aber meinetwegen brauchst du dich, was Lisa betrifft, nicht zu verstellen. Wirklich. Ich mag sie nämlich.« Damit hauchte Alíki Charis einen flüchtigen Kuss auf die Wange und rauschte zur Tür hinaus.

Sprachlos starrte Charis ihr nach, hörte das Rattern ihres Scooters, als sie davonfuhr. Was damals zwischen ihnen beiden gewesen war, lag schon so lange zurück, dass er sich kaum noch daran erinnern konnte. Er war neunzehn Jahre alt gewesen, Alíki gerade mal siebzehn. Ein völlig harmloser Urlaubsflirt während seiner Semesterferien, nichts weiter.

Er arbeitete noch drei Stunden, allerdings im kühlen Lagerraum, wo die dicken Betonwände die Hitze abhielten. Dort gab es zwar weder Telefon- noch Internetempfang, aber den brauchte er auch nicht für das Analysieren und Katalogisieren der Ölproben. Es war fünf Uhr nachmittags, als ihn das penetrante Knurren seines Magens daran erinnerte, dass er noch nichts gegessen hatte.

Na gut, dann würde er eben kurz in der Taverne von Großonkel Thalis vorbeischauen. Es war zwar noch außerhalb der Öffnungszeit, doch ein, zwei Dákos würde er ihm bestimmt zubereiten.

Charis war noch nicht beim Wagen angelangt, als sein Mobiltelefon klingelte.

Nanu? Was wollte denn Sotíris, der junge Wirt des Kafenions, um diese Uhrzeit von ihm?

»Ich hätte nicht gedacht, dass du nach gestern Abend überhaupt schon wieder ansprechbar bist«, rief Charis grinsend ins Telefon, während er die Wagentür öffnete.

»Epitelous! – Endlich! Ich versuche schon seit einer halben Stunde, dich zu erreichen. Wo bist du?« Sotíris' Stimme klang dringlich.

Chris blieb stehen. »Beim Betriebshof. Was ist passiert?« Instinktiv hielt er den Atem an.

»Besser, du fährst nach Roussolakos«, erwiderte Sotíris. »Jetzt gleich.«

KAPITEL 10

Herkulesaufgaben

Ein Ausgrabungsprojekt so kurzfristig abzuschließen war noch aufwendiger, als es zu eröffnen, stellte Lisa fest, nachdem sie den ganzen Tag kaum zur Ruhe gekommen war. Nicht nur dem Team hatte sie die Hiobsbotschaft mitteilen müssen, sondern auch allen Grabungshelfern und sämtlichen Dienstleistern – den lokalen Bagger- und Lastwagenfirmen, dem Sicherheits- und Sanitärdienst und, und, und ... Die Liste schien kein Ende zu nehmen. Ein Glück, dass sich Línos Mouskouri angeboten hatte, die amtlichen Stellen zu unterrichten. Wenigstens das blieb Lisa somit erspart. Mit den anderen hatte sie noch genug zu tun, und es fiel ihr ohnehin immer schwerer, sich den ganzen Frust und die Enttäuschung nicht anmerken zu lassen.

Die Tür zu ihrem Bürocontainer stand offen, draußen herrschte, nach dem anfänglichen Schock über die Nachricht, pure Hektik. Nachdem das Projekt gestorben war, durfte keine Zeit mehr verschwendet werden. Jeder Tag, den das Team länger als nötig auf Kreta blieb, kostete Geld, das keiner hatte.

Unter Tins Anweisung hatte eine Hälfte des Teams bereits mit dem Zuschütten der offenen Grabungsschnitte begonnen. Die anderen kümmerten sich um das Zusammenpacken der Gerätschaften und Funde.

Rund drei Viertel der geborgenen Fundstücke kamen zur Aufbewahrung ins Museum von Sitia, der Rest würde zusammen mit dem Grabungsteam zurück nach Deutschland fliegen. Doch allein die Organisation der Rückflüge mitsamt den technischen Geräten und Fundkisten, für die die Fluggesellschaft natürlich detaillierte Inhaltslisten haben wollte, hätte sogar einen schlachterprobten Helden wie Achilles ins Schwitzen gebracht.

»Nein, ich sagte doch schon: Die Kisten sind aus Holz, mit Styropor verstärkt, und die genauen Maße sowie die Anzahl habe ich Ihnen bereits schriftlich durchgegeben«, sagte Lisa in den Telefonhörer und knetete mit der freien Hand einen Ball aus zerknülltem Papier, bis ihre Handfläche brannte. Wie war es möglich, dass jemand so unfähig war wie diese Angestellte der Transportfirma?

»Dann haben Sie das an die falsche E-Mail-Adresse geschickt. Hier ist jedenfalls nichts angekommen«, gab die Frau schnippisch zurück. »Ich habe hier einzig die Inhaltsliste vor mir liegen. Die Kisten müssen alle mit einem von außen gut sichtbaren Nummernschild analog der Liste versehen sein.«

»Natürlich. So steht es auch in der besagten E-Mail, die ich Ihnen zusammen mit der Inhaltsliste geschickt habe. Wenn Sie also Letztere vorliegen haben, sind auch die übrigen Informationen angekommen«, erwiderte Lisa und krallte die Finger in den Papierknäuel.

Am anderen Ende der Leitung wurde es still.

Ha, das geschah dieser dummen Person ganz recht. Sie konnte sich ein kleines triumphierendes Lächeln nicht verkneifen. Aber warum antwortete die Frau nicht? »Hallo? Sind Sie noch dran?«

Ein Klicken in der Leitung, und die Angestellte antwortete kühl: »Wo sollte ich denn sonst sein? Sagten Sie nicht, auf denselben Flügen würden auch Ihre Mitarbeiter mitreisen? Es ist jedoch keiner der Namen von der Liste auf irgendeinem der besagten Flüge gebucht. Aus zoll- und sicherheitstechnischen Gründen darf ich die Kisten nicht als unbegleitete Fracht auf einem Passagierflug mitschicken.«

Was sollte das heißen, die Flüge seien nicht gebucht? »Das muss ein Missverständnis sein. Um die Rückreisen hat sich mein Auftraggeber gekümmert.«

»Wie ich schon gesagt habe, es sind keine Flüge gebucht. Nicht ein einziger.« Die Stimme der Dame klang leicht genervt.

Lisa holte noch einmal die Nachricht der Präsidiumssekretärin der Uni Trier auf den Bildschirm, die ihr, obwohl es Samstag war, netterweise die Flugdaten geschickt hatte. Da standen sie doch. Schwarz auf weiß. Genau die Angaben, die Lisa weitergeleitet hatte, mit allen Namen ihrer Teammitglieder, den jeweiligen Flügen und entsprechenden Buchungscodes. Doch, Moment …

Lisa blinzelte, während sie die E-Mail der Sekretärin noch einmal Wort für Wort durchlas.

… hier die freien Flüge, die ich so kurzfristig finden konnte, lautete die Nachricht. *Die Buchungen sollten möglichst schnell vorgenommen werden …* Und was sie für Buchungscodes gehalten hatte, waren tatsächlich die Nummern der Personalakten der Uni.

»Ich melde mich gleich wieder«, rief Lisa ins Telefon und hängte auf. »Mist, Mist, Mist!«

Ein hastiger Blick auf ihre Armbanduhr. Zehn Minuten nach fünf. Und noch dazu an einem Samstag.

Egal.

Es dauerte nur einen Augenblick, bis sie die Privatnummer ihres neuen Vorgesetzten im Intranet der Uni fand und auf ihrem Mobiltelefon eingab. Sie legte jedoch sogleich wieder auf, als draußen ein lautes Stimmengewirr zu hören war.

KAPITEL 11

Der Unterschied zwischen Glatzköpfen, Zyklopen und Kleingeschriebenem

Mein Geld! Ich will das Geld für meine Arbeit haben!« – »Und zwar bevor ihr eure Sachen zusammenpackt und sang- und klanglos von hier verschwindet!« – »Richtig! Solche wie euch kennen wir hier nämlich schon zur Genüge!«

Die Szene, die sich Lisa offenbarte, erinnerte sie unweigerlich an ein Duell aus einem alten Western: Auf der einen Seite standen zehn Männer mit finsteren Mienen, die durcheinanderbrüllten und zum Glück nur mit Papierseiten statt mit Pistolen herumfuchtelten, als ob sie sich dadurch mehr Gehör verschaffen könnten. Lisa erkannte ein paar von ihnen: Da war der Besitzer der Firma, die ihnen die Container vermietet hatte. Und den zwei Männern links von ihm gehörten die Bagger und die Schutttransporter. Sie alle waren heute Morgen über den Abbruch der Ausgrabung informiert worden.

Als Kontrahent stand ihnen Tin gegenüber – groß und breitschultrig und mit einer in dieser Situation geradezu verwegen wirkenden roten Bandana, die er sich zum Schutz gegen die Sonne um den Kopf gebunden hatte. Hinter ihm hatte, wie in zweiter Kampflinie, das restliche Team, Kellen und Schaufeln in den Händen, Stellung bezogen.

Die wollten doch nicht etwa aufeinander losgehen?

»Was soll denn der Tumult?«, rief Lisa und trat zwischen die Fronten. Und sofort ging ein neues verbales Bombardement auf sie nieder.

»Wer bezahlt uns jetzt den bisherigen Aufwand?« – »Woher kriegen wir unser Geld?« – »Hier. Das sind alles offene Rechnungen. Oder dachtet ihr etwa, die Arbeit ist kostenlos?«, brüllten die Dienstleister.

Lisa hob beschwichtigend die Hände. »Ich bitte Sie. Es gibt keinen Grund, sich so aufzuregen.«

»Nur die Ruhe, Leute. Wenn ihr alle durcheinanderschreit, versteht hier niemand ein Wort«, rief Tin auf Englisch und hielt einen der Männer mit ausgestrecktem Arm davon ab, zu nahe zu kommen.

Lisa bemühte sich, die aufgebrachten Männer zu übertönen. »Ich verstehe Sie. Wirklich. Ich verspreche Ihnen, dass ich mich persönlich darum kümmern werde. Selbstverständlich haben Sie Anspruch auf die Zahlung, ich werde das so schnell wie möglich klären.«

Doch einer der Männer, ein glatzköpfiger Kerl, zwängte sich an Tin vorbei. »Das hier sind die Abrechnungen für die Miete der mobilen Toiletten während der letzten drei Wochen.« Er wedelte mit einem Bündel Zettel so nah vor Lisas Gesicht, dass das Papier ihre Nasenspitze streifte. »Wer bezahlt mir das alles, he?«

Ohne Vorwarnung warf er Lisa die Unterlagen ins Gesicht. Sie schrie erschrocken auf, trat einen Schritt zurück und hob instinktiv abwehrend den Arm. Aus den Augenwinkeln sah sie den Glatzkopf näher kommen. Sein Gesicht. Sein zähnefletschendes Grinsen. »Ich werde dich lehren, was es heißt, sich mit mir anzulegen.«

»Ftánei! – Das reicht!«, donnerte eine tiefe Stimme. Eine Hand packte den Glatzkopf am Kragen und riss ihn zurück.

Mit einem Schlag herrschte Stille.

Lisa blinzelte irritiert, als sie Charis erkannte. Was machte denn ausgerechnet er hier? War er etwa gekommen, um seinen endgültigen Triumph auszukosten?

Schon holte sie Luft, um ihm zu sagen, dass er gewonnen hatte, dass sie jedoch im Moment wirklich weder Zeit noch Muße hatte, um seine Schadenfreude zu ertragen. Aber ihr blieben die Worte im Hals stecken, als Charis ihr einen kurzen mahnenden Blick zuwarf, sich vor sie hinstellte und ihr den Rücken zudrehte.

»Was tust du denn da?«, zischte sie ihn an.

Aber natürlich ignorierte der Kreter sie und rief stattdessen den Männern zu: »Was hat der ganze Aufstand hier zu bedeuten?« Dabei hielt er den Glatzkopf noch immer am Kragen fest.

»Misch du dich nicht ein. Das geht dich nichts an«, antwortete einer der Männer.

»Du hast nichts hiermit zu tun. Es ist unser Geld, das auf dem Spiel steht«, pflichtete ein anderer ihm bei.

»Ich habe Ihnen allen versprochen, mich darum zu kümmern.« Mit den Ellbogen versuchte Lisa, sich an Charis vorbeizudrängen. Dieses Mal jedoch war es Tin, der sie an der Schulter fasste und mit einem Kopfschütteln zurückhielt.

Was war denn auf einmal in die Männer gefahren?

»Warum schlägst du dich überhaupt auf deren Seite?«, krächzte der Glatzkopf.

»Und damit steht er nicht allein.« Sämtliche Köpfe drehten sich in die Richtung, aus der die neue Stimme kam.

Lisa stellte sich auf die Zehenspitzen. Die Stimme … das war doch …

Sie traute ihren Augen nicht, als sie Cousin Petros zusammen mit drei anderen Verwandten und dem jungen Wirt aus dem Kafenion näher kommen sah.

»Hatten gerade nichts Besseres zu tun und dachten, wir kommen mal vorbei, um zu sehen, was an diesen alten Steinen hier so spannend sein soll«, erklärte der Wirt mit einem Schulterzucken, während er sich neben Charis stellte und Lisa kurz zunickte.

Die Welt war verrückt geworden, kein Zweifel.

Cousin Petros pfiff durch die Zähne, als er den Glatzkopf sah. »Oh, Manos. Du auch hier?« Damit schlug er ihm kumpelhaft auf die Schulter »Wie geht's deiner Mutter? Hat sie immer noch Schmerzen in der Schulter?«

Innerhalb von Sekunden wechselte die Miene des Kerls von der eines zähnefletschenden Zyklopen in die eines betreten dreinschauenden Esels. »Äh, es geht ihr viel besser. Die Essigumschläge, die du ihr verordnet hast, haben geholfen«, murmelte er.

»Freut mich zu hören. Richte ihr meine Grüße aus, ja?« Petros lächelte süffisant, als Charis den Mann losließ.

Es war erstaunlich, wie schnell sich auch die Gemüter der anderen beruhigten. »Wir wollen keinen Streit. Wir wollen nur das, was uns zusteht. Heutzutage kann es sich niemand mehr leisten, Geld zu verlieren«, sagte der Containervermieter schließlich und winkte beschwichtigend ab.

»Das werden Sie auch nicht.« Lisa drängte sich an Charis vorbei nach vorn.

»Nein«, sagte sie mit Bestimmtheit und wich seiner Hand aus, als er nach ihr greifen wollte. »Ich bin die Leiterin der Ausgrabung.« Das hier war ihre Verantwortung, ihr Job, und dafür konnte niemand anderes geradestehen.

Einen nach dem anderen sammelte sie die Papierzettel vom Boden auf, strich sie sorgfältig auf ihrem Oberschenkel glatt, hob den Kopf und sagte dann mit fester Stimme zu den Männern: »Wenn Sie bitte in mein Büro kommen, damit ich Ihre schriftlichen Forderungen auflisten kann. Ich verbürge mich persönlich dafür, dass Sie alle Ihr Geld bekommen.« Ohne ein weiteres Wort drehte sie sich um und ging zu einem der Container.

Zwei Stunden später legte Lisa ihr Mobiltelefon auf den Schreibtisch. Nach den beiden letzten Gesprächen war das Gerät ebenso heiß wie ihr Gesicht.

Sie lehnte sich im Stuhl zurück und kniff die Augen zusammen, während sie die in ihrem Kopf herumwirbelnden Gedanken mit aller Strenge zur Ruhe zu zwingen versuchte, obwohl sie am liebsten laut aufgeschrien hätte.

Der Ventilator sirrte. Draußen waren Tin und Charis zu hören, die sich murmelnd unterhielten. Allein das grenzte an ein Wunder. Charis, der sich freiwillig auf ein Gespräch mit einem Mitarbeiter des Grabungsteams einließ. Andererseits erstaunte Lisa mittlerweile gar nichts mehr.

Inzwischen hatte auch der Letzte der Gläubiger Roussolakos mit einer von Lisa unterschriebenen Bürgschaftserklärung verlassen.

Wenn sie wüssten, dass die Zettel mit einem Schlag völlig wertlos geworden waren. Lisa lachte heiser auf. So fühlte es sich also an, wenn man langsam den Boden unter den Füßen verlor.

Dann öffnete sie das Notebook und reservierte die Flüge der Teammitglieder. Das Limit ihre Kreditkarte reichte dafür gerade noch aus.

Ihr Blick fiel auf den Stapel der Rechnungen, für deren Bezahlung sie persönlich gebürgt hatte. Die Summe belief sich auf etwas über fünfzigtausend Euro.

»Das war eine Sonderklausel, auf die die Ozuka Founding bestanden hat«, hatte Gerd Kügler mit tonloser Stimme eben am Telefon erklärt. »Die Bedingung war die Beweisfindung eines Palastes. Bei einer Nichterfüllung dieser Auflage zieht sich die Stiftung nicht nur als Sponsor zurück, es verfallen auch automatisch alle ihre finanziellen Verpflichtungen für das Projekt. So ist es unter Punkt 5.4 im Vertrag geregelt. Haben Sie den etwa nicht gelesen?«

Das berüchtigte Kleingedruckte. Die Kosten hätte die Fakultät Trier somit selbst zu tragen. Doch als langjährige Mitarbeiterin wisse Lisa schließlich genau, dass ein Finanzierungsantrag jetzt, wo die Sommersemesterferien vor der Tür standen, frühestens im September bewilligt werden würde.

Im September.

Vor Bestürzung und alle Skrupel ignorierend, hatte Lisa danach sofort Professor Birkmeier angerufen, dessen Frau, wie sie inzwischen herausgefunden hatte, nach einem Beckenbruch im Krankenhaus lag.

Ihr Mentor hatte die Vertragsverhältnisse bestätigt. »Es tut mir so leid, meine Liebe. Ich kann Ihnen aber diesbezüglich keine andere Antwort geben. Was für ein unsägliches Pech. Wenn er wollte, könnte Kügler zwar sehr wohl eine außerordentliche Bewilligung der Finanzierung erreichen. Natürlich rechnet er in Ihrem Fall aber mit … nun ja … alternativen, privaten Möglichkeiten.«

Das hatte Lisa als Antwort genügt.

»Kommt gar nicht infrage«, sagte sie zu dem Mobiltelefon auf dem Tisch und schüttelte entschieden den Kopf. Nein. Sie kämpfte schließlich schon ihr halbes Leben dagegen an, lediglich als Tochter des berühmten und reichen Professor Helmut Stadler wahrgenommen zu werden. Ganz abgesehen davon, dass Lisa ihren Vater seit viereinhalb Jahren weder gesehen noch gehört hatte, war er der allerletzte Mensch auf Erden, den sie um Hilfe bitten würde.

Der Einzige, der ihr womöglich helfen könnte, war ihr alter Studienkollege Nikos Joannou. Ebenfalls ein Archäologe, Sohn des zypriotischen Generalkonsuls und aus wohlhabender Familie, sodass er es sich leisten konnte, die eigenen Projekte selbst zu finanzieren. Aber soweit sie wusste, grub sich Nick zurzeit auf der Suche nach einer verschollenen Mayastadt durch den Dschungel Nicaraguas – weit weg von jeglicher Zivilisation und so gut wie unerreichbar.

Sie ließ den Daumen über den Rand des Rechnungsstapels gleiten.

56 000,00 Euro.

Mit ihren eigenen Mitteln konnte sie ungefähr die Hälfte davon auszahlen. Das war ihre oberste Priorität, so viel forderte ihr Stolz. Immerhin waren die laufenden Kosten für Miete, Telefon und den üblichen Kleinkram zu Hause in Deutschland so weit gesichert, denn diese Zahlungen liefen automatisch über ein anderes Konto. Zwar hätte Lisa im Notfall darauf zugreifen können, aber was nützte es ihr, dieses Geld einzusetzen, wenn sie dann die Miete für ihre Wohnung nicht bezahlen konnte?

Wie sie es auch drehte und wendete, es änderte nichts an der Tatsache, dass nicht genug für ein Rückflugticket für sie selbst übrig blieb. Ganz abgesehen davon, dass jetzt, in der beginnenden Touristenhochsaison, sämtliche günstigen Charterflüge nach Deutschland auf Wochen ausgebucht waren.

Sie stöhnte auf, als ihr die Endgültigkeit der Tatsache richtig bewusst wurde, und massierte sich mit den Fingern die schmerzhaft pochenden Schläfen.

Das war's. Es gab keinen anderen Ausweg. Sie war gestrandet. In Palekastro. Allein inmitten einer ständig tanzenden, lauten, kretischen Großfamilie.

Die olympischen Götter mögen ihr helfen …

KAPITEL 12

Von Desastern, miauenden Katzen und einem Mondkalb

Natürlich kannst du hier wohnen bleiben, kopeliá. Und was die Miete betrifft, brauchst du dir darüber im Moment nicht den Kopf zerbrechen. Ist es nicht so?«, rief Yiayià und tätschelte Lisas Wange, während sie zu Charis aufschaute.

In ihrem Blick, genauso wie in dem Tonfall, lag die subtile Warnung, die in Worte übersetzt ungefähr so viel bedeutete wie: Ich werde dafür sorgen, dass du es dein Leben lang bereust, wenn du jetzt das Falsche sagst.

»Aftonóito«, erwiderte Charis. Selbstverständlich. Dazu hätte es keine Drohung gebraucht. Nach dem heutigen Nachmittag war es das Mindeste, das er tun konnte.

Sotíris' Anruf hatte ihn überrascht, jedoch zugleich mit allen nötigen Informationen versorgt. Das war der Vorteil, wenn man in einem so kleinen Ort wie Palekastro lebte: Neuigkeiten, egal, ob gute oder schlechte, verbreiteten sich hier schneller als ein Schnupfenvirus. Die Ausgrabungsarbeiten in Roussolakos waren wegen des Rückzugs des Sponsors mit sofortiger Wirkung eingestellt.

Und während Charis in halsbrecherischem Tempo nach

Roussolakos gefahren war, hatte Sotíris ihn über die aufgebrachten Lieferanten informiert, die sich auf dem Platz vor der Kirche zusammengerottet hatten, um nach Roussolakos zu marschieren und das Geld einzufordern.

Seither hatte er nach und nach die Geschichte in all ihren Ausmaßen erfasst; die Erklärungen von Lisas Mitarbeiter, diesem Tin, waren dabei sehr hilfreich gewesen. Er wusste nun von der Rücktrittsklausel im Projektvertrag, von der Einmonatsfrist.

Je mehr Einzelheiten Charis erfuhr, umso mehr begriff er das ganze Ausmaß des Desasters. Thée ke Kírie, das erklärte alles: Lisas Hektik während der letzten Tage, ihren Auftritt im Kafenion und die Verbissenheit, mit der sie auf die Tanzwette eingegangen war.

Diese unmögliche Frau. Warum hatte sie ihm denn nichts gesagt?

»Ich fasse es nicht«, rief Kalli. »Dann bist du jetzt also nicht nur deinen Job los, sondern du musst auch noch alle Rechnungen und die Rückflüge aus eigener Tasche bezahlen? Das ist ja das Hinterletzte.« Empört schüttelte sie den Kopf und zog das Schälmesser so energisch über die Karotte, dass die Schalenschnipsel nur so über den Tisch flogen.

»Nun ja, das Geld bekomme ich wieder erstattet«, erklärte Lisa erschöpft. »Aber das Wichtigste ist, dass die Lieferanten so schnell wie möglich eine erste Anzahlung erhalten und meine Teamkollegen zurückreisen können. Je länger sie bleiben, umso mehr Kosten verursachen sie.« Sie legte die Hände um das Wasserglas und verstummte.

Schon als Charis sie zurück zum Gutshof gefahren hatte, war kaum ein Wort über ihre Lippen gekommen.

Wie zerbrechlich sie auf einmal wirkte, als sie am Tisch saß und Schultern und Kopf hängen ließ.

Charis presste die Lippen zusammen.

Dreimal verdammt und zugenäht. Eigentlich war diese Situation jetzt genau das, was er gewollt hatte. Ein Aus für Roussolakos bedeutete auch endlich eine Weile Ruhe vor diesen Forschern. Doch nun fühlte sich das Ganze nicht mehr wie ein Sieg, sondern einfach nur noch beschissen an.

An diesem Abend erschien Lisa nicht zum Essen. Sie hätte keinen Hunger, ließ sie durch Kalli ausrichten.

Auch die Verwandten waren so ruhig wie kaum jemals zuvor und verabschiedeten sich frühzeitig. Yiayià machte die schwüle Hitze zu schaffen, sodass sie sich kurz darauf ebenfalls in ihr Zimmer zurückzog, und Kalli fuhr mit zwei Freundinnen ins Open-Air-Kino nach Sitia.

Es mochte kurz vor Mitternacht sein, als Charis ein Bier aus dem Kühlschrank holte und sich in den alten Klappstuhl auf der Terrasse setzte.

Er nahm einen tiefen Schluck aus der Flasche, genoss das Prickeln auf der Zunge und streckte die Beine aus. Die Nachtluft war lau und roch nach Rosmarin, Geranien und Meer.

Was für eine ungewohnte Stille. Nur die Grillen zirpten, und irgendwo im Garten miaute eine Katze, aber die Idylle wollte einfach nicht zum heutigen Tag passen. Charis hatte nicht einen Moment gezögert, war ins Auto gesprungen und nach Roussolakos gerast. Jetzt, im Nachhinein betrachtet, war allein das schon verwunderlich. Dann die wütende Meute dort. Und Lisa, die sich ihnen entgegenstellte.

Mit einem leisen Schnauben schüttelte Charis den Kopf.

Diese Frau. Ob sie überhaupt eine Ahnung hatte, wie mutig das gewesen war? Im selben Atemzug schlich sich das schlechte Gewissen an ihn heran.

Er stützte die Bierflasche auf dem Oberschenkel ab und fühlte das kühle Glas auf der Haut.

Ausreden waren zwecklos, denn er, Charis, trug an der ganzen Geschichte sehr wohl eine Mitverantwortung. Nicht, dass er von seiner Meinung abweichen würde. Der Olivenhain war sein Erbe, daran gab's nichts zu rütteln, und das Eigentum der Familie war heilig. Trotzdem …

Dass Lisa seinetwegen alles verlor, war niemals seine Absicht gewesen. Aber wie, um alles in der Welt, ging man in einer solchen Situation mit einer Frau um, die sich nichts sagen und noch weniger helfen ließ?

Am nächsten Morgen klopfte Charis leise an Lisas Tür, fand das Zimmer jedoch leer vor.

»Scheiße.« Dabei hatte er sich den Wecker absichtlich schon um sieben Uhr gestellt, um sie nicht zu verpassen. Obwohl er es eigentlich hätte besser wissen müssen, schließlich war Lisa auch unter normalen Umständen immer zu absolut unkretischen Zeiten bereits bei der Arbeit gewesen. Und heute erst recht, denn heute wurde Roussolakos geschlossen.

Er entdeckte sie schon von Weitem, als er seinen Wagen vor dem Eingangstor zum Grabungsgelände zum Stehen brachte. Der Strohhut, den sie trug, war nicht zu übersehen. Sie stand mit zwei Männern zusammen. Er erkannte Lisas Mitarbeiter Tin. Der andere Mann war um einiges kleiner, und seine dunkelgrauen Locken hatten fast dieselbe Farbe wie das Polohemd und die eleganten Hosen. Ein Aufzug, der so wenig nach Roussolakos passte wie ein Eisberg in die Wüste.

Der Mann drehte sich um, als Charis die Wagentür zuschlug. Línos Mouskouri. Wie könnte es auch anders sein.

Charis fluchte durch die zusammengebissenen Zähne. Es war eine dämliche Idee gewesen, herzukommen.

Trotzdem ging er nach einem kurzen Moment des Zögerns auf das Grüppchen zu.

»Oh.« Das war alles, was Mouskouri von sich gab, ehe er, wie Charis nicht ohne Genugtuung bemerkte, erbleichte und einen kleinen Schritt zurückwich.

»Du?« Lisa sah ihn fragend an.

Charis nickte Tin zu, ehe er, die Hände erhoben, erklärte: »Ich wollte nur sichergehen, dass die Kerle von gestern nicht wieder auftauchen.« Das war zwar gelogen, klang aber zumindest plausibel.

Er hielt sich im Hintergrund, als wenig später die Lieferwagen vom Museum von Sitia vorfuhren und kurz darauf, mit Plastikwannen und Kisten beladen und angeführt von Mouskouri, wieder davonbrausten. Er sah schweigend zu, wie sich Lisa von ihren Mitarbeitern verabschiedete, bevor diese ihr Gepäck und zusätzliche Kisten in einen Reisebus verfrachteten und selbst einstiegen. Ihre Flüge gingen gegen Mittag ab Heraklion, hatte Tin ihm erklärt.

Er beobachtete, wie Lisa dastand und dem Bus nachsah, bis dieser nach der Kurve hinter den Häusern von Palekastro aus ihrer Sichtweite verschwand. Erst dann drehte sie sich mit einem Ruck um. »Komm mit«, sagte sie und ging, die Schultern gestrafft, an ihm vorbei.

Charis folgte ihr zu dem Container, den sie als Büro benutzt hatte und in dem sich zu seinem Erstaunen seit gestern Abend aufeinandergetürmte Kartons und Holzkisten angesammelt hatten – wie bei einem Tetris-Spiel. Wann hatte sie das alles zusammengepackt?

Einzig auf dem Schreibtisch lag noch eine Klarsichtmappe mit Papieren darin und einer säuberlich ausgedruckten Liste mit Firmennamen neben Geldbeträgen obendrauf. Das musste eine Liste der Gläubiger sein.

Daneben stapelten sich ein paar Schachteln und ein Haufen aus durchsichtigen Plastiktütchen, in denen Scherben und Erdklumpen verpackt waren.

Mit einem müden Seufzen nahm Lisa den Strohhut ab und fächelte sich damit Luft zu. Es war brütend heiß hier drin.

Charis sah die dunklen Schatten unter ihren Augen. Hatte sie überhaupt geschlafen? Doch er verkniff sich die Frage.

Sie strich sich eine Haarsträhne hinters Ohr. »Ich nehme an, du bist hier, um sicherzugehen, dass Roussolakos wirklich geschlossen wird.« Ihre Stimme klang geschäftsmäßig.

»Nein, nicht deswegen«, erwiderte er. Himmel, hielt sie ihn tatsächlich für so kaltblütig?

Doch Lisa schien nicht zuzuhören. »Nun, wie du siehst, läuft so weit alles nach Plan.« Sie deutete auf die Tütchen auf dem Schreibtisch und dann auf die Kistenstapel. »Das sind die letzten Fundstücke, die ich noch sortieren muss. Die Kisten werden heute Nachmittag abgeholt. Und der Rest …«

»Ich hab einen Vorschlag und wollte mit dir reden, ohne dass es gleich die ganze Familie mitbekommt«, versuchte Charis es erneut.

»Keine Sorge, morgen werden die Container und Camper abgeholt. Weil heute Sonntag ist, geht es leider nicht früher.« Sie begann, ein Plastiktütchen nach dem anderen zu begutachten und in eine der Schachteln zu legen. »Aber du wirst sehen, spätestens in zwei Tagen gibt es hier keine Spuren mehr von uns.«

Er machte einen Schritt auf Lisa zu. »Darum geht es doch gar nicht.« Wenn sie ihm nur einen Moment zuhören würde.

Lisa ließ die zwei Fundstücke in ihrer Hand auf den Stapel zurückfallen und sah auf. »Ach du Schreck«, rief sie. »Ich habe ganz vergessen, Línos zu sagen, dass ich ihm noch eine Schachtel mit Bodenproben vorbeibringen werde. Die habe ich heute früh in meinem Zimmer liegen lassen.«

Sie griff über den Tisch nach ihrem Telefon. »Am besten, ich rufe ihn kurz … huch …«

Eine der Schachteln fiel zu Boden.

Lisa beugte sich vor und wollte sie aufheben, doch Charis war schneller und fasste nach ihrer Hand. Ein Reflex, ohne zu überlegen.

Er hörte, wie Lisa den Atem ausstieß, dann hob sie verwundert den Blick.

Ihre Haare rochen nach Apfel und Vanille. An ihrer Schläfe erkannte er die Rötung eines Mückenstichs. Ihre Finger fühlten sich angenehm warm an. Seltsam, er hatte nie zuvor bemerkt, wie feingliedrig und zugleich kräftig sie waren.

Doch mehr als alles andere staunte er über das eigene Bedauern, als Lisa die Hand zurückzog, aufstand und mit einer fahrigen Geste über das zu einem Zopf gebundene Haar fuhr. Täuschte er sich, oder war sie tatsächlich kurz errötet?

Mit einem Räuspern richtete er sich ebenfalls auf, reichte ihr den Karton und brummte: »Ich dachte, nach alledem hier könntest du eine kleine Abwechslung brauchen. Wie …« Er schluckte. »Wie wäre es mit einem Ausflug nach Zakros? Morgen.« Himmel Herrgott, er stotterte wie ein hypnotisiertes Mondkalb.

Möglichst unauffällig wischte er die verschwitzten Hände an den Shorts ab. »Als kleines Friedensangebot.« Nicht, dass sie auf falsche Ideen kam.

Lisa starrte ihn an, öffnete den Mund, schloss ihn jedoch sogleich wieder.

Warum sagte sie denn nichts?

»Natürlich nur, falls du Zeit hast«, fügte Charis eilig hinzu.

»Amaltheias Ziegenhorn mit Zuckerwatte«, hörte er sie schließlich murmeln.

Er schüttelte verständnislos den Kopf. »Wie bitte?«

Sie winkte ab. »Ich meine: Ja, warum nicht?«

Charis versuchte, sich seine Verwirrung nicht anmerken zu lassen. Hatte sie gerade eben wahrhaftig zugesagt? »Es gibt eine nette kleine Bucht dort. Wir könnten ein Boot mieten«, ergänzte er.

»Klingt gut.« Ein Lächeln hellte kurz ihr Gesicht auf, bevor sie den Blick senkte und sich mit einem Ruck umdrehte.

»Okay. Dann bis morgen also.«

Sie nickte. »Bis morgen.« Damit widmete sie ihre Aufmerksamkeit wieder den Plastikbeuteln, von denen sie eine Handvoll aufnahm, nur um sie gleich wieder Stück um Stück zurück auf den Haufen zu legen.

Eine unmissverständliche Aufforderung, dass er zu gehen hatte.

Charis trat aus dem Container in die grelle Morgensonne hinaus und schüttelte fassungslos den Kopf. Eigentlich war er nur hergekommen, um sich bei Lisa zu entschuldigen. So war zumindest der Plan gewesen. Welcher Teufel hatte ihn stattdessen geritten, dass er sie zu einem Ausflug einlud?

Er setzte die Sonnenbrille auf und ging zurück zum Auto.

Und sie hatte auch noch zugesagt.

Das brachte zwar seinen morgigen Terminplan durcheinander, aber ihm war eine Idee gekommen, als er die Liste der Gläubiger auf Lisas Schreibtisch gesehen hatte. Eine verrückte Idee, zugegeben, und er würde einiges an Überzeugungskraft aufbringen müssen, doch vielleicht …

Noch bevor er den Zündschlüssel drehte, wählte er die Nummer seines Onkels Aléxios, Vaters ältestem Bruder und Besitzer von mehreren Juweliergeschäften an den Touristenmeilen in Chania und Agios Nikólaos.

»Onkel, wie geht es dir?«, rief er, sobald Aléxios antwortete. »Und Tante Magda? Hat sie immer noch Probleme mit den Hüften? … Yiayià? Keine Sorge, es geht ihr gut. Sie arbeitet zu viel, aber sonst ist alles bestens … Ja, ich weiß, es ist viel zu lang her, seit wir uns gesehen haben. Darum dachte ich, ich komme heute mal bei euch vorbei. Ich würde gern etwas mit dir besprechen. Hast du Zeit? … Nein, es ist alles in Ordnung mit dem Hof, ich schwöre. Es geht nur um eine persönliche Angelegenheit … Wunderbar, dann bis später.«

Er legte auf. Sehr gut, das wäre erledigt.

Ein Schmunzeln schlich sich auf sein Gesicht, als er den Wagen über den Feldweg von Roussolakos zurück nach Palekastro lenkte und dort auf die Hauptstraße in Richtung Agios Nikólaos einbog.

KAPITEL 13

Salto mortale

Am nächsten Morgen saß Lisa in ihrem Zimmer auf der Bettkante und starrte kopfschüttelnd in den offenen Kleiderschrank.

Was tat sie hier eigentlich?

Ganz abgesehen davon, dass sie Charis' Einladung nie und nimmer hätte annehmen sollen, konnte sie sich nicht mehr daran erinnern, wann sie das letzte Mal nichts zu tun gehabt hatte.

Gestern Abend waren die letzten Fundstücke abgeholt worden, ihr Containerbüro war leer geräumt, und inzwischen hatte man wahrscheinlich auch die Campervans sowie alle Baracken verladen und abtransportiert, damit von dem letzten Grabungsprojekt von Roussolakos keine Spur mehr übrig blieb. Genau genommen, war sie jetzt arbeitslos.

Lisa ließ sich rücklings aufs Bett fallen und starrte an die Decke.

Und jetzt? Was machte man den ganzen Tag ohne eine Aufgabe? Ohne auch nur irgendetwas zu tun zu haben? Der Gedanke war niederschmetternd.

Sie stöhnte auf. Da half auch kein Ausflug nach Zakros oder sonst wohin. Geschweige denn der Umstand, dass sich außer Arbeitskleidern, T-Shirts, den paar Jeans und den zwei

Sommerkleidern, die sie voriges Jahr in einem Anflug von verwirrter Euphorie gekauft hatte, nichts in ihrem Schrank befand, das auch nur annähernd für einen Strandausflug getaugt hätte. Schließlich war sie nach Kreta gekommen, um zu arbeiten, nicht für einen Badeurlaub. Es war ein Wunder, dass sie überhaupt einen Bikini eingepackt hatte.

Widerwillig stand sie auf, trat vor den Schrank und schob einmal mehr einen Kleiderbügel nach dem anderen von rechts nach links.

»Du bist so was von underdressed, Stadler.« Und Charis' Einladung anzunehmen war ohnehin die dümmste Idee überhaupt gewesen. Hätten die Ereignisse der letzten Tage sie nicht dermaßen aus der Bahn geworfen und wäre der Vorschlag nicht so unerwartet gekommen, hätte sie niemals zugestimmt. Aus vielerlei Gründen: Erstens ließ sich kein vernünftiger Mensch auf eine Einladung desjenigen ein, der für das ganze Chaos mitverantwortlich war, selbst wenn derjenige sich – zugegeben – in den letzten Tagen ziemlich hilfsbereit gezeigt hatte.

Zweitens hasste Lisa Sand. Der verbrannte einem die Fußsohlen und blieb zwischen den Zehen, in den Haaren und überall am Körper kleben.

Und drittens war sie nicht dafür geschaffen, untätig herumzuliegen und sich von der Sonne braten zu lassen. Was andere relaxen nannte, war für sie eine Qual. Erst recht, wenn ein attraktiver Kreter anwesend war, dessen Nähe sie völlig aus dem Konzept brachte.

Am Daumennagel kauend, tigerte sie von einer Ecke des Raums zur anderen. Sie hatte noch nie im Leben an den Fingernägeln gekaut. Andererseits war die gesamte Situation schon so weit jenseits ihrer Komfortzone, dass das ihr geringstes Problem darstellte. Wie sollte sie die nächste Zeit überstehen? Es konnten Wochen vergehen, bis sie es irgendwie schaffte, das Geld für einen Linienflug zurück nach Deutschland aufzutreiben, wenn sie nicht bis September auf Kreta bleiben wollte. Letztere Möglichkeit war Lisa zwar eine Millisekunde lang durch den Kopf gegangen, denn sie konnte sich nicht erinnern, wann sie zuletzt richtig Urlaub gemacht hatte. Jetzt wäre die ideale Gelegenheit dazu. Aber wie sollte das gehen, ohne Geld?

Sie brauchte etwas, das sie beruhigte und ihr Mut machte. Etwas, woran sie sich mental festhalten konnte. Eine Art Mantra. Ja, das hatte mit geistiger Aktivität zu tun, und Konzentration war immer hilfreich. Am besten, sie suchte sich gleich mehrere solcher Mantras aus – nur um sicherzugehen.

Wie wäre es mit *Alles wird gut?* Oder der Spruch, der gestickt und eingerahmt in Tante Gertis Wohnzimmer hing: *Immer wenn du denkst, es geht nicht mehr, kommt von irgendwo ein Lichtlein her?*

Was für ein Schwachsinn. Das war alles nicht zu gebrauchen.

Wenig später trat Lisa auf die Terrasse, wo Sofia und Kalli gerade dabei waren, die Hälfte einer riesigen Wassermelone erst in Scheiben, dann in Würfel zu schneiden.

»Ah, da bist du ja«, rief Sofia strahlend, rieb sich die Hände an einem Tuch sauber und tätschelte Lisa die Wange. »Hier. Wir haben euch einen kleinen Snack eingepackt. Ein Strandausflug macht hungrig.«

Der »Snack« bestand aus zwei Kühlboxen, die jede bis zum Rand mit einem Dutzend kleinerer und größerer Tupperware-Dosen sowie je zwei halb gefrorenen 2-Liter-Petflaschen gefüllt waren. Du liebe Güte, sie gingen nur an den Strand, das sah jedoch eher nach dem Proviant für eine einwöchige Trekkingtour aus.

»So, das wär's. Der Wagen ist bereit«, rief Charis, und Lisa schluckte, als sie ihn die Treppe vom Vorhof heraufkommen sah. Braun gebrannt und mit breiten Schultern, die Sonnenbrille lässig in den Ausschnitt des T-Shirts gehängt und die Hände in den Taschen der Shorts. Wie konnte jemand in solch schlichten Kleidern so selbstbewusst auftreten, als könnte nichts und niemand ihm etwas anhaben?

Lisa hatte in ihrer Verzweiflung eine ihrer Jeans geopfert und kurzerhand die Hosenbeine abgeschnitten, musste dann jedoch mit Schrecken feststellen, dass Arme und Kopf zwar von der Sonne gebräunt, Knie und Oberschenkel jedoch weiß wie Camembert waren. Dazu trug sie ein weites, blaugelb kariertes Hemd, dessen Ärmel sie bis über die Ellbogen hochgekrempelt hatte, und ihren alten Strohhut. Das Outfit einer typischen Touristin.

Nach einem kurzen Frühstück, bestehend aus Kaffee und Toast mit Marmelade, winkte ihnen Sofia von der Terrasse her mit einem Küchentuch zu, als sie in den Wagen stiegen. »Viel Spaß euch beiden«, rief sie. »Und pass dieses Mal besser auf sie auf, Charis, hörst du?«

Lisa stutzte. »Was meint sie damit?«

»Keine Ahnung.« Charis zuckte die Schultern und drehte den Zündschlüssel. Ohne ein weiteres Wort fuhren sie los.

Nach Zakros war es nicht besonders weit. Die Ortschaft selbst lag ungefähr eine Stunde südlich von Palekastro entfernt oben in den Bergen, während Kato Zakros, also das »untere« Zakros, sich rund fünf Kilometer weiter direkt an der mit einem breiten Kieselstrand gesäumten Bucht entlangzog.

Sie redeten nicht viel während der Fahrt, was Lisa gerade recht kam, denn sie war in Gedanken immer noch damit beschäftigt, nach einem geeigneten Mantra zu suchen.

»Du brauchst dich wirklich nicht an der Tür festzuklammern. Ich fahre ja schon so langsam wie ein lahmer Esel«, sagte Charis unvermittelt. Der Sarkasmus in seiner Stimme war überdeutlich.

»Oh.« Sofort zog Lisa die Hand vom Türgriff zurück und stammelte eine Entschuldigung.

»Endáxi.« Charis schnaubte belustigt und hielt Lisa den mit der Stereoanlage verbundenen iPod hin, ohne den Blick von der Straße abzuwenden. »Hier. Du darfst den DJ spielen.«

Na gut, das war unverfänglich genug.

Sie staunte, als sie sich durch die Playlist scrollte. So einen vielseitigen Musikgeschmack hätte sie dem Kreter gar nicht zugetraut: Natürlich waren viele griechische Interpreten vertreten, Lisa kannte nicht alle davon. Daneben war jedoch von modernem Pop über Hard Rock bis Country jede Stilrichtung zu finden.

»Die Fantastischen Vier?«, rief sie ungläubig.

Charis wandte sich ihr kurz zu. Seine rechte Augenbraue hob sich über den Sonnenbrillenrand, und er grinste. »Was denn? Die gehören schließlich zum Kulturgut«, erklärte er auf Deutsch.

Sie entschied sich schließlich für ein griechisches Lied: *Sou Miló Kai Kokkinízeis*. Sie kannte die ursprüngliche Version von dem noch immer populären Sänger Dionysis Savvopoulos. Dieser stammte zwar aus Thessaloniki auf dem griechischen Festland, hatte jedoch während der Zeit der Militärdiktatur als Vorbild der jungen Opposition gegolten, was seinen

Liedern rasch einen Kultstatus verschaffte, sodass fast jedes Kind die Texte seiner Lieder kannte.

Die Interpretation des kretischen Folksängers Giannis Charoulis war hingegen moderner, akustisch aufgepeppt und mit mitreißendem Rhythmus, und der Refrain spornte zum Mitsummen an. Charis schlug mit den Zeigefinger den Takt aufs Lenkrad, während die Küste Ostkretas an ihnen vorbeizog.

»Ela sto choró – komm zum Tanz«, sang er mit tiefer, warmer Stimme.

Unglaublich, Lisa hatte noch nie zuvor so viele Blauschattierungen des Meeres gesehen. Von tiefem Dunkelblau bis hin zu fast schon kitschigem Türkis.

»Nichta xsasteriá. Ánapsan fotakia s' óla ta choriá.« – Nacht voller Sterne. Freudenfeuer brennen in den Dörfern.

Ein schöner Text.

Das Silbergrün der Sträucher am Straßenrand. Das Ocker der sonnentrockenen Erde. Und darüber der wolkenlose Himmel.

Lisa lehnte den Kopf zurück und atmete tief durch.

Wenig später erreichten sie den kleinen Ort Kato Zakros, der nur aus etwa einem Dutzend Häuser bestand. Rund die Hälfte davon waren Tavernen entlang des Strandes.

Charis parkte im Schatten der Zedern. »Da wären wir. Den Wagen können wir hier stehen lassen. Ich kenne den Besitzer der Taverne dort drüben.«

»Lass mich raten: Er ist der Schwager einer Cousine vierten Grades«, witzelte Lisa, während sie ihren Rucksack nahm und ausstieg.

Doch Charis schnalzte lediglich mit der Zunge und runzelte verständnislos die Stirn. »Stávros ist kein Verwandter. Wir sind zusammen in dieselbe Grundschule gegangen. Er hat die Taverne von seinem Schwiegervater übernommen.«

Wie sich herausstellte, war dieser Stávros auch der Besitzer eines kleinen Bootsverleihs unten am Strand, und nur wenig später schleppten Lisa und Charis je eine Kühlbox über den Steg zu einem etwa fünf Meter langen Motorboot mit knallgelbem Sonnendach.

»Du wirst hoffentlich nicht seekrank?« Charis grinste, als er ihr aufs Boot half und Lisa kurz ins Wanken geriet.

Auch wenn dem so wäre, käme die Frage reichlich spät. »Und du kannst den Kahn hoffentlich steuern, ohne auf Grund zu laufen?«, erwiderte sie zuckersüß lächelnd, ließ sich so elegant wie möglich unter dem Sonnendach nieder und setzte die Sonnenbrille auf.

Das Boot war größer, als es auf den ersten Blick den Anschein gehabt hatte, und bot genug Platz, um sich bequem hinzulegen und zu sonnen.

Je weiter sie hinaus aufs Meer tuckerten, umso mehr frischte der Wind auf. Gekonnt steuerte Charis das Boot aus der Bucht hinaus und dann Richtung Süden – weit genug von der Küste entfernt, wo tückische Strömungen und Untiefen lauern konnten, und dennoch so nahe, dass das Ufer stets in Sichtweite blieb.

Beinahe hätte Lisa die schmale Einfahrt zu ihrer Rechten nicht gesehen, da eine Felsnadel die Sicht versperrte. Doch sobald Charis die Geschwindigkeit drosselte und den Felsen vorsichtig umrundete, stockte ihr vor Staunen der Atem. Vor ihnen lag eine kleine Bucht, in der Kalkfelsen einen fast schneeweißen Strand umsäumten, und das Wasser war von einem solch klaren Smaragdblau, wie man es eigentlich nur in der Karibik erwartete.

»Wow«, war alles, was sie hervorbrachte.

Charis schaltete den Motor aus und warf den Anker.

Lisa brauchte einen Moment, bis sie sich an die beinahe unwirkliche Stille gewöhnt hatte, in der nur der Wind und das leise Plätschern der Wellen gegen den Bootsrand zu hören waren.

»Gefällt es dir? Vater ist immer mit uns hierhergefahren, als wir noch Kinder waren«, erklärte Charis, nahm die Sonnenbrille ab und blickte mit leicht zusammengekniffenen Augen in die Ferne. Der Wind wehte ihm ein paar Haarsträhnen in die Stirn, doch das schien ihn nicht zu stören. Er lächelte.

Rasch schlüpfte er aus seinen Stoffslippern und zog sich das T-Shirt über den Kopf, bevor er ihr zuwinkerte. »Na los, komm schon. Rein ins Vergnügen.« Dann sprang er ins Wasser.

Sie blinzelte über den Rand ihrer Sonnenbrille, sah zu, wie er mit kräftigen Stößen ins Wasser tauchte. Er war ziemlich fit, das ließ sich nicht leugnen, sein Oberkörper entsprach fast genau den klassischen Proportionen.

Prustend kam er wieder an die Oberfläche. Wassertropfen glitzerten auf seiner Haut, während er mit geschmeidigen, gleichmäßigen Kraulbewegungen in Richtung Strand schwamm.

Erst jetzt bemerkte Lisa, dass sie den Atem angehalten hatte, und sie drehte sich ruckartig um. Du liebe Güte, sie benahm sich ja wie eine Stalkerin.

»Worauf wartest du denn noch? Das Wasser ist herrlich«, rief Charis.

Einen Moment schloss Lisa die Augen.

Einatmen. Ausatmen. Einatmen. Ausatmen.

»Ich komme«, antwortete Lisa und knöpfte ihre Bluse auf.

Du bist eine erwachsene und vernünftige Frau, und dass du zusammen mit einem attraktiven Kreter in einer einsamen Bucht vor Anker liegst, ist absolute Nebensache.

Korrekt. Außerdem hatte sie im Moment genügend andere Probleme, um die sie sich kümmern musste.

Das Wasser war tatsächlich göttlich. Nicht zu kühl und nicht zu lau und mit einer eigenartigen … wie sollte man es nennen? … Weichheit, die die Haut wie Seide umschmiegte.

Charis hatte inzwischen schon längst den Strand erreicht, aber Lisa hatte keine Lust, zu schwimmen. Mit geschlossenen Augen ließ sie sich, auf dem Rücken liegend, treiben, fühlte die Sonne auf dem Gesicht, den sanften Wind und die leichte Strömung des Wassers, während sie nur ab und zu die Arme bewegte, um genügend Auftrieb zu schaffen.

Die Seele beruhigen. Einen Moment nicht an die vergangenen Tage denken. An Roussolakos. An die größte Pleite ihrer Karriere. An all die Lieferanten, die sie noch bezahlen musste, obwohl sie noch immer keinen Plan hatte, wie sie das Geld auftreiben sollte. Und an Gerd Seitenscheitel Kügler, der jetzt bestimmt in seinem Büro vor lauter Schadenfreude eine Conga tanzte.

Die Gedanken einfach wegfließen lassen. Sich tragen lassen.

Sie seufzte wohlig. Süßes Nichtstun. Wann hatte ihr Zeitplan das eigentlich je zuvor erlaubt?

Wenig später saßen Lisa und Charis unter dem Sonnendach, eine Unzahl von Tupperware-Dosen und Pappteller vor sich ausgebreitet. Sofia hatte wirklich an alles gedacht: Da waren Tomatenscheiben, gewürfelter Feta-Käse, Gurken, Oliven, grüne Peperoni für einen herzhaften Salat, Tsatsiki, sowohl gegrillte und in Olivenöl eingelegte Zucchinischeiben als auch Kolokithokeftédes – schmackhafte Zucchinifrikadellen …

Sogar wenn sie eine Woche lang auf dem Meer verschollen gewesen wären, hätten sie nicht hungern müssen.

»Woher sprichst du eigentlich so gut Griechisch?«, fragte Charis, während er Olivenöl aus einem separaten Fläschchen über einige Gurken und Tomaten auf seinem Teller träufelte.

Die Frage kam unerwartet, er klang jedoch ernsthaft interessiert.

»Im Bereich der Klassischen Archäologie sind Altgriechisch und Latein Pflicht«, erklärte Lisa. »Da lag das Lernen von Griechisch und Italienisch für mich auf der Hand. Ich mag keine halben Sachen.« Sie biss in ein Stück rote Peperoni. Gott sei Dank hatte er inzwischen ein T-Shirt angezogen.

Charis nickte. »Ja, das habe ich bemerkt. Du hangelst dich gern weit auf die Äste hinaus, trotz des Risikos, abzustürzen?« Ein winziges Grinsen zuckte um seine Mundwinkel.

Musste er jetzt tatsächlich auf ihren kleinen Unfall anspielen? »Worin liegt denn der Sinn, überhaupt etwas anzufangen, ohne das Bestmögliche herauszuholen?«, erwiderte sie betont ungerührt.

Obwohl Lisa es sich mit dieser Einstellung weiß Gott nicht immer einfach gemacht hatte. Ein Archäologie-Nerd zu sein, das hieß, zu einer Gruppe von Sonderlingen zu gehören, mit denen kaum jemand freiwillig Kontakt suchte. Was, zugegeben, auf Gegenseitigkeit beruhte. Keine ideale Ausgangslage, um einen Freundeskreis aufzubauen, und ein weiterer Grund dafür, dass sie ihre bisherigen Beziehungen an einer Hand abzählen konnte. Diese hatten nie länger als ein paar Monate gedauert, gerade lang genug, um eine totale Inkompatibilität festzustellen. Wie konnte man mit jemandem zusammen sein, der »Minos« für den Firmennamen eines neuen Katzenfutters hielt?

»Und du?«, fragte sie und versuchte, das Gespräch von sich abzulenken. »Sofia sagte, ihr hättet in Kassel gelebt. Das erklärt dein hervorragendes Deutsch.«

Charis biss in ein Stück Brot und kaute bedächtig, ehe er antwortete: »Wir sind dort aufgewachsen, meine Schwestern und ich. Yiayià hat sich um uns gekümmert, während Vater und Mutter hier auf Kreta den Gutshof ausgebaut haben.«

Was für eigenartige Familienverhältnisse.

Als hätte er ihre Gedanken erraten, sagte Charis: »Die Zeiten waren damals nicht leicht hier in Griechenland, doch Vater wollte den Gutshof auf keinen Fall aufgeben, es war schließlich die Heimat unserer Familie. Wir Kinder sollten aber trotz allem eine gute Ausbildung bekommen. So ist keine andere Wahl geblieben.« Er nahm einen Schluck Wasser aus dem Pappbecher.

»Das war bestimmt nicht einfach für euch.« Lisa versuchte, sich vorzustellen, was es bedeutete, unter solchen Umständen aufzuwachsen. Zwischen zwei Ländern, Kulturen und Mentalitäten das Gleichgewicht halten und sich ein Zuhause weit weg der eigentlichen Heimat aufbauen zu müssen. War vielleicht das der Grund dafür, dass vielen der sogenannten Gastarbeiter die Familie so wichtig war?

»Einfach war es nicht, das stimmt, aber du kennst Yiayià.« Charis lächelte und zeigte mit beiden Händen auf die Schälchen, Schüsseln und Teller vor ihnen. Dann wischte er sich die Hände an einer der Papierservietten ab und streckte sich auf seiner Seite des Sonnendecks aus. »Immerhin haben sich die Mühen gelohnt, Philyra und ich haben beide in Deutschland studiert, und unser Nesthäkchen Kalli wird nächstes Jahr die Privatschule in Sitia abschließen.«

»Du hast studiert?«, rief Lisa und biss sich sogleich auf die Zunge. »Ich … das sollte nicht so überrascht klingen.«

Charis warf ihr einen kurzen Blick zu und grinste zynisch, als er auf Deutsch sagte: »Ja, kaum zu glauben, nicht wahr? Der kretische Olivenbauer kann lesen und schreiben.«

»Das habe ich nicht so gemeint«, beeilte sich Lisa zu beteuern und beugte sich vor. »Ehrlich. Ich finde es bewundernswert, was du und deine Familie geschafft habt. Der Gutshof, der Olivenhain. Das ist …« Das richtige Wort wollte ihr einfach nicht einfallen.

Er winkte ab. »Ich weiß, lass es gut sein. Aber ja, ich habe den Bachelor in Agrarwissenschaften mit Schwerpunkt Agribusiness in Göttingen gemacht und es danach bis zum Projektmanager in einem Lebensmittelkonzern gebracht. Ein toller Job und gut bezahlt.«

Zwar sah sie Charis' Gesicht nur im Profil, doch der Schatten, der einen Atemzug lang über seine Züge glitt, entging ihr nicht.

Und dann? Die Frage lag Lisa auf der Zunge, aber sie hielt sie gerade noch rechtzeitig zurück, da der Kreter sich mit einem Ruck aufsetzte und sich mit der Hand durch die von Salzwasser und Wind zerzausten Locken fuhr.

»Tja, das war damals. Jetzt ist Kreta wieder unsere Heimat, und so soll es auch sein. Hier liegen unsere Wurzeln, der Olivenhain ist das Erbe unserer Familie«, sagte er und begann, Dosen und Teller einzusammeln und in einer der Kühlboxen zu verstauen.

Es war klar, dass er das Thema nicht weiterverfolgen wollte. Lisa hatte auch so genug verstanden. Es musste mit seinen Eltern zu tun haben. Dass diese nicht mehr lebten, war ihr schon bei ihrer Ankunft auf dem Gutshof klar geworden, obwohl sie nie gewagt hatte, Sofia oder Kalli nach den Hintergründen zu fragen. Zweifellos war dies jedoch der Grund dafür gewesen, dass Charis und seine Schwestern aus ihrem alten Leben in Deutschland gerissen wurden.

»Ich helfe dir.« Rasch stand sie auf und wollte einen Schritt nach vorn machen, um die Becher und Wasserflaschen aufzusammeln.

Vielleicht war es diese abrupte Bewegung oder auch eine Welle, die das Boot genau in diesem Moment zum Schaukeln brachte.

»Huch.« Lisa verlor das Gleichgewicht, taumelte nach hinten und ruderte mit den Armen.

»Vorsicht!«, rief Charis.

Doch sie stolperte über ihren Rucksack. Warum lag der überhaupt da? Ihr Fuß rutschte ab, sodass sie mit der Wade gegen die von der Sonne aufgeheizte Reling stieß.

»Ah!«

Lisa versuchte noch, sich am Sonnendach festzuhalten, doch ihre Hand griff ins Leere. Sie sah Charis mit ausgestreckten Armen am Schiffsrand stehen.

Dann schlug das Wasser über ihr zusammen. Luftblasen überall.

Prustend kam Lisa wieder an die Oberfläche. Sie erkannte das Boot, doch die Haare klebten ihr auf dem Gesicht, und ihre Bluse hatte sich um ihre Arme gewickelt, sodass sie nicht richtig schwimmen konnte. Verbissen strampelte sie mit den Beinen, um über Wasser zu bleiben, als sich ein Arm von hinten um ihren Oberkörper legte und sie festhielt.

»Ich hab dich. Ganz ruhig.«

Sofort entspannte Lisa sich, holte tief Luft.

»Hast du dich verletzt?«, fragte Charis.

Sie schüttelte den Kopf. »Alles heil.« Alles, außer ihrem Stolz.

Mit zwei kräftigen Schwimmzügen zog Charis sie zum Boot und hielt sie am Arm fest, während sie die Leiter hochkletterte.

Wieder an Deck, schlang sich Lisa ein Badetuch um die Schultern, als könnte sie sich dadurch unsichtbar machen, und sah zu, wie Charis zurück aufs Boot stieg. Er hatte nicht einmal das T-Shirt ausgezogen, bevor er hinter ihr ins Meer gesprungen war.

Gott, wie peinlich. Sie wickelte das Badetuch noch enger um sich.

In aller Seelenruhe schälte er sich aus dem nassen Kleidungsstück, wrang es aus, setzte sich ihr gegenüber hin und fuhr sich mit beiden Händen durchs Haar, ehe er den Blick hob und sie ansah.

Lisa öffnete den Mund, um etwas zu sagen. Vielleicht »Tut mir leid« oder »Danke«. Doch dann sah sie das Zucken seiner Lippen, das verräterisch Beben seiner Brust, und es dauerte keinen Atemzug mehr, bis Charis in schallendes Gelächter ausbrach.

Völlig perplex starrte sie ihn an. Er hatte vor lauter Lachen schon Tränen in den Augen.

Und im selben Moment wurde ihr die Absurdität der Situation so richtig bewusst: Sie saß hier auf einem Boot, genoss zum ersten Mal seit Jahren einen herrlichen Tag des Nichtstuns in einer umwerfend schönen Badebucht, und das ausgerechnet zusammen mit dem Mann, der daran schuld war, dass sie keine Arbeit mehr hatte, und der trotz allem in seinen Kleidern ins Wasser gesprungen war, um ihr zu helfen. Ganz zu schweigen von der Tatsache, wie teuflisch sexy sie ihn ohne sein Shirt fand, was sie wiederum gar nicht denken durfte, denn er war, wie gesagt, ja mitverantwortlich für ihre Misere.

Sie spürte, wie ihr das Glucksen in die Kehle stieg.

Was für ein Schlamassel.

Gerade deswegen, oder weil es sich einfach befreiend anfühlte, fiel Lisa in Charis' Gelächter mit ein, bis ihr Bauch schmerzte.

»O Himmel«, keuchte er schließlich und wischte sich mit der Hand über die Augen. »Langweilig wird es mit dir nicht, Lisa Stadler, so viel steht fest.«

Sie räusperte sich und versuchte, wieder ernst zu werden. »Es tut mir leid. Meine Schusseligkeit …« Sie zuckte die Schultern. »Ich war schon als Kind so. Mutter meinte damals, ich sei eine Kalamität für mich selbst und mein Umfeld. Damit hat sie wohl nicht ganz Unrecht. Aber ich habe mich gebessert.« Zur Bestätigung legte Lisa die rechte Hand aufs Herz.

»Ach?« Er schnaubte belustigt.

Sie lachte und wunderte sich, wie unbeschwert das Lachen klang. »Andernfalls hätte ich eindeutig den falschen Job. Stell dir vor, du gräbst eine antike Vase von unschätzbarem Wert aus und lässt sie während des Säuberns fallen. Der blanke Horror.«

Sie schüttelte das Badetuch ab, setzte sich im Schneidersitz hin und nahm dankend den Becher Eiskaffee entgegen, den Charis ihr reichte.

»Es mag völlig unlogisch klingen, aber wenn ich arbeite, bin ich so sehr in mein Tun vertieft, dass ich die Welt um mich herum vergesse.« Sie legte beide Hände um den Becher. »Dieses Gefühl, ein Fundstück zutage zu bringen – auch wenn es nur ein Knochensplitter ist oder eine Scherbe … Es ist, als würde man etwas wieder zum Leben erwecken, das seit langer Zeit verschollen gewesen ist. Als würde einem Zugang in eine jahrtausendealte Vergangenheit gewährt. Für mich ist das keine Selbstverständlichkeit, sondern ein Privileg, dem ich mit allergrößtem Respekt begegne.«

Lisa lehnte sich zurück und streckte die Beine aus. Es war das erste Mal, dass sie mit jemandem über ihre Arbeit als Archäologin sprach, der nicht selbst damit zu tun hatte. In ihrem Bekanntenkreis sorgte normalerweise allein schon die Erwähnung der Thematik für ein Augenrollen oder sogar ein gelangweiltes Gähnen. Charis hingegen hörte ihr interessiert zu, und es fühlte sich gut an, darüber reden zu können.

»Wie bist du überhaupt zur Archäologie gekommen?«, fragte er und schnitt ein Stück von dem Pfirsich ab, den er aus der zweiten Kühlbox hervorgezaubert hatte. »Ich meine, es ist nicht gerade ein alltäglicher Beruf.«

»Mein Vater hat mich dazu gebracht.« Mit dem Zeigefinger fuhr sie über den Rand des Kaffeebechers. »Der großartige Professor Helmut Stadler.« Erst als sie den Namen ausgesprochen hatte, bemerkte sie den bitteren Nachklang. »Er ist einer der angesehensten Archäologen Deutschlands, weißt du. Meine Mutter und ich haben ihn früher oft auf seinen Grabungsreisen im Peloponnes begleiten. Ich war damals ungefähr sechs oder sieben Jahre alt und wollte unbedingt entweder eine Amazone oder Königin von Sparta werden.«

Sie lächelte bei der Erinnerung. Paps. Damals hatte sie ihn noch vergöttert. Er war ihr Held gewesen – ihr ganz persönlicher Leonidas.

Charis gluckste leise. »Ziemlich ambitiös.«

»Ich sagte doch, dass ich keine halben Sachen mag«, erwiderte sie augenzwinkernd.

Moment mal. Sie hatte noch nie im Leben jemandem zugezwinkert.

Nach einem kurzen Zögern fuhr Lisa fort: »Jedenfalls durfte ich Vater ab und zu beim Graben helfen. Und eines Tages habe ich tatsächlich etwas gefunden. Eine kleine Perle aus gebranntem Ton.«

Sie streckte die offene Hand aus. »Ich erinnere mich noch ganz genau, wie ich vor lauter Ehrfurcht gezittert habe. Etwas in der Hand zu halten, das jemand vor dreitausend Jahren als Schmuck um den Hals getragen hat. Es ist dasselbe Gefühl, das ich bis heute habe, wenn ich etwas finde, sei es auch nur erbsengroß und noch so unbedeutend. Genau dafür liebe ich meinen Beruf, und deshalb bin ich verdammt gut darin.«

»Das glaub ich dir aufs Wort«, sagte Charis. Er saß ihr gegenüber, lehnte an der Reling und hatte die Beine ausgestreckt.

Einen Moment sah er sie nachdenklich an. Etwas in seinem Blick war anders. Der Spott war verschwunden.

Es war bereits später Nachmittag, als sie wieder am Bootssteg von Kato Zakros anlegten.

Stávros, der Besitzer der Taverne und Charis' alter Schulkollege, begrüßte sie mit einem strahlenden Lächeln. »Da seid ihr ja wieder.« Ohne Federlesens hakte er sich bei Charis ein, griff nach Lisas Arm und zog sie mit sich auf die mit Tischen bestückte Terrasse der Taverne.

»Hier. Der beste Tisch.« Damit drückte er Lisa auf den Stuhl und boxte Charis kumpelhaft gegen die Schulter. »Ist auch Zeit geworden, dass du alter Gauner dich endlich mal wieder hier blicken lässt.«

»Im Gegensatz zu dir hatte ich zu tun«, sagte Charis grinsend und deutete auf die Terrasse, die um diese Uhrzeit fast leer war, bis auf einen Tisch in der Ecke, an dem eine holländische Familie mit drei Kindern saß.

Stávros gluckste. »Zu tun haben, so nennt man das wohl heutzutage.« Mit einem vielsagenden Augenzwinkern tätschelte er Lisas Hand. »Gut gemacht! Der Kerl hat es nicht anders verdient.«

Sie schüttelte den Kopf. »Aber wir sind nicht …«

Weiter kam sie nicht, denn ohne auf ihren Einwand zu achten, rief Stávros einen Jungen herbei und befahl ihm, Kaffee, Wasser und die Nachspeisenspezialität des Hauses für seine Gäste zu bringen.

Nur einen Augenblick später lag je ein riesiges Stück Galaktoboureko auf einem Teller vor ihnen. Ein süßer, mit Zitronensirup beträufelter Grießkuchen, der zwar himmlisch schmeckte, jedoch schon nach zwei Löffeln satt machte.

Nach einer Weile lehnte sich Lisa mit einem Seufzer auf ihrem Stuhl zurück. Sie hatte immerhin die Hälfte des Kuchenstücks geschafft.

Die Taverne lag direkt am Strand und bot mit der offenen Terrasse einen herrlichen Blick aufs Meer. Ein typisches Postkartenmotiv: blau lackierte Tische und Stühle aus Holz unter einem Schatten spendenden Vordach, durch das in der Mitte eine knorrige Strandkiefer in die Höhe wuchs. Karierte Tischtücher. Ein Stapel weißer Papierservietten lag auf jedem Tisch, beschwert von einem kleinen, trapezförmigen Holzstück mit der aufgemalten Tischnummer.

Es war entweder wegen der ungewohnten Untätigkeit, wegen der Hitze oder weil sie zu viel gegessen hatte, dass Lisa auf einmal die Augen zuzufallen drohten. Sie unterdrückte ein Gähnen.

Ein Glück, dass Charis und Stávros in ein Gespräch vertieft waren und nichts davon bemerkten.

Mit einem Ruck stand sie auf und sagte: »Ich gehe ein paar Schritte am Strand entlang.« Die kühlende Brise würde sie hoffentlich wieder aufwecken.

Vier Holzstufen führten direkt von der Terrasse der Taverne zum Strand hinunter, wo einige wenige Plastikliegen unter aufgespannten Sonnenschirmen standen.

Sie setzte sich auf eine der Liegen in den Schatten. Hier wehte ein herrlich erfrischendes Lüftchen.

Ein kurzer Blick zurück zur Taverne, wo die beiden Männer sich unterhielten. Das würde bestimmt noch eine Weile dauern.

Egal. Es war ihr eigentlich sogar recht, einen Moment allein zu sein. Sie brauchte die Distanz. Distanz war gut. Distanz war wie eine Sicherheitszone. Sie hatte sich während der vergangenen Tage und Wochen schließlich schon in genug peinliche Situationen hineinmanövriert.

Und mit einem Schlag war alles wieder da. All die verdrängten Sorgen und Enttäuschungen: Roussolakos – die vertane Chance ihres Lebens. Die Gewissheit, ohne Arbeit dazustehen. Allein und mit mehr als fünfzigtausend Euro Schulden im Nacken.

Sie ließ sich auf die Liege zurücksinken, verbarg das Gesicht in den Armen und stöhnte auf.

Dabei war es bis eben so ein herrlicher Tag gewesen, sie hatte sich erholt und den Ausflug sehr genossen.

Sie hörte die Männer in der Taverne lachen.

»Dreimal Scheiße«, fluchte Lisa in ihre Armbeuge.

Wenn nur zu allem anderen nicht auch noch dieser völlig irrationale Gefühls-Salto-mortale gekommen wäre, der sich, egal, wie sehr sie ihn zu ignorieren versuchte, immer um Charis drehte und ihre Situation deutlich komplizierter machte.

»Wie war's denn so gestern?«, fragte Kalli am nächsten Morgen beim Frühstück und schaute Lisa erwartungsvoll über den Rand ihrer Kaffeetasse an.

Lisa nahm einen Schluck Orangensaft und stellte das Glas ab. »Es war ein sehr schöner Tag.«

»Ein sehr schöner Tag? Ist das alles?« Die junge Kreterin runzelte die Stirn.

Was wollte Kalli denn hören? »Nun ja, wir sind mit dem Boot zu dieser kleinen Strandbucht gefahren. Es war herrlich dort. Solche Blautöne habe ich noch nie zuvor gesehen.«

Mit einem tiefen Seufzer setzte Kalli die Tasse ab und begann, ihren Joghurt zu löffeln. Sie schien enttäuscht zu sein – fast schon gelangweilt.

Was hatte sie denn?

»Es wurde auch Zeit, dass du dich endlich ein wenig erholst.« Sofia trat an den Tisch und schenkte Lisa noch mehr Kaffee ein. »Du hast viel zu viel gearbeitet. Und dann das ganze Durcheinander mit Roussolakos.« Sie schüttelte den Kopf. »Jeder Mensch braucht ab und zu etwas Ruhe. Aber keine Sorge, Lisoula, wir kümmern uns um dich.«

»Danke«, erwiderte Lisa verblüfft und sah der älteren Frau nach. Lisoula? Sie hatte gar nicht gewusst, dass es eine griechische Koseform ihres Namens gab, und erst recht hätte sie nicht damit gerechnet, diese je zu hören.

Doch Lisa kam nicht dazu, länger darüber nachzudenken, da ein getrillertes »Yaaaa sas!« von der Außentreppe her ertönte und ihnen die Göttin Aphrodite auf vierzehn Zentimeter hohen Plateau-High-Heels über die Terrasse entgegenkam.

KAPITEL 14

Göttinnendämmerung

Alíki umarmte Sofia zur Begrüßung und küsste Kalli auf die Wange, bevor sie: »Da bist du ja. Wir haben uns seit einer Ewigkeit nicht mehr gesehen«, rief und zu Lisa trat.

Wie konnte jemand überhaupt auf solchen Absätzen gehen und sich dazu auch noch so elegant bewegen?

Aphrodite aka Alíki strahlte übers ganze Gesicht, und eine Wolke aus Patschuli- und Veilchenduft senkte sich über Lisa, als die Kreterin sie in die Arme schloss.

»Äh …« Mehr brachte Lisa nicht heraus. An diese kretische Spontaneität hatte sie sich auch nach mehreren Wochen noch nicht gewöhnt.

»Nimm's ihr nicht übel. Sie ist die Einzige der Familie, die um diese Uhrzeit schon so gut gelaunt sein kann«, erklärte Kalli und streckte ihrer Verwandten die Zunge heraus.

Alíki schüttelte in gespielter Empörung den Kopf und hob eine der auf den Millimeter genau gezupften Augenbrauen. »Du hast ja keine Ahnung, wie anstrengend es ist, inmitten von euch Morgenmuffeln zu leben.« Sie legte sich die Hand aufs Herz, hob das Kinn und sagte in einem theatralischen Tonfall: »Aber Fröhlichkeit zu verbreiten, das ist nun mal meine Bestimmung, und dieser werde ich folgen bis zu meinem letzten Atemzug.«

»O Mann, jetzt geht das wieder los«, sagte Kalli auf Deutsch, stöhnte und rollte gespielt gequält die Augen. Das Zucken ihrer Lippen verriet sie jedoch. »An ihr ist eine Schauspielerin verloren gegangen, und sie hat einen Hang zu Übertreibung, aber abgesehen davon, ist sie nicht gefährlich.«

»Genau deswegen habe ich Alíki angerufen«, unterbrach Sofia die Neckerei und legte die Hand auf Lisas Schulter. »Ich dachte, du könntest die Gesellschaft von jemandem brauchen, der dich etwas aufheitert.«

Lisa erstarrte. Wie bitte?

Entgeistert sah sie Sofia an. Sie suchte keine Gesellschaft, und sie wollte auch nicht aufgeheitert werden. Heute wollte sie die Lieferantenforderungen durchgehen und die ersten Anzahlungen leisten. »Das ist zwar sehr nett, aber …«

»Keine Widerrede«, fiel Alíki ihr ins Wort und klatschte vor Begeisterung in die Hände. Sie hakte sich bei Lisa unter, als wären sie bereits seit Jahren allerallerbeste Freundinnen. »Das wird wunderbar, glaub mir. Ich hab auch schon alles ganz genau geplant und organisiert.«

»Nein, wirklich. Tut mir leid, aber ich hab einiges zu tun.« Lisa machte sich los und stand auf, um ihren Worten den nötigen Nachdruck zu verleihen. Während sie ihr Frühstücksgeschirr zusammenräumte, schüttelte sie entschieden den Kopf. »Ein anderes Mal gern, aber nicht heute.«

Was genau hatte an ihrem Verneinungskonzept nicht funktioniert? Das fragte sich Lisa immer und immer wieder, als sie wenig später neben Alíki in deren knallgelbem Auto saß und in Richtung Sitia fuhr.

»Du wirst dich heute so richtig verwöhnen lassen. Massage, Maniküre und Gesichtspflege – das volle Programm«, trällerte die Kreterin. Im Spa-Bereich eines Fünfsternehotels, wo sie während der Touristenhochsaison aushalf, und Lisa brauchte sich keine Sorgen um die Kosten zu machen, weil die Geschäftsführerin des Spas schließlich die Patentante ihrer kleinen Nichte sei und ihr ohnehin noch einen Gefallen schulde.

Einer solch geballten Ladung an Argumenten hatte Lisa nichts entgegenzusetzen.

»Allerdings …« Alíki hob den Zeigefinger ihrer – selbstverständlich – perfekt und dennoch dezent manikürten Hand. »Völlig ohne Hintergedanken habe ich das Ganze nicht eingefädelt, ich gebe es zu. Du hast keine Allergien, oder?«

Sofort wurde Lisa hellhörig. »Nicht, dass ich wüsste. Warum?«, fragte sie misstrauisch.

Die Antwort bekam sie wenig später, als sie bäuchlings auf der angenehm vorgewärmten Liege lag und Alíki ihr Beine, Rücken, Schultern und Arme mit einer warmen, herrlich duftenden Paste abrubbelte.

»Das ist ein neuer Body Scrub, den ich teste«, erklärte sie. »Aus Olivenöl und Zucker, vermischt mit Rosmarin, Salbei und Lavendel. Sofias neueste Kreation. Das Olivenöl kommt aus Eigenproduktion und die Kräuter aus ihrem Garten. Wenn ich es schaffe, meine Chefin davon zu überzeugen, hätten wir vielleicht schon einen ersten Abnehmer.«

»Ich dachte, Sofia und ihre Schwestern machen nur Seifen aus Olivenöl«, murmelte Lisa und unterdrückte ein wohliges Stöhnen.

»Damit haben sie angefangen.« Mit sanft kreisenden Bewegungen bearbeitete Alíki die Haut an Lisas Oberschenkeln. »Aber die Verkäufe stocken zurzeit, und die Konkurrenz ist riesig. Olivenölseifen gehören hier auf Kreta quasi zum

Standardsouvenir, und kaum ein Tourist interessiert sich dafür, ob er Qualitätsware kauft oder nur den billigen Fabrikramsch, in dem von echtem Olivenöl nicht die Spur zu finden ist. Darum suchen wir ständig nach neuen Produkten, was allerdings nicht einfach ist.« Mit einem in kühlem Wasser getränkten Lappen wischte sie die überschüssigen Zuckerkristalle von der Haut.

Nach einer lauwarmen Dusche folgte die Massage, bei der Lisa um ein Haar eingeschlafen wäre. Eine weitere Stunde lag sie dann in einem Liegestuhl und ließ sich eine kühlende Gesichtsmaske auftragen. Sie staunte, wie sehr sie die Behandlungen genoss. Und erst diese Kiwi-Spinat-Smoothies und das erfrischende Gurkenwasser, das man ihr zwischendurch reichte.

In einen weichen Bademantel gehüllt und mit Feuchtigkeitscreme im Gesicht, saß sie kurze Zeit später zur Maniküre bei Alíkis Arbeitskollegin. Gnädigerweise verzog diese keine Miene, als sie Lisas Fingernägel, die von Arbeit im Dreck und von sonstiger Vernachlässigung gezeichnet waren, polierte.

Kaum zu glauben, es war der zweite Tag ohne Arbeit, und Lisa entdeckte eine gänzlich neue Seite an sich. Sie konnte tatsächlich entspannen und den Moment genießen.

»Wow, du strahlst ja richtig«, rief Kalli, als die beiden Frauen am späteren Nachmittag wieder in Palekastro eintrafen.

»Ja, sieht sie nicht umwerfend aus?« Mit einem zufriedenen Lächeln betrachtete Alíki ihr Werk und legte Lisa den Arm um die Hüfte. »Das war ein wundervoller Tag.«

Der Tag war sogar so gut gewesen, dass sich Lisa gestärkt und gewappnet fühlte, als sie sich später in ihrem Zimmer ans Notebook setzte und die Mappe mit den Forderungen aus der Schublade nahm.

Sie stutzte, als sie den Blätterstapel herauszog. Hatte sie die Liste der Gläubiger mit den jeweiligen Restforderungen verkehrt herum in die Mappe gelegt? Das sah ihr gar nicht ähnlich.

Mit einem Seufzen drehte sie das Blatt um. Wahrscheinlich nahm die ganze Situation sie doch mehr mit, als sie glaubte.

Einen nach dem anderen ging sie die Gläubiger durch und stellte für jeden von ihnen einen Bankauftrag für die Überweisung einer Anzahlung aus.

Es war kurz vor Mitternacht, als Lisa sich endlich zurücklehnte. Es war erledigt. Morgen früh würde sie ihre Bank anrufen und die Zahlungen telefonisch bestätigen.

Einen Moment blieb sie reglos sitzen, den Blick auf den Bildschirm des Notebooks gerichtet, auf dem eine Übersicht ihrer E-Banking-Transaktionen zu sehen war sowie ihr Restkontostand. Der Betrag reichte gerade noch, um die nächste Kreditkartenabrechnung zu begleichen. Danach belief sich ihr Guthaben noch auf genau fünfundneunzig Euro und fünfzehn Cent.

Lisa fühlte den Puls in ihren Schläfen pochen.

Mit einem Ruck klappte sie den Deckel des Notebooks zu und stand auf, als sie auf ihrem Schulterblatt einen Stich verspürte. Verflixt, sie hatte vergessen, das Fliegengitter am Fenster zuzuschieben.

Das hatte ja so kommen müssen. Zwei Tage ohne Arbeit, ein Badeausflug, ein paar entspannende Schönheitsbehandlungen sowie der ständig in ihrem Hinterkopf lauernde Gedanke an einen verteufelt gut aussehenden Olivenbauer hatten schon gereicht, um sie nachlässig werden zu lassen.

Nachlässigkeit war inakzeptabel und half ihr in ihrer Situation keinen Deut weiter.

Fünfundneunzig Euro und fünfzehn Cent.

Sofort kontrollierte sie die drei Mückenstecker und untersuchte das Netz über ihrem Bett. Dann sprühte sie sich von Kopf bis zu den Zehen mit Insektenspray ein und überdeckte damit den herrlichen Geruch nach Honig und Zitronenminze von dem Massageöl.

Schade, aber bestimmt zog dieser Duft die Mücken erst recht an.

Dann legte Lisa sich mit dem Notebook aufs Bett, vergewisserte sich jedoch zuvor, dass auch wirklich kein Spalt im Fliegennetz mehr war.

Sie klickte auf ihre private Mailbox und begann zu schreiben:

Von: ll-stadler@gmail.com
An: nikos_joannou@cablenet.cy

Betreff: HELP!!
Datum: 13.06.2018–00:12 Uhr

Nick,
ich sitze hier in Palekastro auf Kreta fest. Roussolakos ist zum Desaster des Jahrzehnts geworden. Ich brauche deine Hilfe!

Bitte melde dich, sobald du kannst.
xoxo
Lisa

KAPITEL 15

Der lange Weg nach Spinalonga

Es musste wohl am Vollmond und an der Hitze liegen, dass sich die Launen der Frauen von einem Tag auf den anderen änderten, sinnierte Charis, während er eines Nachmittags, zwei Wochen nach dem Bootsausflug, im Kafenion saß und seinen Eiskaffee schlürfte – schwarzer, gesüßter Instantkaffee mit Eiswürfeln. Für den üblichen Mokka war es viel zu heiß.

Der Deckenventilator surrte und übertönte beinahe das laute Zirpen der Zikaden in den Platanen draußen. Auf dem Fernsehbildschirm über der Theke lief die Wiederholung des gestrigen WM-Fußballspiels England gegen Belgien, doch weder Charis noch der Wirt Sotíris interessierten sich dafür, und ansonsten gab es keine Gäste. Bei der Hitzeglocke, die seit einer Woche über dem gesamten östlichen Mittelmeerraum hing, verließ kaum jemand das Haus, wenn er nicht unbedingt musste. Nicht einmal die wenigen Touristen, die für gewöhnlich sogar in der prallen Mittagssonne im Imbiss gegenüber saßen und Hamburger mit Pommes bestellten, waren aufgetaucht.

»Gegen Ende der Woche soll es sogar noch schlimmer werden.« Sotíris stöhnte und fächelte sich mit einer alten Zeitung Luft zu.

Charis nickte gedankenverloren. »Hm.«

Er erinnerte sich an den Ausflug nach Zakros, den er mit Lisa gemacht hatte. Er hatte ihnen beiden gutgetan, nicht zuletzt deshalb, weil sie zum ersten Mal ein Gespräch miteinander geführt hatten, das sich nicht um Roussolakos oder irgendwelche Zutrittsrechte drehte und das ein erstaunlich neues Bild von Lisa offenbarte. Sie war nicht nur die hochintelligente und beinahe schon zu pflichtbewusste Archäologin, sondern sie hatte auch eine völlig andere Seite gezeigt. Ganz abgesehen von ihrem Bikini. Der war …

Charis nahm einen großen Schluck aus dem Glas, zerkaute einen Eiswürfel und ließ die Stücke im Mund zergehen.

… lindgrün und mit bunten Perlen an den Trägern des Oberteils, das völlig unerwartete Rundungen zur Geltung brachte.

»Wenn das so weitergeht, wird das Wasser bald wieder knapp«, sagte Sotíris.

»Wahrscheinlich«, murmelte Charis und schwenkte das Glas, sodass die Eiswürfel leise klackerten.

Lisa hatte gelacht – richtig und aus vollem Herzen –, und dabei hatten sich diese winzigen Grübchen auf ihren Wangen gebildet. Bei jeder anderen Frau hätte man das wohl als »reizend« bezeichnet. Doch Lisa war zu echt, zu vielschichtig, um etwas an ihr bloß reizend zu finden.

Zugegeben, sie war eine Nervensäge, strapazierte immer wieder Charis' Geduld, wenn sie sich in eine ihrer Ansichten verbissen hatte, und manchmal redete sie wirres Zeug, das er nicht verstand. Trotzdem gab es an dieser Frau wahrscheinlich keine einzige Faser von Falschheit oder Arroganz. Sie war so erfrischend natürlich, ja, ihre Eigenartigkeit hatte irgendwie sogar etwas Liebenswertes an sich. Und was ihre Arbeit betraf, so sprühte sie förmlich vor Leidenschaft, jedoch ohne jede Profitgier, sondern aus Ehrfurcht und Respekt vor den Kulturen, die sie erforschte.

Wie von weit entfernt hörte er, wie Sotíris sich räusperte.

Charis wusste nur zu gut, was es hieß, mit Leib und Seele für eine Arbeit zu leben. Genau so erging es ihm mit dem Olivenhain. Diesbezüglich hatten er und Lisa etwas gemein. Wer hätte das gedacht!

Aber was war auf einmal in sie gefahren, dass sie seit Tagen kaum noch zum Essen kam, geschweige denn, das Wort an ihn richtete?

Neben ihm schlug der junge Kafenion-Wirt die Zeitung auf den Tresen. »Übrigens, morgen fange ich an, hinter dem Haus nach Öl zu bohren.«

»Wenn du meinst … Wie bitte?« Entgeistert starrte Charis seinen Freund an.

Aber der hob nur die Augenbrauen. »Aha. Also hörst du mir doch zu? Hatte nämlich nicht den Anschein.«

»Selbstverständlich höre ich dir zu. Ich war nur kurz in Gedanken woanders«, erklärte Charis und hob entschuldigend die Hand.

Sogleich machte sich ein Grinsen auf Sotíris' Gesicht breit. »Dabei geht es nicht zufälligerweise um eine hübsche deutsche Archäologin, he?« Er knuffte Charis mit dem Ellbogen.

»Natürlich nicht. Wie kommst du auf einen solchen Blödsinn?« Charis nahm einen weiteren Schluck Kaffee, damit sein Freund nicht bemerkte, dass er brandschwarz log. Fehlte nur noch, dass irgendwelche Gerüchte in die Welt gesetzt wurden, was in einem kleinen Ort wie Palekastro schneller passierte, als man Kaliméra sagen konnte.

»Blödsinn sagst du?« Sotíris' Grinsen wurde noch breiter,

und er klopfte Charis auf die Schulter. »Dann glaub mal schön weiter an dein eigenes Ammenmärchen.«

»Was meinst du damit?«, blaffte Charis ihn an und ärgerte sich im selben Atemzug, dass er sich hatte provozieren lassen.

Unbeeindruckt nahm der Wirt das halb leere Kaffeeglas und kippte das restliche Eis ins Spülbecken. »Ich will damit sagen, dass wir uns schon zu lang kennen, als dass du mir einen Bären aufbinden könntest. Die jermanida hat es dir angetan, gib's zu. Im Übrigen ist diese Lisa ja auch ein echter Hingucker. Und sie wohnt in deinem Haus. Du wärst ein Vollidiot, würdest du nicht ab und zu einen Gedanken an sie verschwenden.« Sotíris zwinkerte gönnerhaft.

Schiff breitseitig getroffen und versenkt.

»Es ist nicht so, wie du denkst«, brummte Charis und begann, mit den Fingern auf das Holz der Theke zu trommeln. Dieses Gespräch führte in die völlig falsche Richtung.

Charis biss die Zähne zusammen. Dass jedoch ausgerechnet Sotíris den Nagel auf den Kopf getroffen hatte, machte die Sache kein bisschen besser. Denn es stimmte, Lisa hatte es ihm angetan. Wenn er ehrlich zu sich selbst sein wollte, eigentlich bereits, seit sie ihm damals im Olivenhain in die Arme gefallen war. Doch natürlich konnte er das unmöglich zugeben, schließlich hatte er seinen Standpunkt zu vertreten, und als Oberhaupt der Familie durfte er sich keine Schwäche leisten.

Außerdem gab es für eine solche Geschichte, wenn sie denn überhaupt eine wäre, nie eine Zukunft, dazu waren Lisa und er zu verschieden, lebten zu unterschiedliche Leben. So war das nun mal. Ganz pragmatisch und schmerzlos. Punkt.

Trotzdem bekam er sie einfach nicht aus dem Kopf.

»Nur damit das klar ist, es ist nichts zwischen Lisa und mir«, erwiderte er schließlich kurz angebunden. »Aber ich werde aus ihr einfach nicht schlau. Nach dem Ausflug nach Zakros …«

»Du warst mit ihr in Zakros?«, rief der Wirt ungläubig dazwischen.

»Ein Ausflug, wie gesagt. Als kleine Wiedergutmachung für den Ärger in Roussolakos. Nichts weiter.« Mit einer lässigen Handbewegung wischte Charis den Einwand beiseite. »Jedenfalls dachte ich, sie würde sich allmählich mit der Situation abfinden. Natürlich ist es nicht einfach für sie. Sie sitzt hier fest und hat ihre Arbeit verloren.« Er schüttelte ratlos den Kopf. »Die ersten paar Tage nach dem Desaster ist es ganz gut gelaufen, sie schien sich zumindest ein wenig zu erholen. Sie hat Ausflüge über die Insel gemacht und sich sogar mit Alíki angefreundet.«

Bei dem Gedanken grinste Charis amüsiert. Der Abend, als Alíki verkündet hatte, sie und Lisa würden zusammen nach Agios Nikólaos fahren, um – wie hatte sie gesagt? – die Gassen unsicher zu machen, war geschichtsträchtig gewesen. Nicht zuletzt auch wegen Lisas bemüht verwegener Miene.

»Doch vor ungefähr vier Tagen hat sie aus heiterem Himmel angefangen, ihr Zimmer zu putzen.«

Sotíris runzelte die Stirn. »Na ja, sie ist eben reinlich.«

Charis schnalzte mit der Zunge und beugte sich vor. »Ich meine, richtig putzen. Die Lampen an der Zimmerdecke, hinter den Schränken, inklusive der Fenster. Alles. Sie hat bereits die Hälfte von Yiayiàs Vorrat an Putzessig aufgebraucht.«

»Vielleicht solltest du versuchen, mit ihr zu sprechen?«, schlug Sotíris nach einem Augenblick des verständnisvollen Schweigens vor und stellte einen weiteren Eiskaffee vor Charis.

Mit Lisa reden. Ha, als wenn das so einfach wäre.

Als Charis seinen Wagen wenig später durch das Tor des

Gutshofs fuhr, sah er, dass Yiayià, Kalli und Tante Nefeli oben auf der Terrasse warteten.

Yiayià eilte die Treppe herunter. »Du musst etwas unternehmen«, sagte sie atemlos, sobald er den Motor abgestellt und die Wagentür geöffnet hatte.

»Was ist denn los?« Instinktiv glitt sein Blick über das Haupthaus und die Treppe hoch bis zur Terrasse. Kein Feuer und kein Rauch zu sehen. Charis atmete innerlich auf.

Doch die Erleichterung hielt genau drei Sekunden lang an, bis sich Yiayià an die Brust griff, den Kopf schüttelte und sagte: »Lisa. Dieses arme Ding.«

Lisa?

Augenblicklich fühlte er, wie sich sein Puls beschleunigte. »Was ist mit ihr?«, fragte er so ruhig wie möglich.

Ohne ein weiteres Wort zog Yiayià ihn hinter das Haus, wo normalerweise die säuberlich gefurchten Beete ihres Gartens lagen. Dort, im hintersten Teil, erkannte Charis die Gestalt, die in Cargohose, Tanktop und mit einem aus Stroh geflochtenen Cowboy-Hut auf dem Kopf mitten im brachliegenden Artischockenbeet stand und mit aller Kraft die Schaufel in die Erde stieß.

»Sie hat gefragt, ob sie das leere Beet umgraben darf«, erklärte Yiayià flüsternd. »Ich habe natürlich nichts dagegen, aber das macht sie nun schon den ganzen Nachmittag. Und das bei dieser Hitze. Doch sie will einfach nicht aufhören. Du musst etwas tun. Sie bricht sonst noch zusammen.«

Damit hatte sie zweifellos recht. Nur, wie brachte man eine mit Gartenwerkzeug bewaffnete Frau dazu, einem zuzuhören?

Charis wählte die Attacke von der Seite her und blieb etwa fünf Schritte von Lisa entfernt stehen. Obwohl sie ihn mit

Sicherheit gesehen hatte, grub sie unbeirrt weiter, hielt nicht einmal einen Moment inne, um sich wenigstens den Schweiß abzuwischen, der ihr übers Gesicht und den Nacken lief. Ihr Top war schon völlig durchnässt.

»Wenn du in China ankommen willst, solltest du dich, wenn mich nicht alles täuscht, ein Stückchen weiter links halten«, sagte Charis und deutete mit der Hand in die Richtung.

Doch Lisa reagierte nicht auf seinen Vorschlag.

Na gut. Dann eben ohne Scherz.

»Yiayià hat gesagt, du seist schon den ganzen Nachmittag bei der Arbeit. Meinst du nicht, es reicht langsam?«

»Nein.«

Immerhin eine Antwort.

Er verschränkte die Arme vor der Brust. »Und was genau willst du damit erreichen?«

»Was ich erreichen will?«, keuchte Lisa und stieß die Schaufel erneut mit dem Fuß in den Boden. »Was soll ich denn sonst tun deiner Meinung nach? Mich von deiner Großmutter den ganzen Tag lang verhätscheln oder von Kalli und Alíki bespaßen lassen? Tut mir leid, aber das kann ich nicht.« Mit dem Oberarm wischte sie sich kurz über das hochrote Gesicht und verschmierte dabei Erde über Stirn und Wangen.

Verdammt, das musste ein Ende haben. Ihm selbst rann der Schweiß bereits in Strömen über den Rücken.

Charis trat näher. »Du hörst jetzt damit auf und setzt dich in den Schatten. Sofort.«

Doch sie machte weiter, ohne ihn zu beachten. Dieses unvernünftige Frauenzimmer.

»Na schön«, grollte er und stampfte über die Beete zurück bis zur Rückwand des Hauses. Er packte den Wasserschlauch, der dort ordentlich zusammengerollt lag.

»Du kannst doch nicht …«, wandte Yiayià ein.

»Und ob ich kann.« Er drehte den Wasserhahn auf. Das Wasser kam, anders als bei den Trinkwasserleitungen im Haus, direkt aus einer unterirdischen Zisterne und war eiskalt.

Egal. Charis richtete den Schlauch in die Höhe, sodass der Wasserstrahl Lisa zwar nicht direkt traf, sondern sie von oben abduschte.

Lisa schrie auf, ließ die Schaufel fallen, sprang in einem vergeblichen Versuch, dem Wasser auszuweichen, von einer Steinplatte, die zwischen den Beeten lagen, zur anderen. Theé mou, wie typisch. Doch weder die Bohnenstangen noch der Kopfsalat boten Deckung.

Schließlich blieb sie zwischen Basilikum und Thymian stehen. Tropfend, keuchend, die Hände auf den Knien abgestützt. Das nasse Haar klebte ihr im Gesicht, den Strohhut hatte sie irgendwo bei den Zwiebeln verloren.

Erst jetzt hatte Charis Erbarmen und drehte den Wasserhahn wieder zu.

Lisa hob den Kopf, der Blick, den sie ihm zuwarf, war vernichtend. »Du bist ein elender Schuft, weißt du das?«, krächzte sie und wischte sich mit dem Handrücken Wassertropfen vom Kinn.

Ungerührt trat er zu ihr und zog sie am Arm hinter sich her. »Und du bist sturer als eine Bergziege. Damit sind wir quitt.«

»Ich will nicht, dass ihr mich für undankbar haltet«, sagte Lisa wenig später oben auf der Terrasse, während sie sich das Haar mit einem Tuch trocken rieb. »Was ihr alle während der letzten Wochen für mich getan habt, ist mehr, als ich je erwartet hätte. Aber ich …« Mit einem tiefen Seufzen ließ sie das Tuch in den Schoß fallen.

Charis lehnte am Rand der Kochinsel und beobachtete sie. Wie erschöpft und zerbrechlich sie wirkte. Einmal triefnass, hatte sie sich widerstandslos von ihm die Außentreppe hochziehen und auf einen der Stühle am Tisch setzen lassen.

»Nun beruhig dich erst mal, Lisoula.« Tante Nefeli tätschelte ihr die Schulter und reichte ihr ein Glas Wasser.

Yiayià saß neben Lisa und schüttelte mit mitleidiger Miene den Kopf. »Du sollst dich hier doch wohlfühlen, und jetzt sieh dir deine Finger an. Voller Blasen.«

»Die verheilen wieder.« Lisa faltete die Hände. »Was ich meine, ist: Ich will euch nicht noch mehr zur Last fallen, bis ich euch die Miete zurückzahlen kann, und ich muss etwas zu arbeiten haben. Irgendetwas. Nur untätig herumsitzen, das macht mich wahnsinnig. Also habe ich mir überlegt, was ich tun könnte.«

Unvermittelt lachte sie freudlos auf und zuckte in einer beinahe entschuldigenden Geste die Schultern. »Aber dann ist mir bewusst geworden, dass ich außer meiner Arbeit als Archäologin nichts anderes kann.«

»Quatsch«, rief Kalli, rutschte mit dem Stuhl noch näher zu Lisa und legte ihr die Hand auf den Arm. »Du bist eine intelligente, selbstständige Frau …«

»Die nicht einmal ein Spiegelei braten kann, ohne es anbrennen zu lassen«, vervollständigte Lisa den Satz und lehnte sich auf dem Stuhl zurück. Mit einem bemühten Lächeln sagte sie: »Tja, wie es aussieht, bin ich außerhalb einer Ausgrabungszone ziemlich nutzlos.«

Mit einem Schlag herrschte Schweigen, während Blicke zwischen den ratlosen Frauen hin und her glitten.

Im selben Moment fiel es Charis wie Schuppen von den Augen. Deshalb also Lisas plötzlicher Stimmungsumschwung.

Irgendwann war das anfängliche Urlaubsfeeling vorbei gewesen, und ihr war bewusst geworden, nichts an den Umständen ändern zu können und Tage voller Untätigkeit überstehen zu müssen. Für jemanden wie Lisa musste das eine Qual sein.

Natürlich, warum war er nicht schon früher darauf gekommen? Deshalb die fieberhafte Putzerei und die Umpflüge-Aktion von eben. Lisa war den Umgang mit Schaufeln und sonstigen Grabungsgeräten gewohnt, und die Arbeit hatte wahrscheinlich sogar etwas Vertrautes gehabt.

Die Frauen schwiegen noch immer.

Charis hatte sich bis jetzt absichtlich nicht in die Diskussion eingemischt, die ungeschriebene Übereinkunft mit Yiayià beschränkte seine Kompetenzen eigentlich nur auf Angelegenheiten, die Haus und Hof betrafen. Bei Familienangelegenheiten hatte seine Großmutter das Sagen.

Aber warum schwieg sie ausgerechnet jetzt?

Sein Blick glitt von Yiayià zu Lisa, die den Kopf gesenkt hielt, als erwarte sie das Urteil eines Richters.

Er atmete heimlich auf, als seine Großmutter sich mit ernster Miene zu Lisa hinüberbeugte, deren Gesicht zwischen die Hände nahm und sagte: »Ich will nie wieder so etwas Unsinniges aus deinem Mund hören, verstanden? Denn wie heißt es so treffend: Ein gutes Mädchen kennt auch einen anderen Trittpfad. Und wenn einzig das Kochen dir Kummer macht …«

Sie hob den Kopf, eine Geste, die keinen Widerspruch duldete. »… dann, Lisoula, ist dein Problem von heute an gelöst.«

Damit war das Thema für Yiayià erledigt, und sie meinte es offensichtlich sehr ernst, denn schon am selben Abend stand Lisa am Küchentisch neben Kalli und Tante Nefeli, die ihr zeigten, wie man die in kochendem Wasser eingelegten Weinblätter mit Reis füllte und zu Dolmades wickelte.

Zuerst war Lisa noch zögerlich, doch es war das erste Mal, dass Charis sie so voller Stolz lächeln sah, als ihr das Weinblattröllchen nach vier Anläufen endlich perfekt gelang. Da waren sie wieder – die Grübchen in ihren Wangen.

»Warum fährst du heute mit Lisa nicht irgendwo hin?«, fragte Yiayià am folgenden Samstagmorgen aus heiterem Himmel.

Charis verschluckte sich fast an seinem Mokka. Woher kam denn auf einmal diese Idee?

»Ich muss eine Lieferung kontrollieren«, erwiderte er ausweichend. »Sechzig Liter. Die müssen heute noch weg.«

Yiayià runzelte die Stirn und schnalzte mit der Zunge. »Das reicht doch auch morgen noch. Vor Montag wird ohnehin nichts verschifft.«

Mist, der Schuss war nach hinten losgegangen, denn natürlich hatte sie recht. Woher wusste sie das überhaupt?

»Lisa ist aber nicht unbedingt ein Strandliebhaber, schätze ich«, versuchte Charis es noch einmal.

Er sträubte sich nicht grundsätzlich dagegen, etwas mit ihr zu unternehmen, er hatte lediglich beschlossen, eine gesunde Distanz zu ihr zu wahren. Sofern das überhaupt möglich war, wenn man unter demselben Dach lebte. So war es jedoch einfacher, unkomplizierter. Vor allem jetzt, wo anscheinend endlich wieder Ruhe im Haus herrschte. Auch wenn die Zucchini in letzter Zeit etwas zu dunkel frittiert waren und sie vorige Woche zwei Tage lang gesüßtes statt gesalzenes Brot hatten essen müssen.

»Wer hat denn etwas von Strand gesagt«, meinte Yiayià und wedelte seinen Einwand ungeduldig mit der Hand beiseite.

»Bring sie irgendwohin, wo sie sich in ihrem Element fühlt. Zu etwas Altem, etwas Archäologischem.«

Und so kam es, dass Charis und Lisa noch am selben Morgen zu dem kleinen, im nördlichen Teil der Bucht von Elounda liegenden Küstenort Plaka fuhren, um von dort aus mit dem Boot nach Spinalonga überzusetzen. Wenn schon etwas Archäologisches, dann zumindest bitte nichts, das auch nur im Entferntesten mit Minoern zu tun hatte. Nach dem Debakel in Roussolakos war ihnen beiden ein neutrales Terrain lieber.

Es war ein strahlend schöner Tag, und hier an der Nordküste Kretas war es zum Glück nicht so heiß, da ein angenehmer Wind wehte. Allerdings waren sie nicht die einzigen Besucher. An dem kleinen Anleger warteten bereits viele Touristen, und die Fähre, die sie auf die Insel brachte, war bis auf den letzten Platz besetzt.

Lisa war von dem Vorschlag ehrlich begeistert und innerhalb einer Viertelstunde abfahrbereit gewesen. Versonnen lächelnd, saß sie in Fahrtrichtung auf dem umgebauten Fischkutter und schien den Blick nicht von den näher kommenden Mauern des venezianischen Forts abwenden zu können, das über den Ruinen der Siedlung thronte, die bis 1957 noch eine Leprakolonie gewesen war.

»Die Insel scheint so nah. Man könnte direkt zum gegenüberliegenden Ufer winken. Bestimmt haben das viele der hierherverbannten Kranken auch getan«, flüsterte Lisa. Auf ihrem Schoß lag ein dicker, abgegriffener Baedeker-Reiseführer.

Charis schmunzelte. Mit Sicherheit wusste sie schon alles, was es über Spinalonga oder Kalydon, wie die Insel offiziell hieß, zu lesen gab.

Er selbst war das letzte Mal vor vielen Jahren auf der Insel gewesen. Während eines Ausflugs in der Elementarschule, noch bevor er nach Deutschland umgezogen war. Doch der Bootsanleger mit dem Tickethäuschen sah noch immer so aus wie früher, ebenso der tunnelartige Gang, der unter der Mauer hindurch in die Festung führte.

»Hier entlang«, sagte Lisa und folgte der von Häuserruinen gesäumten Gasse. Es schien, als ob sie genau wusste, wohin sie zu gehen hatte. Jeder Schritt so sicher wie der nächste. Von ihrer üblichen Tapsigkeit war nichts mehr zu bemerken.

»Warst du schon einmal hier?«, fragte Charis erstaunt.

Sie schüttelte den Kopf. »Nein.« Ihre Augen waren auf eines der zerfallenen Häuser gerichtet, dessen offene Tür den Blick auf einen alten Stuhl freigab. »Die Insel der Vergessenen, wahrhaftig. Hast du das Buch gelesen? Es handelt von Spinalonga und der Leprastation«, sagte sie.

Er hatte nicht einmal gewusst, dass es ein solches Buch gab.

Sie durchwanderten die Ruinen, bis Lisa vor einer Häuserreihe stehen blieb und die Fassaden betrachtete. Gemäß der dort angebrachten Informationstafel stammten die Gebäude aus der Zeit der ottomanischen Besetzung zwischen dem 18. und 19. Jahrhundert.

Zögernd, fast schon ehrfürchtig, berührte Lisa den aus länglichen Steinquadern gemauerten Türrahmen des einen Hauses und verharrte mit geschlossenen Augen.

Charis trat näher. »Alles in Ordnung?«

Sie sah auf und lächelte. »Hier.« Sie nahm seine Hand, legte sie auf den Stein. Direkt neben der ihren. »Wenn man sich konzentriert, ist es, als könnte man die Steine sprechen hören, und sie erzählen Geschichten. Diese Granitbrocken da zum Beispiel …« Sie zeigte auf eine Reihe von Steinquadern im Mauerwerk daneben. »Siehst du, wie ihre Kanten im

Vergleich zum Rest der Mauer gemeißelt sind? Perfekte symmetrische Linien.« Sachte fuhr sie mit den Fingern an den Steinkanten entlang. Ihre Stimme vibrierte vor Begeisterung.

»Und da.« Mit dem Zeigefinger zeichnete sie eine kaum sichtbare Einbuchtung in der glatten Quaderoberfläche nach. »Das sind Spuren von einem Flachmeißel. Die anderen Steine wurden jedoch mit einem Spitzmeißel geschlagen.«

Sie trat direkt vor die Mauer, dabei wanderten ihre Hände über die Steine. »Das heißt, dass diese Blöcke von einer anderen, älteren Bausubstanz übernommen und in die neue eingemauert wurden. Sonst wären hier noch viel mehr davon zu finden. Gut möglich, dass sie ursprünglich sogar von einem Gebäude aus hellenischer Zeit stammen. Ist das nicht absolut faszinierend?«

Sosehr sich Charis auch anstrengte, er konnte keinen Unterschied zwischen den Steinblöcken entdecken.

Doch als sich Lisa zu ihm umdrehte, sah er wieder dieses Leuchten auf ihrem Gesicht. Kein Zweifel, sie war völlig in ihrem Element hier inmitten dieser alten Ruinen, und womöglich konnte sie tatsächlich mit Steinen kommunizieren. In einer Sprache, die nur Menschen mit einer solch tiefen Leidenschaft, wie Lisa sie hatte, verstanden.

Warum hatte er eigentlich nie zuvor diese hellgrünen Sprenkel in ihren Augen bemerkt?

Schließlich ließen sie die Siedlung hinter sich und stiegen den steilen Weg bis zum Fort hinauf.

»Wie herrlich«, rief Lisa, die Augen vor Staunen weit aufgerissen, als sie auf das Panorama hinunterblickten, das sich ihnen von der Zinne der Wehrmauer aus bot.

Sogar Charis war beeindruckt. Vor ihnen lagen der Golf von Elounda auf der einen und das offene Meer auf der anderen Seite. Farbschattierungen von Türkis bis Nachtblau und mittendrin die Fährboote als kleine, auf den Wellen tanzende Flecken.

Er ertappte sich dabei, wie er Lisa heimlich beobachtete, als sie sich völlig entspannt an die Brüstung lehnte. Sie reckte das Gesicht der Sonne entgegen, die Augen geschlossen, und lächelte, während der Wind ihr das offene Haar zerzauste. Wahrscheinlich wusste sie nicht einmal, wie hübsch sie war, und genau das machte sie noch viel anziehender.

»Das war wunderschön, vielen Dank«, rief Lisa, als sie eine Stunde später wieder am Bootssteg von Plaka anlegten und sie vor Charis von Bord ging.

Er folgte ihr über den wackligen Steg. Das Boot war erneut gut besetzt, und die Leute drängelten und schubsten.

Mit einem letzten Schritt erreichte er den Anleger, kämpfte sich zu Lisa durch, die mitten in der Menschenmenge auf ihn wartete.

Sie drehte sich zu ihm um und lachte. »Ich hatte gar nicht bemerkt, dass so viele Leute auf dem … huch.«

Im selben Moment zwängte sich eine ältere Frau hinter ihr vorbei und stieß sie in den Rücken.

Lisa prallte gegen Charis' Brust.

Instinktiv fing er sie auf, hielt sie fest. Ein Reflex, nichts weiter. Doch warum brachte er es nicht fertig, sie loszulassen?

Sie hob den Blick und sah ihn an. Hellgrüne, leuchtende Sprenkel in den braunen Augen.

Charis stieß den Atem aus.

Es war ein Fehler, er wusste es genau, und es verkomplizierte alles, um am Ende einen Haufen Ärger zurückzulassen. Doch er verbannte den Gedanken, bevor er sich zu Lisa vorbeugte und sie küsste.

KAPITEL 16

Amaltheias Ziegenhorn mit Zuckerwatte

Er schmeckte nach Salz und Pfefferminzkaugummi. Lisa konnte sogar sein Aftershave riechen. Ein Hauch von Moschus und Sandelholz.

Er küsste gut, und er küsste ausgiebig. Die Stimmen der Leute rundum erschienen auf einmal weit weg.

Sein Dreitagebart kratzte an ihrem Kinn, doch erstaunlicherweise störte sie das nicht. Warme, weiche Lippen. Sie fühlte seinen Atem auf ihrem Gesicht, seine Hand an ihrer Wange.

Sie seufzte leise, als Charis sich schließlich von ihr löste. »Amaltheias Ziegenhorn mit Zuckerwatte.«

Sie öffnete die Augen und begegnete seinem fragenden Blick. »Muss ich mich nun geschmeichelt oder eher beleidigt fühlen?« Seine Stimme klang auf einmal eine Oktave tiefer, und er verzog die Lippen zu einem Grinsen.

»Das liegt ganz im Auge des Betrachters«, erwiderte Lisa und staunte über ihre Verwegenheit.

Charis lachte leise. Dann blickte er zum Bootsanleger und zu den vielen Leuten, die links und rechts an ihnen vorbeidrängten. »Ich glaube, wir sollten gehen, bevor wir hier noch niedergetrampelt werden. Hast du Hunger?«

Ja, das hatte sie tatsächlich.

Trotzdem fuhren sie noch eine gute halbe Stunde mit dem Auto ins Hinterland von Agios Nikólaos. In den Ausläufern der Lassithi-Hochebene lag das hübsche Städtchen Kritsa.

Während der Fahrt sprachen sie kaum ein Wort. Lisa war insgeheim froh darum, so blieb ihr Zeit, ihre Gedanken zu sammeln.

Was dort unten am Hafen von Plaka geschehen war …

Der Kuss war so unerwartet gekommen, hatte Lisa völlig überrascht und stellte sie vor einen komplett neuen Sachverhalt, zu dessen Analyse ihr die nötigen Komponenten fehlten. Wie waren sie überhaupt in so kurzer Zeit von anfänglicher Feindschaft über zähneknirschendes Tolerieren bis hin zum Küssen gelangt?

Sie wagte heimlich einen Blick zu Charis, der nach vorn schaute, die eine Hand am Lenkrad, die andere auf der Gangschaltung. Die Muskeln an seinem Kiefer zuckten.

Er stellte sich höchstwahrscheinlich gerade jetzt dieselbe Frage. Es brauchte kein Gelehrtendiplom, um seine Körpersprache zu deuten.

Na schön. Lisa straffte sich und richtete den Blick wieder auf die Straße.

Sachlich und professionell – das war die einzig denkbare Betrachtungsweise der Situation. Dabei spielte es keine Rolle, wie sexy sie den Kreter fand und wie gut er küsste. Sie waren schließlich gebildete, erwachsene Menschen, standen mit beiden Beinen fest im Leben und mussten sich auf die eigenen Ziele konzentrieren. Und ihr Ziel war es, so schnell wie möglich von dieser Insel wegzukommen und den Rückschlag von Roussolakos aus ihrem mentalen Curriculum zu verbannen. Ein guter Plan.

Die Taverne befand sich am Ortsende von Kritsa inmitten eines herrlichen Gartens aus Olivenbäumen, deren dichte Baumkronen vor der Sonne schützten.

»Hier gibt es das beste Souvlaki von ganz Ostkreta«, schwärmte Charis, während er einen schattigen Tisch für sie aussuchte und eine Flasche Wasser sowie einen kleinen Krug Hauswein bestellte.

Dann setzte er sich Lisa gegenüber, legte Wagenschlüssel und Sonnenbrille auf den Tisch und räusperte sich. »Wegen vorhin …« Er rieb sich den Nacken. »Tut mir leid, ich wollte dich nicht überrumpeln.« Wie zufällig streifte er mit den Fingern ihre Hand, bevor er nach der Wasserflasche griff, die der Kellner genau im richtigen Moment an den Tisch brachte.

Lisa atmete heimlich auf. Ihre Hand prickelte an der Stelle, wo er sie berührt hatte.

»Es war nur ein kleiner Ausrutscher. Reden wir nicht mehr darüber«, sagte sie leichthin.

Charis' rechte Augenbraue zuckte nach oben, dann hob er das Kinn, lehnte sich zurück und legte den rechten Arm lässig auf die Lehne des Stuhls neben ihm. »Fein, mir soll's recht sein.«

Gut. Das war einfacher gewesen als gedacht. Auch wenn Lisa der leicht gereizte Unterton in seiner Stimme nicht entgangen war.

Wie von Charis empfohlen, bestellten sie beide das Souvlaki, dazu Tsatsiki und dick geschnittene Kartoffelfritten. Es schmeckte wunderbar.

»Wer oder was ist übrigens diese Amaltheia?«, fragte Charis zwischen zwei Bissen.

»Du kennst Amaltheia nicht?« Lisa ließ Gabel und Messer sinken. »Die Nymphe, die in Gestalt einer schönen weißen

Ziege Zeus aufgezogen und ihn mit Nektar und Ambrosia aus ihren Hörnern ernährt hat?« In gespielter Entrüstung schüttelte sie den Kopf. »Als Kreter solltest du das eigentlich wissen, wenn ihr schon behauptet, diese Geschichte habe sich in eurem Ida-Gebirge zugetragen.«

Charis schnippte mit den Fingern und nickte pflichtschuldigst. »Richtig, die gute, alte Amaltheia. Wie konnte ich die bloß vergessen?« Obwohl sein Grinsen deutlich machte, dass er keine Ahnung hatte, wovon sie redete.

Nach einem Schluck mit Wasser verdünntem Wein sagte er: »Das erklärt zwar das Ziegenhorn, aber was hat die Zuckerwatte damit zu tun?«

Lisa sah ihn ehrlich erstaunt an. Unglaublich, noch nie hatte jemand diesem Spruch überhaupt Beachtung geschenkt, geschweige denn, dass sich irgendwer je an den genauen Wortlaut erinnerte.

Sie legte das Besteck auf den Teller und nahm einen Schluck Wasser. Sie hatte auch noch nie jemandem erzählt, wie sie dazu gekommen war. Nicht einmal ihrer Mutter. Weil es sogar nach all den Jahren noch schmerzte, an die Zeit zu denken, als sie noch eine richtige Familie gewesen waren.

»Mein Vater«, fing Lisa schließlich an und riss ein Stückchen von ihrer Papierserviette ab, »hat den Spruch erfunden. Oder zumindest den Anstoß dazu gegeben. Als Kind habe ich Zuckerwatte nämlich geliebt.« Sie rollte den Serviettenfetzen zwischen den Fingern zu einem Kügelchen und lächelte bei der Erinnerung an Paps' schmunzelndes Gesicht. »Wirklich. Ich konnte kaum genug davon kriegen. Vater hat dann immer den Kopf geschüttelt und gesagt: ›Lorchen, du verschlingst das Zeug ja schneller, als Amaltheias Ziegenhorn sich auffüllt.‹«

Sie zuckte die Schultern. »Und so kommt mir der Spruch jedes Mal wie von allein über die Lippen, wenn mir etwas sehr gefällt.« Kaum hatte sie es ausgesprochen, wurde Lisa bewusst, was ihr unbedacht herausgerutscht war, und sie errötete.

Wenn mir etwas sehr gefällt. Gott, wie peinlich. Und das nach ihrer so großartigen Ansage von vorhin, von wegen kleinem Ausrutscher und nicht der Rede wert.

Und selbstverständlich war es auch Charis nicht entgangen. Er hielt im Kauen inne und sah sie an. Dann legte er das Besteck auf den Tisch und wischte sich langsam den Mund mit einer Serviette ab, ohne Lisa dabei aus den Augen zu lassen. »Ja, das erklärt natürlich alles«, sagte er schließlich mit einem süffisanten Grinsen. Oh, dieser Schuft.

Er schien das Spektakel ohnehin immer mehr zu genießen und beugte sich, die Ellbogen auf den Tisch gestützt, vor. »Hab ich eben richtig gehört? Lorchen?«

Auch das noch. Lisa kniff gequält die Augen zusammen. Sie hatte ihre Gründe gehabt, nie jemandem davon zu erzählen.

»Das kommt von Lorelise – meinem Taufnamen. Ebenfalls Vaters Idee«, murmelte sie, in der schwachen Hoffnung, dass Charis sich damit begnügte.

»Lorelise, hm?« Er rollte den Namen auf der Zunge.

»Ja, Lorelise«, gab sie entnervt zurück. »Das ist mein Name. Aber ich kann ihn nicht ausstehen, und außer meinem Vater nennt mich alle Welt Lisa. So soll es gefälligst auch bleiben.« Jawohl, und ihretwegen konnte Charis das Grinsen auf dem Gesicht kleben bleiben, ob ihr sein Kuss nun gefallen hatte oder nicht.

Doch mit einem Mal verschwand der spöttische Ausdruck aus seinen Zügen, und er runzelte die Stirn. »Es ist der Name, den dir deine Eltern gegeben haben. Er hat eine Bedeutung für sie. Und für dich. Warum verschweigst du ihn dann?«

Lisa schnaubte unwirsch, warf ein weiteres Papierkügelchen zu dem inzwischen ansehnlichen Berg davon auf ihrem Teller. Warum konnte er das Thema nicht einfach vergessen? »Weil ich …«, fing sie an, suchte nach den richtigen Worten, fand sie jedoch nicht. »Weil ich … weil ich nicht ständig daran erinnert werden will, dass ich meinem Vater nie gut genug war und er Mutter und mich deshalb verlassen hat«, platzte es schließlich aus ihr heraus.

Da war es. Ausgesprochen, und es fühlte sich an, als hätte sie endlich einen längst zu schwer gewordenen Ballast abgeworfen.

Der Kellner hatte inzwischen die Teller abgeräumt und eine Platte mit vier Scheiben Wassermelone vor sie hingestellt. Aber weder Lisa noch Charis beachteten sie.

Charis' Miene war ernst geworden, und seine Stimme klang auf eine seltsame Weise besänftigend, als er sich vorbeugte und ihre Hand ergriff. »Es tut mir leid. Ich wollte keine Wunden aufreißen.«

»Du hast es ja nicht wissen können.« Lisa schüttelte den Kopf. »Mir tut es leid, dass ich so aus der Haut gefahren bin. Du meine Güte, ich erkenne mich in den letzten Wochen kaum mehr wieder.« Das stimmte. Wo war die zielstrebige, erfolgsorientierte Archäologin geblieben, die vor nicht einmal zwei Monaten auf Kreta gelandet war; die ihre Arbeit immer an erster Stelle vor alles andere stellte und sich von keinerlei Hindernissen auf ihrem Weg aufhalten ließ?

»Vater war immer mein größtes Vorbild, weißt du. Eines Tages mit ihm zusammen eine Ausgrabung durchzuführen, davon habe ich geträumt.« Lisa senkte den Blick und lachte freudlos. »Stadler und Stadler. Das Dreamteam der klassischen Archäologie. Doch dann – ich war damals kurz vor dem Abitur – dauerten Vaters Grabungsprojekte auf einmal immer länger. Bis er eines Tages gar nicht mehr nach Hause gekommen ist. Ohne ein Wort der Erklärung.«

Erst jetzt fiel ihr auf, dass Charis noch immer ihre Hand hielt. Es störte sie nicht.

Mit einem dankbaren Nicken nahm sie das Wasserglas, das er ihr auffüllte.

»Natürlich habe ich versucht, ihn zu erreichen«, fuhr sie fort. »Unzählige SMS, E-Mails und Nachrichten auf dem Anrufbeantworter. Geantwortet hat er nur selten und wenn, dann sehr kurz.« Ja, sie erinnerte sich noch zu gut an die vielen lausigen Ausreden, die er vorgebracht hatte.

»Er wäre mit wichtigen Projekten beschäftigt, oder er müsse irgendwelche Konferenzen und Tagungen abhalten, und ich müsse das verstehen, hat er gesagt.« Mit der freien Hand zerknüllte Lisa den Rest der Serviette. Diese lang unterdrückte Wut in ihrem Bauch. Lisa hätte am liebsten aufgeschrien.

»Er war nicht einmal bei meiner Promotionsfeier dabei. Wegen eines Symposiums in Brüssel.« Sie presste die Worte nur mit Mühe hervor. »Seine eigene Tochter war ihm einfach nicht gut und wichtig genug.« Dann ließ sie sich auf dem Stuhl zurücksinken. Sie fühlte sich innerlich leer.

Charis hatte die ganze Zeit über schweigend zugehört und nur ab und zu genickt. Wie unverständlich sich das Ganze für ihn anhören musste. Er mit seiner beneidenswert perfekten Familie, die zusammenhielt wie Pech und Schwefel.

»Wahrscheinlich hältst du mich jetzt für ziemlich überdreht, nicht wahr?«, sagte sie.

»Überdreht? Das trifft es nicht mal ansatzweise.« Ein winziges Schmunzeln zuckte an seinen Mundwinkeln, als er in gespieltem Entsetzen den Kopf schüttelte. Sogleich wurde seine Miene jedoch wieder ernst. »Habt ihr noch Kontakt, du und dein Vater?«

Ob die völlig zerfledderte Postkarte aus Palmira auch zählte, die er ihr vor zwei Jahren mit dreimonatiger Verspätung zum Geburtstag geschickt hatte?

Lisa senkte den Blick. Charis' Hand lag noch immer auf der ihren, seine Finger waren warm und kräftig. »Ich habe ihn zuletzt vor viereinhalb Jahren gesehen, als wir zufällig an derselben Tagung in Berlin teilgenommen haben.«

Sachte zog sie die Hand weg. »Aber nun genug davon.« Sie straffte sich und griff nach einer der Melonenscheiben. »Die sehen so herrlich süß aus, dass wir sie nicht einfach liegen lassen können.«

Außerdem hatte sie Charis ohnehin schon viel mehr von sich selbst preisgegeben als je einem anderen Menschen zuvor. Das war höchst ungewöhnlich für sie und hinterließ ein Gefühl von Verwundbarkeit, das Lisa nicht behagte. Wozu längst begrabene und vergessene Dinge wieder aufwühlen, wenn sie nichts daran ändern konnte? Denn von Professor Helmut Stadler war bestimmt keine Veränderung zu erwarten, das hatte er oft genug bewiesen.

KAPITEL 17

Zwischen Olivenöl, Kräutern und Quetzalcoatl

Vorsichtig gab Lisa die Handvoll getrockneter Rosenblätter in das kochende Wasser. Nur echtes, während der Wintermonate gesammeltes und in Krügen aufbewahrtes Regenwasser, hatten die Frauen ihr erklärt, denn normales Leitungswasser macht die Seifen spröde.

»Und noch eine Handvoll vom Lavendel«, sagte Sofia, nickte zufrieden und rührte die Brühe mit einem Holzlöffel um, bevor sie den Wasserkessel von der Elektrowärmeplatte nahm und ihn, mit einem Gazetuch bedeckt, draußen auf dem Vorhof abstellte. »Jetzt lassen wir den Sud ziehen, bis er abgekühlt ist. Dann gießen wir die Flüssigkeit ab. In der Zwischenzeit bereiten wir die Seifenformen vor.«

Die Rosenblätter stammten aus dem eigenen Garten, wurden gewaschen und dann in einem speziell dafür hergestellten Gitterkasten an der Sonne getrocknet. Den Lavendel und den Großteil der übrigen Kräuter, die sie für die Seifenproduktion verwendete, bezog Sofia von ihren langjährigen Lieferanten oben im Bergland. »Nirgendwo wachsen so gehaltvolle Pflanzen wie dort«, hatte Sofia erläutert, während sie Lisa nicht ohne Stolz ihre Kräutersammlung in einem der Steingebäude gegenüber des Haupthauses zeigte.

Dafür wurden diese Nebengebäude also genutzt. Nicht als Lager oder Gerätekeller, wie Lisa angenommen hatte, sondern als, wie Kalli es augenzwinkernd nannte, »Yiayiàs kleine Hexenküche«.

Ganz offensichtlich hatte Sofia es zu ihrer Aufgabe gemacht, Lisa in sämtliche Geheimnisse einer kretischen Hausfrau einzuweihen – sowohl was das Kochen als auch was die Herstellung der unzähligen Produkte aus Olivenöl betraf. Und erst ihr unglaubliches Wissen über Kräuter! Es schien kein Pflänzchen auf dieser ganzen Insel zu geben, das die Kreterin nicht kannte und das sich nicht auf irgendeine Art verarbeiten ließ. Wie auch das angeblich uralte Hausmittel gegen Mücken aus Lavendelwasser, Citronella, Rosmarin, Nelken und Eukalyptus, das Sofia ihr eines Tages in einem kleinen Pumpfläschchen in die Hand drückte und sagte: »Wenn das nicht hilft, dann hilft nicht einmal mehr Weihwasser.«

Das alles war ein völlig neues und unbekanntes Gebiet für Lisa, anfangs lediglich ein Weg, um der Untätigkeit und der Frustration ihrer Lage entfliehen zu können: Die Kreditkartenabrechnung war vor ein paar Tagen in ihrem elektronischen Postfach gewesen und hatte das zwar erwartete, jedoch nicht minder niederschmetternde Loch in ihrem Konto bestätigt. Theoretisch hätte sie jetzt zwar die Gelegenheit ergreifen und mit dem erneut verfügbaren Kreditkartenbetrag einen Flug zurück nach Deutschland kaufen können. Aber das hätte wie eine Flucht ausgesehen. Die Restzahlung an die Gläubiger würde über ihr hängen bleiben wie das Schwert des Damokles.

Seitens der archäologischen Fakultät der Universität Trier

herrschte absolute Funkstille. Schön und gut, sie war nur eine freie Mitarbeiterin, aber wenigstens eine kleine Nachfrage, wie es ihr ging und wie sie sich durchschlug? War das wirklich zu viel verlangt?

Und auch von Nick hatte sie noch immer kein einziges Wort gehört. Das schlug ihr mehr als alles andere aufs Gemüt. Es fühlte sich an, als hätte die ganze Welt sie vergessen.

All diese Gründe hatten dazu beigetragen, dass Lisa mit der Zeit sogar Gefallen an den alltäglichen Tätigkeiten rund um den Gutshof fand. Nicht am Kochen – o nein, das wäre für sie auf immer und ewig eine Plage und wegen dieses perfiden Gasherds sogar eine gemeingefährliche Angelegenheit.

Die Arbeit in der Seifenfabrikation hingegen tat gut, sie hatte etwas Beruhigendes und hinterließ am Ende des Tages das befriedigende Gefühl, etwas erreicht zu haben. Ein Gefühl, das Lisa schon seit einer ganzen Weile vermisste.

Ja, sie begann sogar die Stunden zu genießen, die sie zusammen mit den anderen Frauen in den Nebengebäuden verbrachte. Umgeben von all den Gerüchen nach Honig, Rosen, Thymian, Minze und Zitronenmelisse und begleitet von den Stimmen, wenn Sofia, Nefeli, Dimitra, Alíki und Kalli Geschichten erzählten und den letzten Tratsch austauschten.

Unglaublich, was es in einem so kleinen Ort wie Palekastro alles zu besprechen gab: Dass Aris, der Zahnarzt, nun schon zum dritten Mal heiraten wollte, noch dazu eine wohlhabende Witwe aus einem Nachbardorf. Nicht davon zu reden, dass die Frau des Bürgermeisters nach der Messe am vorigen Sonntag einer schwarzen Katze begegnet war, und jeder wusste doch, dass es Unglück brachte, wenn man einem Priester und einer schwarzen Katze am selben Tag begegnete.

Die dicken Steinmauern der Nebenhäuser sorgten jetzt im

Sommer für angenehme Kühle, und dank der großen Räume war genug Platz sowohl für die Wandgestelle mit den unzähligen Glas- oder Terrakottabehältern voller getrockneter Kräuter als auch für die zwei Arbeitstische aus schwerem Eichenholz.

Bündel aus Rosmarin, Minze, Johanniskraut und Salbei hingen an einer Schnur zum Trocknen. In einer Ecke stand ein Tisch mit Granitoberfläche für die Herdplatte und einer Digitalwaage sowie einem winzigen Spülbecken.

Nach dem Erkalten des Kräutersuds goss Lisa – noch immer draußen auf dem Vorhof – die Flüssigkeit durch ein Sieb und gab das Natriumhydroxid dazu. Ein schwieriger Prozess, denn nicht nur musste die Menge des Natriums entsprechend der Flüssigkeitsmenge auf das Gramm genau stimmen, die Vermischung mit Wasser führte außerdem zu einem chemischen Prozess, bei dem sich die Flüssigkeit erwärmte und unangenehme Dämpfe produzierte. Wie gut, dass Lisa während des Studiums einen Kurs in experimenteller Chemie belegt hatte.

Nachdem sich die Dämpfe verflüchtigt hatten, schleppte sie den Kessel hinein und goss die Kräuterlauge, zusammen mit einem Schuss Rosenöl, langsam in das leicht erwärmte Olivenöl, während Kalli die Masse mit dem Stabmixer bearbeitete.

Wie Dimitra ihr erklärt hatte, waren bei der Zusammensetzung der Kräuter und Duftessenzen der Fantasie keine Grenzen gesetzt. »Manchmal färben wir das Gemisch mit dem Saft von Roter Bete, Blaubeeren oder Karotten. Auch Buttermilch, Honig oder Kaffee eignet sich zum Beimischen. Es muss nur naturbelassen sein.«

Die cremige Masse wurde in eine quadratische und mit Wachspapier ausgelegte Gießform gefüllt. In dieser würde die

Seife einige Tage lang ruhen. Erst dann wäre sie hart genug, um sie in Portionen zu schneiden und mit einem Stempel zu versehen, bevor die Stücke in das zweite Gebäude nebenan gebracht wurden, wo sie auf den Holzgestellen reifen konnten.

»Das Reifen braucht Zeit. Eile backt das Brot, aber sie backt es schlecht, heißt es«, meinte Sofia. Ypomoni – Geduld – lautete das Zauberwort. Denn erst wenn sich nach ungefähr sechs Monaten eine hauchdünne Schicht aus feinem weißem Pulver auf der Oberfläche der Seife gebildet hatte, war sie bereit zum Gebrauch.

Doch Seife war nicht das einzige Produkt, das Sofia und ihre Verwandten aus Olivenöl herstellten: Da waren Peelings für Gesicht und Körper aus Salz, Zucker oder fein gemahlenen Olivenkernen. Haarspülungen mit Honig. Gesichtscremes mit Rosenöl und Aloe vera und herrlich duftende Badezusätze. Nicht zu vergessen die mit Kräutern, Knoblauch oder getrockneten Tomaten verfeinerten Delikatessenkreationen für die Küche und natürlich das extra native Olivenöl aus Kaltpressung.

Dabei erfüllte jede der Frauen eine klar definierte Aufgabe: Nefeli kümmerte sich um die Küchenöle, und Dimitra war für das Austüfteln und Testen neuer Kosmetikrezepte zuständig, während Alíki aufgrund ihrer Arbeit im Spa an der Quelle der neuen Trends saß und die Familie mit allen möglichen Informationen aus erster Hand versorgte. Kalli hingegen betreute den kleinen Onlineshop sowie die Internetpräsenz, und Sofia war das Herz der »Villa Esperides Olivenöl- und Kosmetikproduktion«. Sie war es auch, die sämtliche Rezepturen von Hand aufschrieb und in einem alten Ringordner sammelte, dessen Deckel schon völlig ausgefranst waren und aussahen wie ein Grimoire voller geheimnisvoller Zaubersprüche.

Schließlich wurden die Erzeugnisse entweder in einer von Hand gefalteten Schachtel oder einer dekorierten Glasflasche, zusammen mit einer Liste sämtlicher Inhaltsstoffe, zum Verkauf angeboten. Einfach unglaublich, was die Frauen hier leisteten.

Und die Arbeit schien ihnen nie auszugehen. Es waren immer wiederkehrende Arbeitsabläufe, bei denen Zeit nicht die geringste Rolle spielte. Ypomoni.

Hingegen war es sehr wohl von Bedeutung, wie die Verkäufe liefen, und das taten sie offensichtlich nicht besonders gut. So viel konnte Lisa aus Sofias und Charis' ernsten Mienen herauslesen, als sie die beiden eines Nachmittags am Küchentisch vor einem Tablet sitzend antraf.

»Entschuldigung«, stammelte sie und wandte sich sofort zum Gehen.

»Ah, Lisoula, gut, dass du es bist.« Sofia zog den Stuhl neben sich näher heran. »Komm, setz dich doch.«

»Ich will aber wirklich nicht stören.« Außerdem wäre es ihr viel lieber gewesen, wenn sie Charis auch weiterhin aus dem Weg gehen könnte. So, wie sie es seit ihrem Ausflug nach Spinalonga ziemlich erfolgreich getan hatte. Nicht zuletzt auch dank der Arbeit in der Seifenfabrikation.

Aber Sofia schnalzte mit der Zunge. »Unsinn.« Sie klopfte auffordernd auf das Sitzkissen mit den aufgedruckten Magnolien.

Zögernd setzte sich Lisa auf die Stuhlkante und begegnete Charis' Blick. Sie schluckte, während ihr ein angenehmes Prickeln über den Rücken rieselte. Diese Augen. Sie erinnerten sie daran, wie warm sich sein Kuss angefühlt hatte.

Mist, sie hätte irgendeine Ausrede finden und schnurstracks in ihr Zimmer fliehen sollen.

»Charis und ich haben eben darüber gesprochen, wie wir die Verkaufszahlen unserer Olivenölprodukte verbessern könnten«, sagte die Kreterin.

»Ich denke nicht, dass sie das interessiert, Yiayià.« Charis tippte auf den Bildschirm und schloss die Darstellung einer Statistik.

Der kurze Blick darauf hatte Lisa genügt, um die abfallenden Kurven zu erkennen.

Sofia schlug ihm tadelnd mit der Hand auf den Arm. »Vielleicht hat sie aber eine Idee, wer weiß. Sie hat schließlich einen Doktortitel.« Wie zur Bestätigung drehte sie sich zu Lisa um. »Den hast du doch, nicht wahr?«

»Ähm, ja, aber …« Als ob der ihr in der letzten Zeit etwas genutzt hätte. »Ich bin sicher, Charis ist viel kompetenter als ich, was diese Materie betrifft. Dabei fällt mir ein …« Sie stand abrupt auf. »Ich glaube, ich habe das Licht in meinem Zimmer brennen lassen.«

»Aber du hast doch eine Ahnung davon, wie man erfolgreich ist. Einen Gewinn zu erwirtschaften ist schließlich nichts anderes.« Sofia ließ nicht locker, griff nach Lisas Hand und zog sie zurück auf den Stuhl.

Charis schüttelte den Kopf. »Das ist doch nicht dasselbe.«

Die Kreterin krauste die Stirn. »Wo ist denn der Unterschied?«

»Das eine sind Birnen, das andere Äpfel. Archäologie hat rein gar nichts mit Agraranbau zu tun«, erklärte Charis, um Geduld bemüht.

Wie bitte? Archäologie hätte nichts mit Agraranbau zu tun? Lisa hob die Hand. »Das stimmt so nicht. Erst archäologische Untersuchungen haben aufgezeigt, wie sehr sich Agrargesellschaften regional voneinander unterscheiden und welche

Agrartypen sich seit der neolithischen Revolution als Primärkulturen behauptet haben.« Im selben Moment wurde sie sich des Fehlers bewusst, als sie die fragenden Blicke der beiden Kreter bemerkte.

Toll gemacht, Stadler, getreu dem Motto: Einmal ein Nerd, immer ein Nerd. Warum konnte sie nie den Mund halten?

Sofia reagierte als Erste, zeigte auf Lisa und sah Charis triumphierend an. »Da siehst du's.«

Charis schnaubte hörbar. »Schön, meinetwegen. Aber das ändert nichts daran, dass die Verkaufszahlen seit Monaten miserabel sind. Vielleicht hat die Frau Archäologin hierfür ja auch eine Erklärung auf Lager?« Der Sarkasmus seiner Worte war eindeutig.

Spielte er jetzt etwa den Beleidigten?

»Agribusiness ist dein Fachgebiet«, erwiderte Lisa ruhig. »Ich habe mich mit meiner Richtigstellung lediglich auf deine Aussage bezogen.« Ganz genau, und am liebsten hätte sie ihm auch noch die Zunge herausgestreckt. Sie mochte vielleicht hin und wieder andere Menschen mit ihren Bemerkungen irritieren, aber für diesen Eklat war sie nicht verantwortlich. Außerdem hatte sie sich von Anfang an heraushalten wollen, wäre Sofia nicht gewesen.

Charis warf ihr einen stechenden Blick zu, bevor er sich zu Sofia umdrehte und mit einer Geste in Lisas Richtung sagte: »Das siehst du's.«

»Kinder, Kinder …« Beschwichtigend beugte sie sich vor und legte beide Hände auf den Tisch. »Lieber Himmel, wenn man euch beiden zuhört, könnte man meinen, ihr wärt verheiratet.«

»Das reicht.« Mit einem Ruck fuhr Charis vom Stuhl auf und packte sein Tablet. »Wartet heute Abend nicht auf mich mit dem Essen, ich hab zu tun.« Damit polterte er über die Terrasse davon.

Verdattert sah Lisa ihm nach. Was war denn jetzt wieder in ihn gefahren?

»Er meint es nicht so, glaub mir. Er macht sich nur Sorgen«, sagte Sofia leise und tätschelte Lisa den Arm.

Lisa wandte sich der älteren Frau zu. »Sollte ich etwas Falsches gesagt haben, dann …«

»Du hast nichts Dergleichen getan, Lisoula«, unterbrach die Kreterin sie lächelnd. »Die Männer dieser Familie hatten schon immer einen Makel: Sie sind zu stolz, um sich einzugestehen, dass sie die Probleme dieser Welt nicht alle allein lösen können. Und Charis ist diesbezüglich sogar noch schlimmer als sein Vater.« Sie verstummte, dann fuhr sie traurig fort: »Die Kinder hatten es damals nicht leicht, weißt du.« Sie senkte den Kopf. »Es war ein Autounfall. Nur ein paar Kilometer von hier entfernt. Und mit einem Schlag haben sie nicht nur beide Eltern verloren, sondern mussten auch ihr bisheriges Leben aufgeben. Für Charis war es am schwersten. Von einem Tag auf den anderen hat er das Familiengut übernehmen und die Verantwortung für alles tragen müssen. Deshalb scheint er manchmal so unnahbar.«

Lisa biss sich auf die Lippe. Es war also so, wie sie vermutet hatte.

»Das tut mir leid.« Mehr brachte sie nicht heraus. Zwischen ihr und ihrer eigenen Familie herrschte zwar kein inniger Zusammenhalt, trotzdem wollte sie sich nicht vorstellen, wie sich so ein Verlust anfühlte.

Sofia nickte, nahm Lisas Hand und drückte sie. »Ich weiß, Charis ist kein einfacher Mensch, aber er hat das Herz am rechten Fleck.«

Am nächsten Morgen war Lisa schon vor dem Morgengrauen wach, setzte sich an ihren Arbeitstisch und öffnete das Notebook. Sie hatte schlecht geschlafen, die Diskussion vom gestrigen Nachmittag ließ ihr keine Ruhe. Es brauchte keinen Master-Abschluss in Agribusiness, um sich vorstellen zu können, was rückläufige Verkäufe langfristig für die Familie bedeuteten. Und obwohl es sie eigentlich nichts anging, machte sich Lisa Gedanken. Vielleicht, weil sie nun selbst an der Arbeit beteiligt war und wusste, wie viel Engagement darin steckte.

Vielleicht aber auch wegen eines ochsensturen Olivenbauern, spottete eine Stimme leise in ihrem Kopf.

Unsinn. Sie wollte sich lediglich bei Sofia für die Unterstützung während der letzten Wochen revanchieren, weiter gab es dabei keinen Hintergedanken.

Bereits eine oberflächliche Suche im Internet ergab eine unendlich große Auswahl an Anbietern von Produkten aus kretischem Olivenöl, von Seifen über Körperlotionen und Tinkturen bis hin zu einem mit Zitronen aromatisierten Salatöl.

Wie schaffte man es, in dieser Masse von Konkurrenten nicht unterzugehen?

Sie klickte sich wahllos durch die Websites verschiedener Olivenbauernhöfe. Auch das Angebot im sogenannten Agrotourismus-Bereich schien zu boomen. Die meisten dieser Landwirtschaftsbetriebe boten sowohl Übernachtungsmöglichkeiten als auch Kurse an: Töpfern, Reiten, Weben, Backen, Kochen – oh, da gab es sogar einen Kurs »Kochen wie die Minoer«, nicht schlecht – und natürlich die Herstellung von Olivenölseifen.

Im Hintergrund lief leise Musik von Lisas Playlist. *Walk like an Egyptian* von den Bangles.

»Walk like a Minoan«, sang Lisa, ohne weiter darüber nachzudenken.

Hm, man müsste etwas Neues bieten, um sich von der Konkurrenz abzuheben. Nur was, ohne die Welt neu zu erfinden?

»Walk like a Minoan.«

Es sollte etwas Originelles sein, aber trotzdem ursprünglich.

Sie grübelte noch immer darüber nach, als sie später mit der Familie beim Frühstück saß.

Ausnahmsweise war Charis um diese Zeit noch da. Mit dem Sportteil der Zeitung in der einen und der Mokkatasse in der anderen Hand, lehnte er an der Kochtheke. Er würde heute wieder in seinem Olivenhain arbeiten, vermutete Lisa, denn er trug seine Arbeitskleidung: alte, abgewetzte Jeans, ein verwaschenes T-Shirt und schwere Arbeitsschuhe.

Und er schien noch immer beleidigt zu sein, denn er hatte nicht einmal »guten Morgen« gebrummt.

Innerlich seufzend, nahm Lisa einen Schluck Orangensaft. Was für ein undurchschaubarer Mensch. Was das betraf, hatte Sofia absolut recht.

Alle hoben die Köpfe, als die schrille Klingel am Haupttor ertönte. Sogar Charis sah von seiner Zeitung auf.

»Nanu?« Sofia blickte auf die Küchenuhr. »Wer kommt denn schon so früh am Morgen?«

»Ich geh nachsehen«, rief Kalli und stand auf. Ihre Flipflops flappten laut, als sie die Außentreppe hinuntereilte, während Sofia an die Terrassenmauer trat, um zu sehen, wer der frühmorgendliche Störenfried war.

Stimmen waren von unten zu hören – die von Kalli und die etwas dunklere Stimme eines Mannes.

Charis ließ die Zeitung sinken.

»Lisoula, ich glaube, der Besuch ist für dich«, rief Sofia.

»Für mich?« Lisa ließ den Toast auf den Teller fallen und stand auf. Wer in aller Welt sollte sie ausgerechnet hier besuchen? Línos Mouskouri war der einzige Mann außerhalb der Familie, den sie kannte, und der wagte sich bestimmt kein zweites Mal hierher. Schon gar nicht, solange Charis anwesend war.

Schritte auf den Treppenstufen.

Ohne ein Wort trat Charis neben sie. Er hatte die Schultern gestrafft, den Kopf erhoben.

Dann sah sie den Mann, der hinter Kalli die Treppe heraufkam. Groß, mit tiefschwarzem, im Nacken zusammengebundenem Haar, Schultern wie ein Olympiaschwimmer und braun gebrannte Haut. Eine Tätowierung schaute unter dem hochgekrempelten Hemdärmel hervor. Eine gefiederte Schlange. Der mayanische Gott Quetzalcoatl.

Lisa blinzelte ungläubig. »Nick?«

Der Mann hob den Kopf. Sein Gesicht war wettergegerbt, und mit dem Dreitagebart sah er mehr denn je aus wie ihr Fantasiebild eines zypriotischen Freibeuters.

Er verzog das Gesicht zu seinem typischen Spitzbub-von-Weltruf-Grinsen, dem schon während ihrer gemeinsamen Studienzeit niemand hatte widerstehen können. Nikos Georgios Joannou.

Lachend rannte Lisa ihm entgegen. Er war tatsächlich gekommen. Ihre Rettung.

Nick breitete die Arme aus. »Überraschung.«

KAPITEL 18

Der Zyprer und der Zahnstocher

Charis konnte den Kerl auf Anhieb nicht leiden. Weder dessen selbstgefälliges Auftreten gegenüber Lisa noch seinen hemmungslos übertriebenen Charme, mit dem er sich Yiayià und Kalli vorstellte.

Theé mou, da wurde einem ja allein beim Zusehen übel. Schlimmer noch, Yiayià kicherte wie ein junges Mädchen. War das zu fassen?

»Und das ist Charis Zoidakis, der Besitzer des Gutshofs«, stellte Lisa ihn vor.

»Charíalos«, korrigierte Charis sie. Klare Verhältnisse von Anfang an.

Der Zyprer hob den Kopf und schaute ihm unverwandt in die Augen. Dabei zuckte sein Mundwinkel spöttisch. »Freut mich … Nikos«, sagte er.

Nicks Händedruck war kräftig. Das zeugte immerhin von Charakter. Um seinen Hals und um das linke Handgelenk trug er je eine abgewetzte Lederschnur mit geschliffenen Türkisperlen. Auf den ersten Blick nichts Außergewöhnliches. Doch das weiße Hemd war von Versace, genauso wie die Stoffslipper an seinen Füßen, und Charis konnte das teure Aftershave riechen. Also nichts anderes als ein Angeber.

Und ausgerechnet der war Lisas Studienfreund? Was in aller Welt sah sie in diesem Kerl?

»Du hättest den Gockel sehen sollen«, spuckte Charis wenig später im Kafenion aus. »Und Lisa ist ihm um den Hals gefallen, während Kalli und Yiayià – stell dir vor, sogar Yiayià – ihm vor lauter Schmachten fast vor die Füße gesunken sind.« Charis schlug mit der Hand auf den Holztisch und schüttelte sich.

»Soll einer die Frauen verstehen«, seufzte der einäugige Ioánnis, der am Nachbartisch saß, verständnisvoll nickend, während er seinen Komboloi – jene kleine, verknotete Perlenschnur, die aussah wie ein zu kurz geratener Rosenkranz – zwischen Mittel- und Zeigefinger klemmte und herumwirbelte, sodass die Perlen leise klackerten.

Sotíris warf sich das Küchentuch über die Schulter. »Was will dieser Zyprer überhaupt hier?«

»Wenn ich das wüsste. Er hat jedoch anscheinend eine Villa in der Nähe von Sitia gemietet.« Und das bedeutete wohl, dass er plante, länger zu bleiben.

»Er ist ein Studienfreund der jermanida, sagst du?«, krächzte der alte Costa und schnalzte mit der Zunge. »So was hat's zu meiner Zeit nicht gegeben. Da war man entweder verlobt oder miteinander bekannt.«

Ioánnis lachte. »Natürlich hat es das in der Antike nicht gegeben. Die jungen Leute von heute sind anders. Das nennt man modern. Aber die Zyprer …« Er ließ den Komboloi schneller herumwirbeln und nickte gedankenverloren. »Die waren schon immer ein seltsames Völkchen.«

Nicht gerade das, was Charis als Aufmunterung hatte hören wollen. Einen Moment war er versucht, sofort wieder auf den Gutshof zurückzufahren. Er hätte die Frauen nie allein dort zurücklassen sollen. Doch im selben Atemzug hieß er sich einen überreagierenden Idioten. Was sollte denn schon passieren?

Seine lebhafte Fantasie antwortete ihm mit einer Reihe von Bildern: Lisa, die den Zyprer herzlich begrüßte; der Zyprer, der Lisa enger umarmte, als es für Freunde eigentlich normal war.

»Alles in Ordnung mit dir?« Sotíris' Frage riss ihn aus seinen Gedanken, und er bemerkte, dass er einen Bierdeckel in der Hand hielt und bereits die Hälfte davon in winzige Fetzen zerrissen hatte.

Sofort legte er den Rest auf die Theke. »Alles bestens.«

Der junge Wirt runzelte die Stirn, beugte sich vor und sagte so leise, dass die beiden Alten nichts hörten: »Wenn du mir schon Blödsinn auftischst, dann lern wenigstens, besser zu lügen. Hast du mit der jermanida gesprochen?«

Charis holte tief Luft. War er tatsächlich so leicht zu durchschauen?

Er nahm eine Handvoll Pistazien aus einem auf der Theke stehenden Glasschälchen, brach die Schalen auf und brummte: »Ja.«

»Und?«

»Nichts weiter.« Charis schob sich eine Pistazie in den Mund, das Salz prickelte auf der Zunge. »Sie war schlecht gelaunt, weil sie nichts mehr zu tun hatte. Verständlich. Darum hilft sie jetzt bei der Seifenproduktion mit.«

»Das ist alles?«

»Was soll denn sonst noch sein?« Die nächste Handvoll

Pistazien. Der Durst würde ihn danach umbringen, aber die Dinger machten süchtig und waren genau im richtigen Moment das perfekte Ablenkungsmanöver.

Sotíris verzog beleidigt das Gesicht, nahm das Tuch von der Schulter und begann demonstrativ, das Holz der Theke zu polieren, bis man sich beinahe darin spiegeln konnte.

Charis hob ergeben die Hand. »Na schön, wenn du's unbedingt wissen willst: Ich war mit ihr auf Spinalonga und danach in einer Taverne zum Essen. Wir haben uns recht gut unterhalten.« Und er hatte sie ganz nebenbei auch geküsst. Doch eher biss er sich die Zunge ab, bevor er Sotíris davon erzählte. Der wusste ohnehin schon viel mehr, als Charis lieb war.

»Gut unterhalten?« Der Wirt hielt mitten im Polieren inne und starrte Charis entgeistert an. »Du verbringst den Tag mit einer hübschen Frau, und alles, was dir dazu einfällt, ist: ›Wir haben uns recht gut unterhalten‹? Bist zu eigentlich noch zu retten, Mann?«

»Du verstehst das nicht.«

»Ach, was genau verstehe ich denn deiner Meinung nach nicht? Dass du auf deinem Olivenhain wie ein Mönch lebst? Oder dass du dir absichtlich eine Chance entgehen lässt und dann vor Eifersucht fast platzt, wenn sich stattdessen ein anderer um die Frau bemüht?«

Postwendend kam die Frage von dem alten Costa. »Eifersüchtig? Etwa auf den Zyprer?«

Seit wann hörte der Alte eigentlich so gut?

»Ich bin nicht eifersüchtig, und ich lebe auch nicht wie ein Mönch, das weißt du sehr wohl. Bis jetzt ist die Richtige einfach noch nicht dabei gewesen«, verteidigte sich Charis und warf sich verärgert mehrere Pistazien in den Mund. Es stimmte, mit keiner der Frauen aus seinen früheren Beziehungen hätte er sich ein gemeinsames Leben auf dem Gutshof vorstellen können. Sie waren entweder nicht bodenständig genug gewesen oder hatten sich nur für den Besitz interessiert, nicht jedoch für die Arbeit, die damit verbunden war. Genau darum hatte er auch keine von ihnen je nach Hause gebracht, geschweige denn der Familie vorgestellt.

»Recht hast du, Junge. Schließlich hat nicht nur der Pfarrer schöne Töchter.« Ioánnis nickte.

Der alte Costa hob seine wild wuchernden, silberweißen Augenbrauen. »Aber warum ist er denn eifersüchtig auf diesen Zyprer?«

Theé ke Kírie, nahm das denn kein Ende mehr?

»Noch einmal: Ich bin auf niemanden eifersüchtig«, erklärte Charis, jede Silbe betonend, damit hoffentlich alle Anwesenden es verstanden. »Wozu auch? Lisa will so schnell wie möglich zurück nach Deutschland.«

»Tina? Wer ist denn diese Tina?«, krähte Costa.

Ioánnis verdrehte sein Auge. »Er hat Lisa gesagt. So heißt die jermanida.«

»Die jermanida? Etwa die, die uns um ein Haar umgebracht hat?« Costa wedelte mit dem Zeigefinger in der Luft herum. »Wenn du sie heiratest, bringst du ihr hoffentlich bei, wie man richtig Auto fährt.«

Sofort wehrte Charis ab. »Das reicht jetzt! Von Heiraten ist hier gar nicht die Rede«, rief er lauter, als der Respekt es eigentlich erlaubte. Egal, Hauptsache, die beiden Alten gaben endlich Ruhe.

Doch stattdessen runzelte Ioánnis die Stirn. »Aber wozu reden wir denn die ganze Zeit schon von dieser jermanida?«

»Soll einer die jungen Leute von heute verstehen«, sinnierte Costa. »Zu unserer Zeit hat man nicht nur den heißen Brei gerührt. Wenn einem ein Mädel gefallen hat, dann war man Manns genug und hat Nägel mit Köpfen gemacht.«

»Jawohl«, pflichtete ihm der einäugige Ioánnis nickend bei und klopfte auf den Tisch, um seine Worte zu unterstreichen. »Nägel mit Köpfen. Doch wahrscheinlich ist das heutzutage nicht mehr in Mode. Wie nennen sie das gleich noch? Moderne Beziehung.« Er schnalzte abschätzig mit der Zunge und deutete, beide Arme ausgestreckt, in Charis' Richtung. »Und das haben wir nun davon.«

Costa schüttelte den Kopf. »Trotzdem verstehe ich nicht, warum er dann überhaupt auf diesen Zyprer eifersüchtig ist, wenn ihn die jermanida doch angeblich nicht interessiert.«

»Nun beruhig dich wieder, Pappous«, rief Sotíris seinem Großvater zu. An Charis gewandt, sagte er leise: »Lisa will wieder nach Deutschland zurück? Meint sie das ernst?«

Charis schob das leer Glasschälchen zur Seite. »Sie hat es mir ins Gesicht gesagt.«

Unaufgefordert stellte der Wirt ein Glas Wasser vor ihn hin. »Das ist harter Tobak, ich kann mir vorstellen, wie du dich fühlst«, sagte er mit todernstem Gesicht. »Wie …« Er hielt inne, als suche er nach den richtigen Worten. »Wie ein Zahnstocher.«

»Was?« Wovon faselte Sotíris da?

»Na ja, wie einer dieser Zahnstocher, die in den Käse- oder Wurststücken stecken, die sie einem in den Feinkostläden zum Probieren anbieten.« Er hielt Daumen, Zeige- und Mittelfinger zusammen und richtete sie nach unten. »Die werden auch weggeworfen, sobald der Käse gegessen ist.«

»Wie ein Zahnstocher. So ein Blödsinn«, grollte Charis, als er wenig später auf seinem kleinen Traktor saß und durch die Reihen von Olivenbäumen tuckerte.

Wobei der Ausdruck »Traktor« eigentlich übertrieben war, motorisiertes Dreirad für Erwachsene traf es besser. Das Vorderteil mit dem fahrradartigen Lenker, der mit dem Rad verbunden war, glich einem stümperhaft aufgemotzten Moped. Direkt hinter dem Lenker war der Zweitaktdieselmotor angebracht. Ein breites Fußteil verband die vordere Hälfte mit dem gepolsterten Sitz und der Ladefläche, die wiederum von einer Zweiradachse getragen wurde.

Der Motor dröhnte wie ein Rasenmäher, die Lackfarbe am Lenker und an den Seiten war an den meisten Stellen abgesplittert und Rost gewichen, doch Charis liebte diesen alten Blechhaufen. Bereits sein Großvater war damit durch den Olivenhain gefahren. Er war schmal und wendig genug, um sogar die entlegensten Bäume zu erreichen, und bot zudem auf der Ladefläche noch genug Platz für das Werkzeug.

Wie die meisten Olivenbauern Kretas baute auch Charis' Familie Koroneiki-Oliven an – eine verhältnismäßig pflegeleichte und ertragreiche Sorte. Die Bäume hielten sowohl Hitze als auch Frost aus, dennoch musste, vor allem jetzt im Sommer, das Unkraut am Fuß der Stämme regelmäßig entfernt werden, damit die Nährstoffe des Bodens und nicht zuletzt auch das Wasser besser von den Bäumen aufgenommen werden konnten.

In Laufe der Jahre hatte sich Charis einen routinemäßigen Arbeitsablauf angewöhnt. Er begann immer bei den äußersten Baumreihen und arbeitete sich Reihe um Reihe vor. Das Unkraut rund um den Stamm ausreißen und gleichzeitig den Boden, wo nötig, auflockern und darauf achten, dass die

Wurzeln nicht verletzt wurden. Dann den Stamm und das Laub auf Schädlinge absuchen und die kleinen gelben Plastikfässchen, die als Fallen für die Olivenfruchtfliegen dienten, spätestens alle zwei Wochen auswechseln. Die elenden Viecher stellten eine der schlimmsten Plagen überhaupt dar. Voriges Jahr hatte ein Befall Charis rund ein Viertel der Ernte gekostet.

Die Kultivierung der Olivenbäume war eine Knochenarbeit, doch heute kam ihm diese Schinderei mehr als gelegen.

Er stieg vom Traktor, nahm die kleine Hacke von der Lade und rammte sie voller Inbrunst beim nächstbesten Baum in den Boden. Immer und immer wieder.

Der Schweiß rann ihm in Strömen übers Gesicht. Egal. Hauptsache, er konnte sich abreagieren und dabei das Bild aus dem Kopf verjagen, wie Lisa diesen zypriotischen Schleimer umarmte. Denn ja, zum Teufel, er war eifersüchtig, und diese Tatsache überraschte ihn selbst am meisten.

Dabei war zwischen Lisa und ihm außer dem Kuss nichts weiter geschehen. Ganz im Gegenteil, manchmal kam es ihm sogar so vor, als ginge sie ihm absichtlich aus dem Weg und verschanzte sich im Kreis der Frauen bei der Arbeit im Nebenhaus.

Doch damals im Restaurant … nicht nur, dass sie sich verplappert hatte, und zwar auf eine – dieses Mal konnte man es kaum anders nennen – reizende Art und Weise. Sie hatte ihm auch so viel von sich selbst offenbart, wie er es bis vor ein paar Wochen niemals für möglich gehalten hätte. Ausgerechnet Lisa, die reservierteste Frau, der er jemals begegnet war.

Die Tatsache, dass sie ihm vertraute, hatte ihn berührt und sie einmal mehr in ein völlig neues Licht gerückt.

Mit zusammengebissenen Zähnen riss Charis ein hartnäckiges Unkrautbüschel aus der Erde und warf es in einen dafür bestimmten Jutesack.

»Idiot, als ob daraus jemals etwas geworden wäre.«

Yiayià hatte es schon ganz richtig gesagt: Lisa hatte einen Doktortitel und spielte damit in einer anderen Liga, in der arrogante, zypriotische Schnösel das Sagen hatten und für einfache Olivenbauern kein Platz war.

Erst als er vor dem großen Holzschild mit der Aufschrift »Betreten verboten« stand, bemerkte Charis, wo er sich befand. Dort drüben hinter Zaun und Mauer war Roussolakos.

Er trat näher an den Zaun heran. Die Ruinen lagen still und verlassen da. Das Gras zwischen den Steinhaufen war wieder fast auf Kniehöhe angewachsen. Die Halme wiegten sich im Wind.

Und dort drüben konnte er auch die Krone des Baums sehen, auf den Lisa geklettert war, um über die Mauer zu schauen. Ihre erste Begegnung. Ein leises Lachen rollte in Charis' Brust bei der Erinnerung daran.

Er ging zum nächsten Baum und legte die Hand an den Stamm. Es war einer der ältesten Bäume im Hain, die Rinde war knorrig, die dicken Wurzelknoten ragten wie von Arthritis verkrümmte Finger aus der Erde.

Langsam, fast schon zärtlich, ließ Charis die Hand über die rauen Rillen gleiten. Er hörte seines Vaters Worte: »Diese Bäume erzählen unsere Geschichte und die unserer Vorfahren. Sie tragen das Erbe dieses Landes schon seit Jahrtausenden in sich.«

Vater war stolz auf seine Bäume gewesen, und diesen Stolz hatte er an seinen Sohn weitergegeben.

Charis atmete den herben, würzigen Geruch tief ein, den

die Rinde verströmte. Die Blätter raschelten leise im Wind. Die Blütezeit war gerade erst vorbei. Bald schon würden sich die ersten Früchte bilden, bevor schließlich im November die Erntezeit begann.

Er ging ein paar Schritte in die entgegengesetzte Richtung. Wenn er sich recht erinnerte, sollte gemäß der Bodenmessung, die Lisa ihm damals gezeigt hatte, ungefähr hier – wie hatte sie das gleich noch genannt? – eine Störzone liegen.

Mit der Schuhspitze stieß er in den trockenen Boden, hockte sich hin und ließ die Erdkrumen durch seine Finger rieseln. Direkt unter seinen Füßen lag also womöglich der verschollene minoische Palast von Roussolakos. Bisher hatte er sich nie darum gekümmert, und es sollte ihm eigentlich auch jetzt egal sein.

Er warf einen Blick über die Schulter zurück, dorthin, wo durch den Zaun die Mauern von Roussolakos zu erkennen waren.

Es wäre etwa ein Hektar, den er einbüßen würde, schätzte er. Sein Olivenhain war insgesamt mindestens sechs Mal so groß.

Abrupt stand er auf, stapfte zum Traktor zurück und ratterte zur nächsten Baumgruppe.

Was zum Teufel gingen ihm auf einmal für absurde Gedanken durch den Kopf?

Charis spürte sofort, dass sich die Atmosphäre im Haus verändert hatte, als er den Wagen am Abend auf seinem gewohnten Platz unter dem großen Olivenbaum parkte.

Es war Freitagabend, und wie immer hörte man schon von Weitem die Stimmen der Verwandten, die sich oben auf der Terrasse zum gemeinsamen Abendessen versammelt hatten.

Obwohl nach Schweiß stinkend und noch in den dreckigen Arbeitskleidern, nahm er die Außentreppe, begrüßte Großonkel Stelios, Cousine Apollonia und Cousin Petros und ließ dessen übliche Witzeleien über sich ergehen.

Ein Blick in die Runde genügte ihm, um festzustellen, dass Lisa nicht da war. Stattdessen sah er Yiayià auf sich zukommen.

»Charis«, rief sie und lächelte.

Doch das Lächeln wirkte bemüht. Er kannte seine Großmutter weiß Gott gut genug, um sie sofort zu durchschauen. »Was ist los?«

Sie zog ihn in die Küche und legte ihm die Hand auf den Arm. »Versprich mir, dass du nicht gleich aus der Haut fährst.«

»Habe ich denn einen Grund dazu?«, fragte Charis und verschränkte die Arme vor der Brust. Besser, sich zu wappnen.

Einen kurzen Moment presste Yiayià die Lippen zusammen, bevor sie mit der Zunge schnalzte. »Lisa und ihr Freund sind auswärts essen gegangen.«

Ihr Freund? »Und?« Sehr gut, das hatte desinteressiert geklungen, obwohl sich die Worte wie ein Faustschlag in die Magengrube angefühlt hatten.

»Sie wollte es dir eigentlich morgen früh selbst sagen, aber vielleicht ist es besser, wenn du dieses Mal vorgewarnt bist«, fuhr Yiayià fort.

Vorgewarnt wovor?

»Die Ausgrabungen von Roussolakos werden fortgesetzt«, sagte sie. »Und dieser Nikos ist der neue Sponsor.«

KAPITEL 19

Der anonyme Spender

Es ist alles Nötige veranlasst«, sagte Nick, warf einen kurzen Blick auf die Menükarte, klappte sie wieder zu und griff in die Dokumentenmappe, die auf dem Stuhl neben ihm lag. »Unterkünfte, Messgeräte und so weiter. Von deinem ursprünglichen Team ist zwar auf die Schnelle niemand mehr verfügbar gewesen, aber ich habe meine Beziehungen spielen lassen und ein paar ausgezeichnete Mitarbeiter gefunden. Sie kommen übermorgen an.«

»Übermorgen schon?« Lisa traute ihren Ohren nicht.

»Wozu noch mehr Zeit verlieren?« Er zog ein neues Tablet aus der Mappe und reichte es ihr über den Tisch. »Hier, das ist deines. Darauf sind sämtliche Projektunterlagen und Dokumente elektronisch organisiert und über die Cloud zugänglich. Dort kannst du übrigens auch die Personaldaten des neuen Teams einsehen.« Er zwinkerte ihr verschwörerisch zu. »Ich kenne dich. Du willst natürlich haarklein alles über deine neuen Leute wissen, stimmt's?«

Lisa stieß überwältigt den Atem aus. »Ich weiß nicht, was ich sagen soll.«

Sie starrte ihren alten Studienfreund an und traute sich

kaum, zu blinzeln, aus Angst, das alles könnte ein Traum sein. Aber Nick war tatsächlich hier. Vor knapp zwei Wochen aus Nicaragua heimgekehrt.

»Wie bist du darauf gekommen, das Roussolakos-Projekt zu finanzieren? Und wie hast du das alles überhaupt so schnell organisiert?«

Nick schmunzelte. »Erstens: Nachdem ich deine Nachricht erhalten hatte, habe ich mich umgehört und die Unterlagen gelesen. Du weißt, wie neugierig ich bin, und das Projekt hat nun mal seinen Reiz. Und zweitens: Alles nur eine Frage des Wollens. Wie hätte ich dem verzweifelten Hilferuf meiner liebsten Archäologenkollegin widerstehen sollen? Du siehst übrigens einfach blendend aus, Honey. Kreta scheint dir trotz allem gut zu bekommen.« Er griff über die Kerze auf dem Tisch und kniff sie sanft in die Wange. Eine freundschaftliche Geste, die sich schon während ihrer gemeinsamen Studienzeit eingebürgert hatte und die nur Nick sich ihr gegenüber erlauben durfte.

Wie sehr sie ihn vermisst hatte. Mit ihm war immer alles so unkompliziert.

Doch ein Problem gab es noch, um das sie sich als Erstes kümmern musste: »Ich brauche noch Geld, um die Lieferanten auszuzahlen«, sagte sie ohne Umschweife und stützte die Unterarme auf den Stuhllehnen auf. Auf diese Weise strafften sich ihre Schultern, und es fühlte sich wenigstens nicht ganz so an, als würde sie betteln.

Nick runzelte die Stirn und nahm ein zweites Tablet aus der Dokumentenmappe. »Welche Lieferanten denn? Meines Wissens sind keine Forderungen mehr offen.« Mit ein paar wenigen Eingaben brachte er einen der üblichen von der archäologischen Fakultät der Universität Trier zur Finanzkontrolle aufgestellten Gesamtkostenpläne auf den Bildschirm und hielt ihn ihr hin. »Da. Sämtliche Posten saldiert.«

»Das muss ein Fehler sein, ich habe erst knapp dreißigtausend Euro an Anzahlungen geleistet«, sagte Lisa und starrte auf die Liste.

PROJEKT ROUSSOLAKOS 1 stand dort im Titelfeld. Darunter war ihr Name als Grabungsverantwortliche vermerkt, dann die Namen der restlichen Teammitglieder. Anschließend folgte die Auflistung aller Lohn- und Restkostenstellen mit Forderungen und Zahlungen.

Und tatsächlich, sämtliche Forderungen standen auf null.

»Das gibt's doch nicht.« Fassungslos schüttelte Lisa den Kopf. Wie konnte das sein?

Es war nirgends ein Hinweis darüber ersichtlich, wer die Zahlung getätigt hatte. Wahrscheinlich konnte nicht einmal die Finanzabteilung der Fakultät darüber Auskunft geben, denn ihnen reichte die Saldierungsmeldung der Gläubiger.

»Tja, es scheint, als hättest du einen Mäzen. Wunderbar, dann brauchen wir uns darüber nicht mehr den Kopf zu zerbrechen.« Er schaltete das Tablet aus und steckte es wieder in die Mappe zurück. »Kümmern wir uns stattdessen lieber um etwas wirklich Wichtiges. Was willst du essen? Ich sterbe vor Hunger.« Und damit war das Thema für Nick erledigt.

Das Restaurant, auf einer Terrasse direkt am Fuß des venezianischen Kastells von Sitia gelegen, bot einen atemberaubenden Blick über die Lichter der Stadt und den um diese Abendzeit noch immer belebten Hafen, wo Fischerboote und Jachten vor Anker lagen. Dezente Pianomusik ertönte im Hintergrund. Kerzen brannten entlang der Mauerbrüstung und schufen, zusammen mit dem milchigen Lichtschimmer des Marmorspringbrunnens, der in der Mitte der Terrasse stand, eine elegante Atmosphäre.

Zwar war die Sache mit dem anonymen Geldgeber für Lisa noch nicht erledigt. Am liebsten hätte sie gleich jeden Lieferanten angerufen und so lange ausgequetscht, bis klar war, wer die Zahlungen veranlasst hatte. Doch auch ihr Magen rebellierte. Außerdem …

Sie konnte sich nicht mehr daran erinnern, wann sie das letzte Mal an einem Tisch mit einem weißen Stofftischtuch, ebensolchen Servietten und echten Kristallgläsern gesessen hatte. Was für ein Genuss. Auch weil das Restaurant offenbar sogar zu exklusiv für Stechmücken war. Zumindest hatte sie das Autan-Protection-Plus-Spray heute Abend noch nicht ein Mal benutzen müssen. Himmlisch.

»Ich habe übrigens deine Berichte gelesen«, sagte Nick wenig später, während er die Hummerschere auf seinem Teller mit der Zange aufknackte. »Ich stimme mit dir überein, dass sich der Palast jenseits der Grenzmauer befindet. Dieser Olivenbauer scheint hingegen ein echtes Original zu sein.«

»Er und seine Familie sind äußerst traditionsbewusst. Der Olivenhain gehört ihnen schon seit Generationen, und sie sind sehr stolz darauf«, erklärte Lisa. Ja, insofern konnte man Charis, Sofia, Kalli und die gesamten Verwandten wohl tatsächlich als Originale bezeichnen. »Deshalb sind bis jetzt auch sämtliche Zutrittsrechte verweigert worden.«

Nick leckte sich die Finger ab. »Mach dir keine Sorgen. Ich kümmere mich darum.«

Lisa horchte auf. »Was hast du denn vor? Die Oliven sind die Haupteinnahmequelle der Familie. Das ist keine einfache Angelegenheit, und ich …«

»Mir ist bewusst, wie heikel die Sache ist«, unterbrach er

und blickte ihr ernst in die Augen. »Da kommen ein paar Archäologen daher und verlangen von den lokalen Landbesitzern, dass sie ihr Eigentum gegen einen Spottpreis abgeben. Kein Wunder, dass die Gemüter überkochen.«

Sie konnte sich ein Lächeln nicht verkneifen. Das hätte auch aus Charis' Mund kommen können. »Ich will auf keinen Fall, dass die Familie auf irgendeine Weise übervorteilt wird. Das ist Roussolakos nicht wert.«

»Wo denkst du denn hin? Ich werde diesem Charíalos ein faires Angebot machen.« Nick betonte den Namen, indem er den ruralen, kretischen Akzent nachahmte, wischte sich die Hände an der Serviette ab und hob zwinkernd sein Weinglas. »Auf unsere erste gemeinsame Grabung. Auf Roussolakos.«

Lisa stieß mit ihm an, doch ihre anfängliche Euphorie hatte einen Dämpfer bekommen. Normalerweise machte sie nie viel Aufhebens um Nicks etwas snobistische Allüren, dafür kannte sie ihn zu lang. Zugegeben, er war manchmal etwas eigen, aber trotzdem einer, mit dem man Pferde stehlen konnte. Allerdings störte sie der herablassende Unterton, der in Nicks Stimme mitgeschwungen hatte.

»Ich denke, es ist besser, wenn ich vorerst allein mit Charis verhandle. Ich wohne schon eine Zeit lang mit ihm unter demselben Dach und weiß allmählich, wie er tickt,« sagte sie beiläufig und nahm einen Schluck von dem exquisiten Riesling, der plötzlich einen unangenehm säuerlichen Nachgeschmack hatte.

Nick kniff die Augen zu schmalen Schlitzen zusammen und nickte grinsend. »Ein cleverer Schachzug, Sweetie. Das klingt nach einem guten Plan.«

Sehr gut. Lisa atmete auf. Das gab ihr immerhin die Möglichkeit, Charis das Ganze schonend beizubringen. Obwohl sie noch keine Ahnung hatte, wie sie das anstellen sollte.

Am nächsten Morgen nahm sie als Erstes die Liste der Lieferanten aus der Schublade ihres Arbeitstischs und wählte die oberste Nummer.

»Bezahlt ist bezahlt. Was interessiert es mich, woher das Geld kommt«, raunzte der Inhaber der Kraftfahrzeugfirma ins Telefon.

Lisa ließ nicht locker. »Können Sie bitte trotzdem nachsehen? Auf dem Zahlungsbeleg steht doch bestimmt ein Hinweis zum Absender.«

Ein Schnauben war zu hören, gefolgt von der vorwurfsvoll gebrummten Information, dass anständige Leute zu dieser Tageszeit eigentlich noch beim Frühstück säßen oder mit ihren Anliegen aus Höflichkeit wenigstens so lange warteten, bis man in Ruhe den zweiten Kaffee getrunken hatte.

»Aber wenn's denn sein muss. Moment …« Es folgte Stille, dann das Klappern einer Computertastatur. »Zwischen Mitte und Ende Juni soll das gewesen sein? Ah ja, da haben wir's. Eine Zahlung von dreizehntausend und fünfhundert Euro.«

»Genau das ist sie«, rief Lisa und umklammerte das Mobiltelefon vor Anspannung noch fester.

Um ein Haar hätte sie das Gerät jedoch fallen lassen, und ihr blieb vor Fassungslosigkeit der Mund offen stehen, als der Mann sagte: »Bezahlt von Charíalos Zoidakis.«

KAPITEL 20

Eine Harpyie auf dem Fahrrad

Charis ist schon kurz nach Sonnenaufgang in den Olivenhain hinausgefahren«, erklärte Sofia, ohne mit dem Gurkenraffeln aufzuhören, und hob dabei lediglich die Augenbrauen. »Was ist denn passiert? Du machst ein Gesicht, als wolltest du wieder ein Gartenbeet umgraben.«

Lisa ballte, um Beherrschung bemüht, die Fäuste, bis die Knöchel weiß hervortraten. »Ich muss mit Charis über Roussolakos sprechen«, erklärte sie kurz angebunden. Über Roussolakos und darüber, dass er anscheinend alle noch offenen Teilrechnungen ohne ihr Wissen bezahlt hatte.

»Nun, wenn du ihn schon suchst, dann kannst du ihm auch gleich das Mittagessen bringen.« Mit einem Kopfnicken deutete Sofia auf den geflochtenen und mit einem Tuch bedeckten Korb auf dem Küchentisch.

»Nimm Kallis Fahrrad. Dann geht's schneller«, rief Sofia Lisa noch nach, als sie, mit dem Korb beladen, die Treppe zum Vorplatz hinunterstieg. Himmel, was war denn da alles drin? Das Ding wog ja Zentner.

Es war gar nicht so einfach, den Korb mithilfe der zwei Gummibänder so auf dem Gepäckträger des Fahrrads zu befestigen, dass er nicht schon nach einem Meter wieder herunterfiel, doch schließlich war es geschafft, und Lisa fuhr los.

Sie kannte den Weg: Einfach die Straße entlang, die nach Roussolakos führte, und dann auf den Feldweg nach links abbiegen.

Der Olivenhain erstreckte sich über die gesamte Ebene zwischen dem Gutshof und Roussolakos und sogar noch ein Stück weiter bis zum Fuß der Hügelkette.

Sofia hatte recht gehabt, mit dem Fahrrad konnte Lisa sogar querfeldein fahren, und wenn sie an der Längsseite des Hains entlangradelte, sah sie fast bis zur gegenüberliegenden Seite. Sie würde Charis schon von Weitem inmitten seiner verflixten Olivenbäume erkennen. Dieses Mal entkam er ihr nicht – und die olympischen Götter sollten ihm gnädig sein.

Lisa trat wütend in die Pedale.

Warum hatte er das getan? Wahrscheinlich waren seine Absichten sogar rechtschaffen gewesen, das bezweifelte sie nicht. Aber er hatte sich ohne ihr Wissen in ihren Verantwortungsbereich eingemischt und dabei ihre Selbstständigkeit infrage gestellt. Als wäre sie in seinen Augen nicht fähig, ihre Probleme zu lösen, und müsste von dem ehrenhaften Helden gerettet werden. Die typisch antike, südländische Rollenverteilung.

Schließlich entdeckte sie Charis unweit von der Mauer und dem Zaun entfernt, die den Hain von Roussolakos trennten. Dort bei dem Baum, dessen Stamm so knorrig und verdreht war wie ein misslungener Brotzopf.

Keuchend und mit quietschenden Bremsen hielt sie an, stieg ab und blieb reglos stehen. Den Blick auf den Kreter gerichtet.

Er trug seine üblichen Arbeitsjeans, dazu ein schwarzes Tanktop und ein Hemd, das er sich um die Hüfte geschlungen hatte. Noch hatte er Lisa nicht bemerkt. Er stieß die Hacke schwungvoll in den Boden, während er mit der anderen Hand Büschel um Büschel von Unkraut mitsamt den Wurzeln aus der Erde riss. Jede Bewegung ein fließender Ablauf des Muskelspiels seiner Schultern. Sogar als er sich aufrichtete und sich mit dem Arm den Schweiß von der Stirn wischte.

Nicht ablenken lassen. Komm zur Sache, Stadler.

Lisa straffte sich.

Ihr Blick fiel auf die Klingel am Fahrradlenker. Sie saß erneut auf, stieß sich mit einem Fuß ab und fuhr mit lautem, schrillem Klingeln los. Direkt auf Charis zu. Wie eine lebendig gewordene, wütende Harpyie.

So war zumindest der Plan. Wobei Harpyien Flügel besaßen, nicht auf einem Fahrrad über unebenen Boden fahren mussten und dabei sehr unelegant ins Taumeln gerieten.

Sie sah, wie Charis sich umdrehte und sich zu seiner vollen Größe aufrichtete, als er sie erkannte. Die Stirn verblüfft gerunzelt.

Mit quietschenden Bremsen kam Lisa direkt vor ihm zum Stehen. »Was bildest du dir eigentlich ein«, herrschte sie ihn an, noch bevor sie ganz abgestiegen war.

Dieser verflixte Ständer. Warum ließ der sich nicht herunterklappen?

»Der klemmt schon ewig. Besser, du lehnst das Fahrrad gegen den Baum da drüben«, sagte Charis amüsiert.

Sie warf ihm einen bitterbösen Blick zu – dieser Mistkerl mit seinem süffisanten Grinsen –, schob das Fahrrad zum nächsten Baum, löste den Korb vom Gepäckträger und warf ihn Charis so schwungvoll vor die Füße, wie es bei einem Gewicht von mindestens zehn Kilo möglich war. »Da«, sagte sie. »Deine Großmutter schickt dir Essen. Der Appetit wird dir aber gleich vergehen, glaub mir. Was denkst du eigentlich, wer du bist?«

Er blinzelte verständnislos, legte das Werkzeug zu Boden, zog die Arbeitshandschuhe aus und steckte sie in seinen Gürtel, bevor er die Arme vor der Brust verschränkte. »Ich hab keine Ahnung, wovon du redest.«

»Ach? Dann habe ich also bloß geträumt, dass du die Restzahlungen sämtlicher Dienstleister übernommen hast?« Sie stemmte die Fäuste in die Hüften und trat noch einen Schritt näher. So nah, dass sie den Schatten des Muttermals an seiner Kinnlinie entdeckte.

Bei der Sache bleiben. Bei der Sache bleiben. Bei der Sache bleiben …

Lisa gab sich innerlich einen Ruck und blickte ihm in die Augen. Zwei Furchen gruben sich zwischen seine Augenbrauen, und Charis presste kurz die Lippen zusammen, ehe er mit der Zunge schnalzte. »Du hättest es nicht so früh erfahren sollen.«

Wie bitte? Sie traute ihren Ohren nicht. »Tut mir furchtbar leid, dass ich deinen Plan durchkreuzt habe.« Ihre Stimme klang so unangenehm schrill, dass sich Lisa auf die Zunge biss und die Augen zusammenkniff, um nicht auch noch den Rest ihrer Beherrschung zu verlieren. »Warum hast du das gemacht? Hinter meinem Rücken und ohne dich um meine Meinung zu kümmern?«, fragte sie etwas ruhiger.

»Es sollte eine Wiedergutmachung für den ganzen Ärger in Roussolakos sein, und ich hätte es dir schon noch gesagt«, erklärte Charis.

Sie öffnete die Augen und sah ihn an.

Er ließ die Arme sinken, die Handflächen nach oben gerichtet. »Weil ich genau das hier vermeiden wollte. Gib's zu, du hättest das Geld doch nie angenommen?«

»Natürlich nicht«, erklärte Lisa sofort.

»Natürlich nicht. Ich weiß«, wiederholte Charis mit einem spöttischen Zucken im rechten Mundwinkel.

Fassungslos starrte Lisa den Kreter an. Er hatte sie durchschaut und schachmatt gesetzt. In zwei kurzen Zügen.

»Aber woher …? Ich meine, die Geschäfte laufen im Moment doch nicht besonders gut«, setzte sie erneut an. »Du kannst eine solche Summe doch gar nicht verantworten, wenn dafür deine Familie und der Gutshof …«

»Mein Onkel Aléxios hat mir den Betrag geliehen. Zerbrich dir darüber also nicht den Kopf«, unterbrach er sie, beugte sich hinunter zum Korb, nahm einen Apfel und biss herzhaft hinein.

Dieser unmögliche Kerl hatte einfach auf alles eine Antwort. Aber, Moment … »Woher wusstest du überhaupt, wer die Lieferanten sind und wie viel ich ihnen noch schulde?«

Er hielt einen Atemzug lang mit Kauen inne, wischte sich mit dem Handrücken einen Tropfen Saft vom Kinn und senkte dabei den Blick auf einen trockenen Erdklumpen zwischen seinen Füßen. »Auf die Gefahr hin, dass du jetzt noch wütender wirst …« Er zuckte die Schultern. »Ich habe die Liste der Gläubiger bereits in deinem Büro in Roussolakos gesehen. Also musste ich sie nur in deinem Zimmer finden und abfotografieren, während du mit Yiayià in der Küche warst.«

Um seinen Worten noch mehr Gewicht zu verleihen, wechselte Charis ins Deutsche und streckte die Arme in ihre Richtung aus, als wollte er sie vorsichtshalber auf Distanz halten. »Damit das klar ist: Nur weil ich deine Gläubiger ausbezahlt habe, soll das nicht heißen, dass du mir in irgendeiner Weise etwas schuldig bist.«

Doch Lisa hörte ihm bereits nicht mehr zu, sondern rief empört: »Du warst in meinem Zimmer?«

Er schluckte den Bissen Apfel hinunter und kniff die Augen zu zwei warnenden Schlitzen zusammen. »Wegen der Liste, das sagte ich doch bereits.«

»Das reicht.« Lisa drehte sich auf dem Absatz um. »Ich dumme Gans. Um ein Haar hätte ich mich von dir um den Finger wickeln lassen«, rief sie Charis über die Schulter zu, während sie zu dem Olivenbaum marschierte, wo das Fahrrad stand. »Ich werde Nick bitten, mir das Geld vorzuschießen. Dann zahle ich dir alles zurück, bis auf den letzten Cent.«

»Ich will das Geld nicht.«

»Außerdem ziehe ich heute noch in Nicks Villa um. Da ist Platz genug, und niemand schnüffelt in meiner Privatsphäre herum.«

»Ich habe nicht in deiner Privatsphäre herumgeschnüffelt, sondern nach der Liste gesucht, um dir zu helfen. Und du wirst nicht ausziehen«, antwortete Charis nachdrücklich.

»Du wolltest mich doch schon die ganze Zeit loswerden. Zudem hast du mir nichts zu verbieten.« Schwungvoll drehte sie das Fahrrad in die Richtung, aus der sie gekommen war, wandte sich jedoch noch einmal zu Charis um. »Und übrigens … ich nehme an, Sofia hat dir bereits gesagt, dass die Ausgrabungen in Roussolakos wieder aufgenommen werden.«

Er lachte zynisch und warf den angebissenen Apfel in Richtung der Mauer. »Ja, das weiß ich bereits. Und auch, dass dein Zyprer das Geld dafür aufbringt. Der Kerl scheint ja mächtig Kohle zu haben.« Er verzog das Gesicht zu einer angewiderten Miene.

Dein Zyprer.

Sie biss die Zähne zusammen.

Sachlich bleiben. Und sich auf gar keinen Fall anmerken lassen, wie sehr die Worte sie getroffen hatten.

»Nick macht dir ein neues Angebot für die Landparzelle hier«, fuhr sie fort. »Hunderttausend Euro.«

Einen Moment hielt Charis reglos inne, sah sie nur an. Dann beugte er sich zu dem Korb hinunter, nahm eine Wasserflasche heraus und trank in langen Zügen, bevor er sagte: »Hundertzwanzigtausend, und ihr bekommt Zutritt sowie den Nießbrauch für das Landstück. Rechtlich bleibt es jedoch mein Besitz.«

Lisa erstarrte. Was hatte er da gerade gesagt? »Ich glaube, ich habe nicht recht verstanden«, sagte sie vorsichtig und lehnte das Fahrrad erneut gegen den Baum.

»Komm mit.« Mit einem Wink bedeutete Charis ihr, ihm zu folgen.

Es waren nur ein paar Hundert Meter, bis Lisa zu ihrer Linken die Mauer mit dem Zaun und dahinter die Ruinen von Roussolakos sah. Ein gelbes Plastikband war an Holzpflöcken – von der Mauer ausgehend – quer über den Hain gespannt, ein riesiges Rechteck von ungefähr der Fläche eines Fußballfelds.

»Das ist rund ein Hektar. Wenn ich mich recht an deine Prospektion erinnere, sollte das in etwa reichen, oder?«

Und ob das reichte. Trotzdem brachte Lisa kein Wort heraus. Stattdessen starrte sie von der abgesteckten Fläche zu Charis und wieder zurück zum Zaun. Das musste ein Scherz sein, ganz bestimmt, und gleich würde er lauthals auflachen und sich über ihren verblüfften Gesichtsausdruck lustig machen.

»Ich habe zwei weitere Bedingungen, die ich im Vertrag vermerken werde«, erklärte er geschäftsmäßig und kniff die Augen gegen die Sonne zusammen. »Erstens: In diesem Bereich stehen drei der ältesten Olivenbäume im gesamten Hain. Diese sind von der Vereinbarung ausgeschlossen und dürfen weder verletzt noch in irgendeiner Weise beschädigt werden.«

Lisa nickte.

»Zweitens: Der Zyprer mag der Sponsor des Projekts sein, meine Ansprechperson bist jedoch du als Grabungsleiterin, und zwar nur du.«

»Ich bin nicht sicher, ob …«

»Ich will mit diesem Nikos nichts zu tun haben. Ich gebe ihm, was er will, und er bezahlt dafür. Ende des Geschäfts.« Charis winkte mit einer entschiedenen Geste ab.

»Also gut«, gab Lisa nach. Wahrscheinlich war es ohnehin besser, dass sich die beiden Männer nicht in die Quere kamen. Das hatte sich schon gestern bei Nicks Ankunft mehr als deutlich gezeigt. Es gab genug wissenschaftliche Studien, die die verhaltensbiologische Wirkung des von Testosteron gesteuerten Imponiergehabes zweier aufeinandertreffender Alphamännchen beschrieben. Etwas, das sie keinesfalls in der Realität überprüfen wollte.

»Es gibt noch eine dritte Bedingung, die jedoch nicht im Vertrag zu stehen braucht«, ergänzte Charis.

Noch ein Punkt? Lisa hielt vorsichtshalber den Atem an. Bei diesem Mann konnte man nie wissen, das hatte sie inzwischen gelernt.

»Wie ich vorhin schon gesagt habe: Du wirst nicht bei diesem Zyprer einziehen, sondern auf dem Gutshof bleiben.« Scheinbar gelassen sah er Lisa an.

Schon zum zweiten Mal an diesem Morgen war sie sprachlos. Was war denn heute nur los? Lag das vielleicht an irgendwelchen versteckten Magnetfeldern oder kosmischen Interferenzen oder lediglich an ihrem jämmerlichen Karma?

Und warum konnte er sie nicht einfach wütend sein lassen, statt sie mit seinem Cognactrüffel-Blick zu martern, bis die Gedanken in ihrem Kopf umherschwirrten und es in ihrer Brust zu ziehen anfing?

»Ich verstehe dich nicht. Wirklich nicht«, sagte Lisa und versuchte, ihre Verwirrung zu überwinden. »Warum tust du das alles?«

Ohne Vorwarnung fasste Charis sie an der Taille und zog sie an sich. »Deshalb.« Und küsste sie.

KAPITEL 21

Eine Million von Kleinigkeiten

Ihre Lippen waren warm, schmeckten nach Orangensaft und Honig, und Charis hörte Lisas leises Aufkeuchen, als er sie losließ.

Sie öffnete die Augen und sah ihn fragend an.

Kein Wunder, es war schon das zweite Mal, dass er sie derart überrumpelte. Eigentlich hätte sie ihm wenigstens eine Ohrfeige, wenn nicht sogar einen ordentlichen Tritt gegen das Schienbein verpassen sollen.

»Ich …«, flüsterte sie, strich sich eine nicht vorhandene Haarsträhne aus der Stirn und verstummte.

»Ebenso.« Charis versuchte ein Lächeln, das jedoch vermutlich eher einer missratenen Grimasse glich, und griff sich an den Nacken.

Was war mit einem Mal in ihn gefahren?

Nachdem der wahre Grund für das Erscheinen des Zyprers klar gewesen war, hatte Charis mit einem erneuten Angebot gerechnet, und sein Entschluss, Lisa und ihrem Team den Nießbrauch für die Parzelle zu überlassen, mochte überraschend kommen, war ihm jedoch alles andere als leichtgefallen. Im Gegenteil, er hatte die ganze letzte Nacht darüber gegrübelt. Allerdings war diese Entscheidung nicht völlig uneigennützig: Das Geld verschaffte der Familie ein finanzielles Polster, das ihnen gerade jetzt mehr als gelegen kam, trotzdem lag das Besitzrecht über das Land noch immer bei ihm. Seinem Erbe war somit Genüge getan.

Doch der Kuss …

»Es – es ist wohl besser, ich mache mich auf den Weg. Morgen kommt das neue Team an, und es gibt noch einiges vorzubereiten«, sagte Lisa, während ihre Hände ziellos von den Knöpfen ihrer Bluse zum Saum, dann wieder nach oben zum Kragen und der Spange in ihrem Haar wanderten, bis sie sie schließlich in die Taschen der Shorts steckte.

Charis schluckte. »Ja.«

Sie wandte sich zum Gehen.

»Den Vertrag werde ich gleich morgen von meinem Anwalt beglaubigen lassen. Bis Ende der Woche hast du ihn. Mit den Punkten wie besprochen«, rief Charis ihr eilig nach.

Lisa hielt inne, drehte sich um und hob die Hand. »Gut.« Ein scheues Lächeln huschte über ihr Gesicht, bevor sie weiterging.

»Gut.« Charis nickte.

Erst nachdem er sie aufs Fahrrad steigen und fortfahren sah, ging er zurück zu dem Olivenbaum, wo noch immer seine Arbeitsgeräte und der Frühstückskorb lagen. Den Korb stellte er auf die Ladefläche des Dreiradtraktors, damit die Ameisen nicht über das Essen herfielen. Er selbst hatte noch keinen Hunger.

Den ganzen Tag verbrachte er in dem Hain. Die Arbeit tat gut. Er ordnete seine Gedanken und ließ noch einmal Revue passieren, was geschehen war.

Lisa. Er könnte auf Anhieb mindestens drei Dutzend Situationen aufzählen, wie sie ihn seit ihrer Ankunft auf dem

Gutshof mit ihren Eigenheiten zur Weißglut getrieben hatte: Sie war störrisch, eigenbrötlerisch, vorlaut und so tollpatschig, dass es einem manchmal schon allein beim Zuschauen angst und bange wurde.

Dagegen standen ungefähr eine Million von Kleinigkeiten, die ihn an ihr faszinierten, angefangen von ihrer Beharrlichkeit bis hin zu dem charmanten Erröten ihrer Wangen, wenn sie wütend war. So wie heute Morgen.

Unglaublich, was für völlig ungewohnte Saiten diese Frau in ihm zum Klingen brachte.

Mit aller Kraft zerrte Charis an einem Unkrautbüschel.

Sie hatte ihn sogar so weit beeinflusst, dass er über den eigenen Schatten sprang und ihr einen Teil des Olivenhains überließ. Ja, denn wie er es auch drehte und wendete, Lisa war der eigentliche Grund für seine Entscheidung. Sie und sein Stolz, der es ihm verbot, das Feld widerstandslos diesem zypriotischen Fatzke zu überlassen. Der Wettkampf zwischen Kreta und Zypern möge beginnen.

Am frühen Nachmittag setzte er sich auf die Lade des Traktors und aß eine Spanakopita, eine von Yiayiàs Spezialitäten, die aus würzigem Fetakäse und mit Blattspinat gefülltem Filoteig bestand, dazu ein paar Aprikosen und Kirschen aus dem eigenen Garten.

Nachdenklich ließ er die Beine baumeln. Ohne dass er etwas dagegen hätte tun können, drifteten seine Gedanken zurück zu dem Kuss am Morgen.

Das erste Mal bei ihrem Ausflug nach Spinalonga war eine völlig andere Situation und Atmosphäre gewesen, viel unbeschwerter und für sie beide eine kaum ernst zu nehmende Angelegenheit. Was hatte Lisa gesagt? Nur ein kleiner Ausrutscher.

Heute hingegen hatte es sich intensiver angefühlt. Ernster. Und das nicht nur wegen des Streits und seines Zugeständnisses des Zutrittsrechts. Etwas hatte sich zwischen ihnen verändert, und sie beide waren sich dessen im selben Moment bewusst geworden. Dass sie, zwei erwachsene, mitten im Leben stehende Menschen, sich mit einem Mal verhielten wie unbeholfene Teenager, war mehr Beweis als nötig.

»Scheiße.« In hohem Bogen spuckte Charis einen Kirschkern aus.

Er hätte es, verflucht noch eins, besser wissen, sich beherrschen und es gar nicht erst so weit kommen lassen sollen.

Denn es war eine Sache, sich mit der jermanida zum Spaß zu streiten. Es war jedoch eine ganz andere Angelegenheit, sich auch noch in sie zu verlieben.

Die Nachtgrillen zirpten schon, als Charis schließlich nach Hause kam. Sobald er aus der Dusche trat, hörte er das übliche Geplapper und Gelächter der Familie von der Terrasse her.

Ob Lisa auch dabei war? Was, wenn sie ihre Drohung doch wahrgemacht hatte und zu dem Zyprer gezogen war?

Kaum hatte er den Gedanken zu Ende gedacht, biss er sich auf die Zunge und warf das Duschtuch aufs Bett.

Das würde sie mit Sicherheit nicht tun. Außerdem hätte Yiayià ihn in diesem Fall bestimmt umgehend angerufen.

Rasch schlüpfte er in saubere Kleider, fuhr sich mit den Fingern durch das feuchte Haar.

Aber was, wenn doch? Verdammt, er hasste es, eifersüchtig zu sein.

Laute Zurufe empfingen ihn, sobald er die Terrasse betrat. Ein Blick genügte, um Lisa zu entdecken. Sie stand am anderen Ende des Küchentischs, wo sie zusammen mit Kalli die Tomaten für den Salat in Würfel schnitt.

Sehr gut. Eins zu null für Kreta.

Er gab Yiayià und Tante Dimitra sowie seiner Cousine Apollonia einen Kuss auf die Wange, Onkel Iordánis klopfte ihm auf die Schulter, Großtante Filíppa wischte sich wie immer vor Freude eine Träne aus den Augen – sie war schon seit jeher viel zu sanftmütig gewesen –, Cousin Costas stand vor dem Holzkohlengrill und bewachte die Lammkoteletts, während Großonkel Stelios auf seinem Stuhl eingenickt war und nicht bemerkte, dass ihm der kleine, am Boden sitzende Manolis den Kinderfruchtjoghurt mit viel Hingabe auf den Fuß schmierte.

»Da ist er ja, mein Lieblingsbruder«, rief Kalli ihm mit ihrem üblichen Sonnenscheinlächeln zu.

Lisa hingegen sah nur kurz auf und senkte den Blick sogleich wieder auf die Salatschüssel.

Wie immer legte Charis seiner Schwester den Arm um die Schultern und küsste sie auf die Stirn.

Er hatte sich nicht mal zu Lisa umgedreht, als diese das Messer auf den Tisch fallen ließ, »Ich hole noch die Zwiebeln und die Petersilie«, haspelte und ohne ein weiteres Wort auf die gegenüberliegende Seite der Küche flüchtete, wo die Vorratskammer lag. Sie mied ihn auch weiterhin, bis die Familie am Tisch saß, und wählte dann einen Sitzplatz am anderen Ende.

Wenigstens ein Blick. Ja, wenn sie ihm wenigstens einen einzigen winzigen Blick zuwerfen würde. Nicht zu fassen, stattdessen ignorierte sie ihn, als wäre er Luft.

Charis legte das Besteck auf den noch halb vollen Teller. Die Lammkoteletts schmeckten auf einmal zäh.

Gerade wollte er noch etwas Wasser zu dem Wein in seinem Glas einschenken, als ein überschwängliches »Yaaaaa sas« von der Außentreppe her ertönte.

Nanu? Alíki tauchte doch nur selten zu den Abendessen mit der Familie auf.

Aber Charis kam nicht einmal mehr dazu, den Wasserkrug abzustellen, als Alíki sich auf seinen Schoß setzte, ihm die Arme um den Hals schlang und zirpte: »Du hast mir gefehlt, agapi mou.«

Agapi mou? Mein Schatz? Was, zum …?

»Oppah«, riefen Cousin Costa und Onkel Iordánis im Chor und prosteten ihm breit grinsend zu. Klein Manolis gurgelte in seinem Hochsitz, klatschte mit den Händen, die anderen scherzten, redeten durcheinander und lachten, und keiner schien sich auch nur im Geringsten darüber zu wundern, dass Alíki mit seinen Haaren spielte.

Niemand, außer Lisa, deren Miene auf einmal so bleich war, als wäre sie in Marmor gemeißelt.

»Lass das. Was soll das?«, knurrte Charis Alíki leise an und zog an ihren Händen, in dem vergeblichen Versuch, sich aus der Umarmung zu befreien. Himmel, die Frau war schlimmer als ein Krake.

»Aber was hast du denn auf einmal?« Alíki schob schmollend die Unterlippe vor, nahm seinen Arm und schlang ihn sich noch enger um die Taille, um dann wie selbstverständlich mit dem Finger Charis' Kinn entlangzustreichen. »Wenn wir zusammen im Büro sind, darf ich dir doch auch die Stirn massieren.«

Das war ein einziges Mal gewesen, als sein Schädel vor Kopfschmerzen zu zerplatzen drohte.

Das Krächzen, wenn ein Holzstuhl mit einem kräftigen

Ruck auf Terrakottafliesen verschoben wurde, übertönte sogar die Stimmen am Tisch. Charis brauchte gar nicht erst hinzusehen, um zu wissen, dass es Lisa war, die aufstand.

»Entschuldigt bitte, aber ich muss morgen früh raus«, sagte sie, nahm Besteck und Teller, um sie im Vorbeigehen ins Spülbecken zu legen, und ging ohne ein weiteres Wort ins Haus.

Wie auf Befehl erhob sich Alíki von seinem Schoß.

Charis traute seinen Augen nicht, als sie sich, als wäre nichts gewesen, fröhlich plaudernd zwischen Kalli und Yiayià setzte.

Waren denn auf einmal alle hier verrückt geworden?

KAPITEL 22

Störzonen

Wie heißt es so schön: Aller guten Dinge sind zwei«, sagte Línos Mouskouri am nächsten Morgen gut gelaunt, während er das Tor zu Roussolakos öffnete und zur Seite trat.

Nick lachte und ging an dem Kreter vorbei. »Richtig. Wer es beim zweiten Versuch nicht schafft, hat den dritten gar nicht erst verdient.«

Lisa folgte den Männern mit ein paar Schritten Abstand. Sie wollte den Moment genießen. Es fühlte sich an, wie nach Hause zu kommen.

Sie schaute sich um. Es sah alles noch genauso aus, wie sie es im Juni verlassen hatte. Inzwischen waren die Container auch wieder gebracht worden, ebenso die Feldküche und die Sanitäranlagen. Einzig die Caravans vor dem Eingang fehlten, denn das gesamte Grabungsteam war in den Hotels in der Umgebung untergebracht. Das allein würde ein halbes Vermögen kosten, aber da sich Lisa nicht mehr um das Finanzielle kümmern musste, war ihr diese Lösung sehr recht.

Nick hatte ganze Arbeit geleistet und sogar daran gedacht, die Messgeräte am Zoll anzumelden. Das neue Team war zwar etwas kleiner und bestand neben ihr nur noch aus einem Grabungstechniker, einem Geophysiker, drei weiteren Archäologen, zwei Studenten und fünf Grabungshelfern, doch auch damit ließe sich einiges erreichen. Sie wussten schließlich, wo sie suchen mussten.

Lisa hatte die Männer inzwischen eingeholt und sie in den südlichen Sektor der Anlage geführt. Es war ein eigenartiges Gefühl, wieder auf dieser Seite des Zauns zu stehen. Vor ihnen lag der Olivenhain und die mit einem gelben Plastikband abgemessene Parzelle.

»Ich kann es noch immer kaum glauben«, sagte Línos und schüttelte den Kopf. »Wir haben jahrelang vergebens versucht, Charíalos Zoidakis zu überreden, und Sie schaffen es in ein paar Wochen.«

»Tja, Lisa Stadlers Charme ist nun einmal eine Waffe der ganz besonderen Art. Dagegen hat kein kretischer Olivenbauer eine Chance«, witzelte Nick und zwinkerte ihr zu.

Lisa wandte den Kopf ab, damit die Männer nicht bemerkten, dass sie errötete. »Ich habe nichts weiter getan, als ihm ein faires Angebot zu machen.« Und das hatte rein gar nichts mit Charme zu tun oder mit der Tatsache, dass ihr Puls jedes Mal in die Höhe schnellte, sobald die Rede auf Charis kam. Es sollte schließlich niemand erkennen, wie verwirrt Lisa war. Wie übertölpelt und verletzt sie sich insgeheim fühlte, obwohl das, sobald sie ihrem nüchternen Gelehrtenverstand die Oberhand ließ, eine irrationale Reaktion war.

Ja, er hatte sie zweimal geküsst. Und ja, es hatte ihr gefallen. Und noch einmal ja, sie hatte sich zu ihm hingezogen gefühlt. Punkt. Weder Charis noch sie selbst waren irgendwelche Verpflichtungen eingegangen, was jedes weitere Nachdenken darüber hinfällig machte.

Das erklärte jedoch nicht, warum es sie so sehr getroffen hatte, Alíki auf Charis' Schoß zu sehen. Seither bekam sie das Bild nicht mehr aus dem Kopf, es war zum Verzweifeln.

Immerhin brachten die nächsten zwei Tage so viel Arbeit mit sich, dass sie nicht dazukam, darüber nachzudenken, geschweige denn, beizeiten zurück zum Gutshof zu gelangen und Charis oder Alíki – oder womöglich sogar beiden – zu begegnen: Das Grabungsprojekt musste erneut eröffnet, die neuen Teammitglieder empfangen, instruiert sowie in Arbeitsgruppen eingeteilt und das weitere Vorgehen bis ins kleinste Detail geplant werden.

Darum war es auch einfach gewesen, die sieben Textnachrichten ungelesen wegzuklicken, die Charis ihr aufs Mobiltelefon geschickt hatte.

Während das Team sich mit den alten Fundzonen von Roussolakos vertraut machte, richtete Lisa wieder ihr Containerbüro ein. Dieses Mal mit einem zusätzlichen Arbeitsplatz für Nick, der die Ausgrabungsarbeiten beobachten wollte. »Ich vertraue dir natürlich, Honey, aber hier geht es nicht nur um ein paar Tonscherben, und zwei Augenpaare sehen mehr als eines«, sagte er mit seinem typischen Indiana-Jones-Lächeln und kniff sie in die Wange.

Die Übergabe der Landparzelle ging so schnell und reibungslos über die Bühne, dass sich Lisa im Nachhinein fragte, ob sie sich die vorherigen Probleme vielleicht nur eingebildet hatte: Der von Charis bereits unterschriebene Vertrag wurde am Donnerstagmorgen direkt von seinem Anwalt, einem kleinen Mann mit Krawatte und im Nadelstreifenanzug – wie überlebte er das nur bei dieser Hitze? –, in Roussolakos vorbeigebracht.

Sogleich stellte Nick einen Scheck über hundertzwanzigtausend Euro aus und drückte ihn dem Anwalt in die Hand. Bereits am nächsten Tag fand die offizielle Übergabe der Landparzelle statt, während der Charis, im Beisein von

Sofía, Kalli und Alíki, eigenhändig den Maschendrahtzaun aufschnitt.

Lisa fuhr ein kurzer, schmerzhafter Stich durch die Brust. Warum musste Alíki ausgerechnet heute dabei sein?

Doch sie schob den Gedanken sogleich wieder beiseite und konzentrierte sich auf das, was vor ihr lag. Es war tatsächlich so weit. Lisa spürte ein erwartungsvolles Prickeln auf der Haut, als sie die Grenze zwischen Roussolakos und dem Olivenhain zum ersten Mal überschritt und auf die Frauen zuging. Gute Miene zum schmerzhaften Spiel. Das Mindeste, was sie tun konnte, nachdem sie sich dieser Tage kaum noch auf Hof gezeigt hatte – Sofía und Kalli hatten schließlich keine Schuld an ihrem Gefühlsschlammassel.

Sofía strahlte aus jedem einzelnen Fältchen, zog Lisa an sich und drückte ihr einen Kuss auf die Wange. »Das ist ein großer Moment.« Mit verschwörerischer Miene fügte sie flüsternd hinzu: »Meinem sturen Charis würde das zwar nicht passen, wenn er es hörte, aber ich bin stolz auf dich, Lisoula.«

Stolz auf sie? Lisa war perplex. Ohne dass sie etwas dagegen tun konnte, wurde ihr warm ums Herz. Sie erinnerte sich nicht daran, dass ihre eigene Mutter je so etwas zu ihr gesagt hatte.

Alíki breitete strahlend lächelnd die Arme aus und drückte Lisa an sich. »Hier versteckst du dich also schon seit Tagen.« Doch dann fiel ihr Blick auf Lisas Hände. Sie riss in theatralischem Entsetzen die Augen auf und wich zurück. »Nun schau dir das an«, tadelte sie Lisa. »All meine Bemühungen in wenigen Tagen zunichtegemacht. Und das nur wegen ein paar alter Steine?« Um ihrer Empörung noch mehr Ausdruck zu verleihen, deutete sie mit ausgestreckten Armen auf die Ruinen von Roussolakos.

Rasch versteckte Lisa die Hände hinter ihrem Rücken, während sie nach einer Antwort suchte.

Aber zum Glück kam Kalli ihr zuvor. »Hier unten soll ein Palast liegen?« Mit gerunzelter Stirn blickte die junge Kreterin zu Boden und stieß mit der Fußspitze gegen ein Stück Bodenkrume. »Da ist doch nur Dreck.«

»Der Palast – sofern es tatsächlich einer ist, denn im Moment ist das nur eine Vermutung – liegt etwa zwei bis drei Meter unter der Bodenoberfläche«, erklärte Lisa.

Kalli schaute sie mit großen Augen an. »Zwei Meter? Aber woher willst du denn wissen, dass da überhaupt etwas ist?«

»Kommt mit, ich zeige es euch.« Sie führte die Frauen über das Feld zu einem mit Kabeln und Sonden versehenen Gestell auf drei Rädern, das Max, ihr Geophysiker-Kollege, soeben für den ersten Einsatz bereitmachte. Andere Teammitglieder hatten schon damit angefangen, die gesamte Parzelle mit am Boden fixierten farbigen Messbändern in Planquadrate und diese wiederum in fünfzig Zentimeter breite Streifensektionen aufzuteilen. Dieselbe Aufteilung, die in reduziertem Maßstab von Karin, der spezialisierten Kartografin des Teams, bereits auf Papier dokumentiert worden war.

»Wir versuchen zuerst, uns ein klares Bild des gesamten Bereichs zu machen. Die letzten Bodenuntersuchungen, die von diesem Landstück gemacht wurden, sind ein Jahrzehnt alt, inzwischen haben sich unsere technischen Geräte zum Glück um einiges verbessert. Mithilfe dieser Sensoren zum Beispiel« – sie zeigte auf einen der vier langen, senkrecht am Gestell montierten Stäbe – »werden die Magnetfelder gemessen. Jeder Gebäuderest, jeder Mauerstein oder jeder Felsen weist eine unterschiedliche Dichte auf, die das Gerät erkennt und dann auf einer Computerprospektion aufzeigt.«

Dann deutete sie auf das Bodenradar. »Dieses Ding hier, das aussieht wie eine Art Rasenmäher, gibt uns die Möglichkeit, die geophysischen Eigenschaften eines beliebigen Landstücks zu untersuchen und Störzonen unter dem Mutterboden zu erkennen, ohne dass wir überhaupt graben müssen.« Mit der Sohle ihrer Arbeitsschuhe streifte sie über den trockenen Feldboden.

Als Lisa den Blick hob, sah sie die fragenden Mienen der Frauen, und im selben Moment kam ihr eine spontane Eingebung: »Möchtet ihr vielleicht zusehen?« Es konnte nicht schaden, die Familie in die Untersuchungen miteinzubeziehen. Das machte die Angelegenheit für sie womöglich etwas weniger suspekt.

»Dürfen wir das denn?«, fragte Kalli, und ihre Augen begannen vor Erwartung zu leuchten.

»Natürlich.« Mit einem Wink bedeutete Lisa ihnen, ihr zu folgen, und ging zu dem kleinen Unterstand direkt bei der Mauer, dessen Planendach gegen die Sonne schützte.

»Setzt euch hierhin. Dort auf dem Bildschirm könnt ihr genau mitverfolgen, was die Geräte unter dem Boden entdecken. Gleich sind wir so weit.« Sie stellte drei Klappstühle in der Nähe des Tischchens auf, bemerkte jedoch, dass Alíki sich entfernt und stattdessen bei Charis untergehakt hatte. Dieser stand, die Arme vor der Brust verschränkt, etwas abseits und beobachtete die Aktivitäten der Archäologen mit unverhohlen skeptischer Miene.

Sofort wandte Lisa den Blick ab. Doch sie schluckte mühsam, als sie Kalli in verschwörerischem Ton sagen hörte: »Guck mal dort drüben, Yiayià. Ich wette, da bahnt sich wieder etwas an zwischen den beiden.«

Wieder? Hieß das womöglich, dass zwischen ihnen schon einmal etwas gewesen war?

Sie stieß mit der Hand gegen ein Kabel und riss damit um ein Haar den Bildschirm zu Boden.

Konzentrier dich, Stadler, Herrgott noch eins.

Ihre Arbeit. Roussolakos. Der Palast. Richtig, darauf hatte sie schließlich all die Wochen gewartet.

Schon bald waren sämtliche Sensoren mit den Kabeln verbunden, alle Verbindungen getestet, und Max stand bereit.

»Fangen wir an«, rief Lisa und streckte den Daumen in die Höhe.

Den Bodenradar vor sich herschiebend, ging Max zügig los und schritt die ganze Länge der ersten Streifensektion ab. Meter um Meter, während die ersten Messresultate auf dem Bildschirm erschienen. Ohne die Daten, wie bisher üblich, mühsam zur Auswertung herunterladen zu müssen. Nick hatte sich nur mit dem Allerbesten an neuen Untersuchungsgeräten zufriedengegeben.

»Sieht man schon etwas?«, rief Kalli und rutschte bis zur Stuhlkante vor, den Blick starr auf den Bildschirm gerichtet, wo ein blauer Streifen mit unzähligen grünen, roten und gelben Flecken erschien. Sofia beugte sich mit zusammengekniffenen Augen vor und zog schließlich eine Brille aus der Tasche, um besser sehen zu können.

Lisa lächelte. Einen solchen Enthusiasmus hätte sie nie erwartet.

Sie selbst stand, mit Kopfhörern und Funkverbindung ausgestattet, ein paar Schritte von dem Bildschirm entfernt, damit sie gleichzeitig auch ihren Kollegen mit dem Bodenradar im Blickfeld hatte und ihm nötigenfalls Anweisungen geben konnte.

»Na? Wie sieht es denn aus? Haben wir schon Daten?« Mit federnden Schritten trat Nick neben Lisa, stützte sich mit dem

Ellbogen auf ihrer Schulter ab, während Kalli und Sofia – ja, sogar Sofia! – hörbar nach Luft schnappten. Die typische Reaktion der meisten Frauen auf Nick, was Lisa noch nie hatte nachvollziehen können. Zugegeben, der Zyprer sah gut aus, und in den abgewetzten Arbeitshosen und dem fleckigen weiten T-Shirt umgab ihn eine verwegene Aura, die wohl seine Attraktivität ausmachte. Wahrscheinlich kannte Lisa Nick einfach schon zu lang, um in ihm mehr als einen Freund und Kollegen zu sehen.

»Gleich haben wir die Stelle erreicht, wo gemäß der alten Prospektion die Störzone liegen soll«, sagte sie, weiterhin gebannt auf den Bildschirm blickend. Instinktiv hielt sie dabei den Atem an und nagte an der Innenseite der Unterlippe.

Aus dem Augenwinkel sah sie, wie Alíki sich auf den Klappstuhl neben Kalli setzte und sich mit der Hand Luft zufächelte. »Diese Hitze. Und dabei ist noch nicht einmal Mittag.«

Im selben Moment fühlte Lisa Charis' Nähe.

»Hast du meine Nachrichten nicht erhalten, oder gibst du mir absichtlich keine Antwort?« Sie hörte ihn direkt neben sich flüstern und unterdrückte gerade noch rechtzeitig ein Aufkeuchen, als ihr ein Schauer über den Rücken rieselte.

Mist, um ein Haar hätte sie sich verraten.

Wie beiläufig legte sie die Hand über das Mikrofon des Kopfhörers. »Ich hatte keine Zeit«, erwiderte sie dann ebenso leise, ohne sich zu ihm umzudrehen.

Nein, auf gar keinen Fall umdrehen. Denn dann hätte sie seine Augen gesehen, und all ihre Bemühungen der vergangenen Tage, Distanz zu gewinnen, wären mit einem Schlag dahin.

Er schnalzte mit der Zunge. »Keine Zeit? Hast du überhaupt eine der Nachrichten gelesen?«, fragte er vorwurfsvoll.

Und jetzt? Eine Ausrede. Schnell.

»Pass auf die Baumwurzel auf, Max. Halt dich etwas mehr links«, rief Lisa ins Mikrofon.

Aufgeregt hob Kalli die Hand und zeigte mit dem Finger auf die hellgelbe Linie mit dem Schatten, die auf dem Bildschirm zu erkennen war. »Und das da? Ist das der Palast?«

»Sei nicht so neugierig, koukla.« Mit sanftem Tadel hielt Sofia die Hand ihrer Enkelin fest.

»Das muss die Störzone sein.« Lisa trat näher, stützte sich mit den Händen auf dem Tischchen ab, hielt den Blick auf den Bildschirm gerichtet.

»Sieh dir das an.« Mit einem zufriedenen Grinsen beugte sich Nick vor. »Da unten liegt tatsächlich etwas. Etwas Großes.«

Dann wandte er sich mit einem triumphierenden Lächeln in Charis' Richtung. »Ich schätze, es sind Gratulationen angebracht.« Die Art und Weise, wie er die Worte betonte, ließ jedoch offen, wem diese Gratulationen gelten sollten: Charis, als Besitzer des Grundstücks, oder ihm selbst, weil er das Projekt durch seine Finanzierung doch noch ermöglicht hatte.

Charis sagte kein Wort, doch der Blick, den er Nick zuwarf, brauchte auch keine weitere Erklärung. Da waren sie wieder, die zwei Mauern aus geballtem Testosteron, und Lisa stand dazwischen.

Sie räusperte sich und hob die Hände in einer beschwichtigenden Geste. »Nun, vielleicht ist es noch etwas verfrüht für irgendwelche Glückwünsche«, sagte sie, zugleich auch die eigene Aufregung zügelnd. »Da liegt etwas, ja. Aber es könnte genauso gut auch ein altes Wasserreservoir sein oder eine dickere Sedimentschicht. Die absolute Gewissheit haben wir erst, sobald die Messdaten ausgewertet sind.« Damit zwängte sie sich an den beiden Männern vorbei, setzte sich den Strohhut auf und marschierte quer über die Streifensektionen zu Max.

»Geh in den Schatten, ich mach den Rest.« Und danach dasselbe noch einmal, jedoch mit dem weit unhandlicheren Magnetometer. Insgesamt zwei Stunden lang marschierte Lisa unter der brütenden Mittagssonne auf dem Feld hin und her.

Alles war besser, als zwischen den beiden Männern zu stehen. Charis' Fragen waren gefährlich, und sein Verhalten irritierte Lisa zusehends mehr.

Danach brauchte Max noch eine gute weitere Stunde, um sämtliche Daten in ein speziell für diesen Zweck entwickeltes Programm zu übertragen, das die Werte in einem dreidimensionalen Schnitt darstellte. Eine lange Zeit, wenn man sich – so wie Lisa – in einem stickigen Containerbüro verbarrikadierte, um Charis auch weiterhin aus dem Weg gehen zu können.

Es war am späteren Nachmittag, als sie sich schließlich alle vor dem Bildschirm von Max' Computer im Laborcontainer versammelten.

»Dann wollen wir die Sache doch einmal genauer betrachten«, witzelte der Geophysiker, warf sich das dünne Nackenhaarzöpfchen über die Schulter zurück, rieb die Hände und dehnte die Finger wie ein Pianist vor einem Konzert.

Mit dem Zeigefinger drückte er auf die Enter-Taste. Auf dem Bildschirm erschien der Querschnitt eines Planquadrats.

Kalli neigte den Kopf von einer Seite auf die andere, ihre Stirn runzelte sich dabei immer mehr. Bis sie enttäuscht auf Deutsch sagte: »Ich kann nichts außer ein paar roter und gelber Schlieren erkennen.«

»Wart's ab«, erklärte Lisa. »Das hier ist nur die Oberfläche. In der Darstellung wird nun grafisch Schicht um Schicht abgetragen.«

Und mit jeder neuen Schicht veränderte sich das Bild der Computeranimation. Aus den wirren mehrfarbigen Schlieren wurden Punkte. Die Punkte wurden zu vielen horizontalen und senkrechten Linien, die sich in symmetrischen, rechten Winkeln trafen und Rechtecke und Quadrate formten. Große und kleinere. Zu symmetrisch, um durch einen Zufall entstanden zu sein.

Lisa schluckte und presste die Lippen aufeinander. Ihr Atem ging schneller.

Da. Im nächsten Schnitt bekamen die Linien Schatten. Grundmauern – die einen etwas höher, die anderen niedriger. Und die Reihe singulärer, zylinderförmiger Gebilde mussten Säulen sein.

Die Computeranimation kam zum Stehen. Auf dem Bildschirm war der dreidimensionale Teilgrundriss eines komplexen, mehrflügeligen Gebäudes mit Dutzenden von Räumen, mehreren Treppen und mindestens einem Säulengang zu sehen, und der Teil der freien Fläche weiter südlich musste mit ziemlicher Sicherheit ein Ausschnitt des zentralen Platzes gewesen sein.

»Alter Schwede«, murmelte Max.

Allerdings. Vor allem, wenn man bedachte, dass es sich hier lediglich um die Untersuchung eines einzelnen Planquadrats handelte.

»Und das alles liegt seit Jahrhunderten unter unserem Olivenhain begraben?«, fragte Sofia fassungslos.

»Seit ungefähr viertausend Jahren, um genau zu sein.« Lisa blinzelte mehrmals. Nur um ganz sicherzugehen, dass sie während der Bodenmessung heute nicht doch einen Hitzschlag abbekommen hatte und womöglich halluzinierte.

Aber die Darstellung auf dem Bildschirm veränderte sich nicht. »Amaltheias Ziegenhorn mit Zuckerwatte.«

Die Erkenntnis traf sie mit voller Wucht. Lisa taumelte, es rauschte in ihren Ohren, und sie fühlte ihre Wangen glühen.

Sie hatten ihn gefunden. Mit fast neunzigprozentiger Sicherheit. Was sollte dieser Prachtbau denn sonst sein, wenn nicht der seit Jahrzehnten gesuchte minoische Palast von Roussolakos?

Sie würde sofort nach Trier schreiben. Und an Professor Birkmeier. Und ihrem Vater. Jawohl, vor allem ihm. Sie würde ihm damit zeigen, dass sie sehr wohl in der Lage war, etwas zu erreichen. Auch ohne ihn.

Ihr schwindelte. Es fühlte sich herrlich an.

Lachend wandte sie sich um. Und erstarrte sogleich, als sie bemerkte, dass Charis neben ihr stand und sie sich anscheinend schon die ganze Zeit über mit ihrer linken Hand an seinem Arm festgeklammert hatte.

Als hätte sie sich verbrannt, zog sie die Hand weg. Ihre verkrampften Finger schmerzten und hinterließen weiße Abdrücke auf Charis' Haut. Sie wagte nicht, ihm ins Gesicht zu sehen. Warum hatte er kein Wort gesagt?

Doch sie kam nicht dazu, weiter darüber nachzudenken.

»Wir haben ihn gefunden«, rief Nick lachend, zog Lisa in die Arme, hob sie hoch und wirbelte sie im Kreis herum. »Wir haben den verdammten Palast gefunden, Sweetie. Du hattest recht.«

Und von diesem Moment an sah Lisa nur noch die freudigen Gesichter ihrer Teammitglieder, hörte den Applaus und die Bravorufe, mit denen sie sich gegenseitig beglückwünschten. Wofür eigentlich? Das neue Team hatte im Grunde noch gar nichts getan.

Sofia tupfte sich lächelnd ein paar Tränen der Rührung aus den Augenwinkeln. Auch Kalli schien von der ganzen Vermessungsarbeit sowie dem Ergebnis schwer beeindruckt. Jedenfalls schüttelte sie nur noch den Kopf, murmelte ständig »Wow, das war der Hammer« vor sich hin, während Charis' Miene erstaunlich gelassen wirkte – ja, sogar beinahe zufrieden.

An diesem Tag wurde nicht mehr gearbeitet. Stattdessen setzten sie sich alle einträchtig in den Schatten der Olivenbäume, lachten, redeten und genossen den Wind, der gegen Abend endlich Kühlung brachte.

Lisa erinnerte sich vage daran, dass irgendjemand ihr irgendwann einen Flachmann in die Hand gedrückt hatte. Tsikoudia – der aus Pressrückständen der Weintrauben destillierte kretische Schnaps. Doch der war ihr zu stark, und sie trank nur ein kleines Schlückchen, bevor sie den Flachmann weiterreichte.

Plötzlich stand Alíki neben ihr. Ausgerechnet sie. Sofort hatte Lisa wieder das Bild von Charis mit ihr auf dem Schoß vor Augen.

Dabei hatte Lisa Alíki während der vergangenen Wochen lieb gewonnen. Zu ihrem eigenen Erstaunen betrachtete sie die Kreterin sogar als gute Freundin – nach Lisa-Stadler-Maßstab wohlgemerkt, also als jemanden, der genug Geduld und Courage aufbrachte, um freiwillig Zeit mit einem Archäologie-Nerd zu verbringen. Obwohl Alíki diese nervtötende Angewohnheit hatte, sich in einem schlichten Sommerkleid und den Espadrilles so elegant und grazil zu bewegen, dass man richtig neidisch werden konnte.

Sie lächelte ihr Aphrodite-Lächeln, setzte sich neben Lisa auf den Boden, umarmte sie und sagte: »Was für ein Tag. Ich freue mich so für dich. Heißt das, dass du doch noch länger hier auf Kreta bleibst?«

»Sehr wahrscheinlich. Ich denke schon«, antwortete Lisa. So weit war ihre Planung zu diesem Zeitpunkt noch nicht fortgeschritten. Außerdem musste sie die überwältigende Neuigkeit, dass sie mit großer Wahrscheinlichkeit tatsächlich den Palast von Roussolakos entdeckt hatten, erst noch verarbeiten.

Daraufhin klatschte Alíki verzückt in die Hände. »Wunderbar. Dann werden wir uns in Zukunft noch viel öfter sehen, jetzt, wo Charis und ich verlobt sind.«

Von diesem Moment an erinnerte sich Lisa an nichts mehr.

KAPITEL 23

Wollpullover-Gefühl

Vorsichtig zog Lisa die Spitzkelle über die Lehmfläche und schob eine dünne Schicht an Deckmaterial weg. Noch ein paar Zentimeter, und sie würde auf die Fortsetzung der Außenmauer des Ostflügels stoßen, von dem sie während der vergangenen zehn Tage bereits fast die Hälfte des ersten Stocks freigelegt hatten.

Inzwischen waren die Messungen auf der gesamten Landparzelle abgeschlossen und hatten dank Max' Computerdokumentation den zweistöckigen Ost- und Nordflügel sowie einen Teil des Westflügels eines Gebäudekomplexes zum Vorschein gebracht, in dessen Mitte sich, ähnlich einem römischen Forum, ein zentraler Platz befand.

Grundriss und Raumaufteilung entsprachen einer typischen Konstruktion aus der Altpalastzeit: ein gegen die aufgehende Sonne gerichteter Haupteingang, der rechteckige, von einem Peristyl umgebene Hofplatz und Hunderte von Raumeinheiten.

Es gab im Grunde kaum noch Zweifel, trotzdem stand Lisa nach der ersten Euphorie wieder mit beiden Füßen fest auf dem Boden und hatte sowohl Nick als auch Línos Mouskouri und ihren Teammitgliedern mit der Rache der zweiköpfigen Medusa gedroht, sollten irgendwelche Informationen an die

Öffentlichkeit gelangen. Die Nachricht über den Fund des bisher größten Gebäudekomplexes in Roussolakos hatte auch so schon genug Medienvertreter angelockt, die Lisa zu jeder Tages- und Nachtzeit mit Telefonaten und E-Mail-Nachrichten bombardierten.

Doch Lisa suchte nach der hundertprozentigen Gewissheit, dass es sich hier tatsächlich um einen Palast und somit um ein administratives und religiöses Zentrum der Minoer gehandelt hatte, womit Roussolakos in denselben Rang von Knossos, Zakros oder Phaistos aufsteigen würde.

Dazu reichte nicht allein die Größe des Gebäudekomplexes. Es erforderte den Fund von Opfernischen, zum Beispiel, oder Propyläen – den typischen riesigen Torbauten, wie sie üblicherweise als Eingang zu einem heiligen Bezirk gebaut worden waren. Zur Not würde sie sich sogar mit einem Thronsaal oder einem Schatzraum zufriedengeben.

Immerhin hatte der ganze Aufruhr auch etwas Positives gebracht, denn vor sechs Tagen waren acht zusätzliche Archäologen aus Trier geschickt worden. Kaum zu glauben. Und das auf Kosten der Fakultät. Und sogar mitten im August während den Semesterferien. Dem Kügler waren vor lauter Ärger bestimmt die Lymphdrüsen angeschwollen.

Die Kelle scharrte über festen Untergrund.

Sofort hielt Lisa inne, nahm den Pinsel zur Hand, säuberte damit den freigelegten Mauerrand und sammelte das abgetragene Material in dem dafür vorgesehenen Kessel. Jedes Erdklümpchen und jeder noch so unscheinbare Steinsplitter mussten sorgsam untersucht werden. Je weiter sie sich ins Innere des Gebäudes vorarbeiteten, auf umso mehr Kleinfunde stießen sie: Schmuck, Keramikscherben oder sogar mehrere kleine Bronzefiguren.

Auf den Knien rutschte Lisa ein Stück zur Seite und richtete ihre Konzentration auf die Mauerflanken aus Werkstein.

Sie liebte das Gefühl des Lehmbodens an den Händen, dessen erdigen Geruch, obwohl er bei dieser Mittagshitze so schnell austrocknete, dass sie ihn immer wieder anfeuchten musste, bevor er zu hart wurde und nur noch mühsam zu entfernen war.

»Was treibst du denn da unten?«, hörte sie Nick fragen und sah auf.

Er stand am Grubenrand und schaute, die Hände in die Hüften gestemmt, auf sie herunter.

»Du weißt, dass mir die Arbeit auf dem Feld mehr liegt als dieser ganze Pressekram«, antwortete Lisa und setzte erneut mit der Kelle an. Lieber verbrachte sie einen Tag in brütender Hitze in einer Grabungsgrube als nur eine Stunde mit diesen Reportern, von denen die meisten den Namen »Roussolakos« nicht einmal korrekt buchstabieren konnten.

»Ich meinte nicht die Medienleute, sondern die Tatsache, dass du als Einzige noch in der Grube sitzt, statt wie die anderem beim Mittagessen im Schatten«, sagte Nick und schüttelte zungenschnalzend den Kopf.

Erstaunt sah sich Lisa um. Tatsächlich. Weit und breit war niemand mehr zu sehen. »Oh.«

Mit einem federnden Sprung landete Nick im Graben und ging neben ihr in die Hocke. »Was ist los mit dir? Seit ein paar Tagen erkenne ich dich kaum wieder.« In einer vertraulichen Geste strich er ihr eine Haarsträhne hinters Ohr.

»Es ist alles in bester Ordnung. Ich bin nur etwas müde.« Im selben Atemzug biss sich Lisa auf die Zunge. Seit wann konnte sie so gut lügen, ohne rot zu werden?

Doch was hätte sie Nick sagen sollen? Etwa, dass überhaupt

nichts mehr in Ordnung war, weil sie sich entgegen jeder Vernunft in Charíalos Zoidakis, den Olivenbauer, verliebt hatte, sich dessen jedoch erst bewusst geworden war, nachdem sie erfahren hatte, dass Charis verlobt war? Und zwar ausgerechnet mit Alíki, die dem am nächsten kam, was Lisa als ihre beste Freundin bezeichnen konnte?

Das klang nicht nur armselig, es war auch der Grund, weshalb sie so unendlich wütend und zugleich erschöpft war und sich emotional ausgewrungen fühlte wie ein nasser Wollpullover.

»Und damit ist jetzt Schluss«, sagte Nick in einem Tonfall, der keine Widerrede duldete, und erhob sich. »Du nimmst dir sofort eine Auszeit.«

Lisa stand ebenfalls auf. »Nichts da. Ich habe die Verantwortung hier, und ich werde ganz bestimmt nicht ausgerechnet jetzt eine« – das Wort auszusprechen, kostete bereits Überwindung – »Auszeit nehmen.« Denn das würde bedeuten, dass sie, statt quasi rund um die Uhr zu arbeiten, auf einmal Zeit hätte, um noch mehr zu grübeln und sich in Selbstmitleid zu suhlen.

Nick seufzte. »Dann tu mir wenigstens den Gefallen und komm ins Büro und iss etwas, bevor du noch zusammenbrichst.«

Kurz darauf saß Lisa an ihrem Schreibtisch im Containerbüro und knabberte an einem Schinken-Käse-Toast aus dem Cateringzelt. Der Ventilator knatterte und bemühte sich um Kühlung.

Sie schloss die Augen, genoss den Luftzug. Zugleich fühlte sie das warme Pulsieren an den Handflächen, wo der Holzgriff der Kelle bereits eine dünne Hornhautschicht hatte entstehen lassen.

»Heute Nachmittag machst du früher Feierabend. Meinetwegen fahre ich dich persönlich zum Gutshof, um sicherzugehen, dass du auch tust, was ich sage«, meinte Nick beiläufig, während er vorsichtig die vier kleinen Kartonschachteln auf seinem Arbeitstisch in einer Reihe ordnete, um die Fundstücke unter einer Lupe genauer zu untersuchen.

Auf Watte lagen die Keramikfragmente, die sie gestern in einem der neu erschlossenen Räume im Ostflügel gefunden hatten. Die Scherben stammten von einem dünnwandigen Tongefäß und waren mit weißen Spiralmotiven auf schwarzem Grund bemalt – der sogenannte Kamares-Stil, wie er für die minoische Altpalastzeit typisch war.

Eilig schluckte Lisa den Bissen Toast mit etwas Wasser hinunter. »Ich wollte heute Abend noch den nächsten Quadranten inspizieren, damit die zweite Grabungsgruppe morgen dort beginnen kann«, erklärte sie. Und da waren auch noch die Kleinfunde zu katalogisieren oder die Rapporte zu schreiben. Sie könnte auch die Teller im Cateringzelt abwaschen. Sie würde alles Mögliche tun, damit sie nicht so früh zum Gutshof zurückkehren musste.

Doch Nick warf ihr nur einen vorwurfsvollen Blick zu. »Kommt gar nicht infrage. Du hast vielleicht die Verantwortung hier, aber ich habe das Sagen. Punkt.«

Eine Stunde später stand Lisa unter dem Olivenbaum auf dem Vorplatz des Gutshofs und sah den Rücklichtern von Nicks Jeep nach. Sie hatte ihrem Kollegen Max während ihrer Abwesenheit die Leitung über die Grabung übertragen. Dessen Fachgebiet war zwar die Geophysik, doch er hatte außer ihr selbst und Nick die meiste Erfahrung und kannte den Grabungsbereich durch seine Untersuchungen wie seine Hosentasche.

Es war drei Uhr nachmittags, Zeit der Mittagsruhe, und im Haus rührte sich keine Seele.

Sie atmete auf. Niemand zu sehen, zum Glück. Obwohl sie eigentlich nur eine Person meinte. Es kostete Lisa auch so schon genug Kraft, beinahe jeden Abend beim Familienessen auf Charis zu treffen.

Wenn er ihr wenigstens dabei nicht ständig seinen Cognactrüffel-Blick zuwerfen würde. Sie konnte sich schließlich nicht ewig hinter Großonkel Stelios verschanzen, und auch Klein Manolis war es irgendwann leid, Hoppe, hoppe Reiter zu spielen. Nicht einmal die Mücken konnte sie mehr als Entschuldigung vorschieben, um in ihr Zimmer zu fliehen, denn Sofias Kräutertinktur half tatsächlich. Seit Wochen hatte Lisa keinen einigen Stich mehr abbekommen.

Ein Trost war immerhin, dass Alíki zurzeit so viel im Spa zu tun hatte, dass sie seit einer Woche nicht mehr zum Gutshof gekommen war.

Na schön, und was jetzt? Sie steckte die Hände in die Taschen ihrer Shorts und sah sich unschlüssig um. Sie braucht eine Beschäftigung, um sich abzulenken.

Lisas Blick fiel auf die beiden Rundtore der Nebengebäude. Wann hatte sie eigentlich das letzte Mal Olivenseife gemacht?

Das eine Tor knarzte leise, als sie es aufstieß. Sogleich schlug ihr der vertraute Geruch der Kräuter und Duftessenzen, gemischt mit dem erdigen Aroma von Olivenöl, entgegen.

Sie kannte die Handgriffe inzwischen im Schlaf, während sie die Masse anrührte. Es würden einfache Ölseifen werden, heute war Lisa nicht nach einer aufwendigen Rezeptur.

Sanft klopfte sie die Luftbläschen aus den Formen, wie Sofia es ihr gezeigt hatte, als hinter ihr eine wohlbekannte Stimme auf Deutsch sagte: »Eine Archäologin beim Seifemachen. Wer hätte das gedacht.«

Mit einem kleinen Aufschrei ließ Lisa die Holzform auf den Arbeitstisch fallen, sodass die Masse überschwappte, und fuhr herum.

Die Arme vor der Brust verschränkt, lehnte Charis am Torrahmen, stieß sich jedoch sogleich ab und hob die Hände. »Entschuldige, ich wollte dich nicht erschrecken.«

»Die Einsicht kommt reichlich spät«, raunzte Lisa ihn an. »Schau dir das an.« Mit fahrigen Bewegungen griff sie nach einem Tuch und wollte die Bescherung aufwischen, verschmierte die Seife jedoch nur noch mehr.

»Ich helfe dir«, sagte Charis und trat näher.

Augenblicklich machte Lisa einen Schritt zurück. »Nicht nötig, ich schaff das allein.« Sie nahm einen neuen, feuchten Lappen, schüttete etwas von dem Putzessig darauf, den Sofia zum Auswaschen der Kessel benutzte, und begann, erneut zu schrubben.

Wenn Charis nur nicht näher kam.

Die Stirn verständnislos gerunzelt, blieb er stehen, sah sie an und legte dann den Kopf schief. »Was ist los?«

Sie biss die Zähne zusammen, gab keine Antwort. Was los war? Er hatte vielleicht Nerven, das zu fragen.

»Na schön.« Er fuhr sich mit den Händen durchs Haar. »Dann sagst du mir wahrscheinlich auch nicht, warum du mir schon seit Tagen aus dem Weg gehst? Meinst du nicht, ich hätte zumindest eine Erklärung verdient?«

»Eine Erklärung?«, platzte es aus Lisa heraus, und sie warf den Lappen auf den Tisch. »Ich soll dir eine Erklärung schuldig sein? Die hätte ich eher von dir erwartet.« Sie bemühte sich um einen ruhigen Tonfall, scheiterte jedoch gründlich.

Wenn er doch wenigstens nicht so tun würde, als hätte er keinen Schimmer, wovon sie sprach. Hielt er sie tatsächlich für so dumm?

»Aber das ist wohl zu viel verlangt, und ich habe mich in dir getäuscht und mir vorgemacht, du wärst anders. Wahrscheinlich ist das hier im Süden sogar eine Art Gewohnheit. Oder eine neue Wette – richtig, darin bist du schließlich ein Meister, und wir Nordeuropäerinnen sind ja so einfach zu bezirzen, nicht wahr? Dazu braucht es nur ein paar Küsse.« Ihr Lachen klang schrill.

»Wovon, zum Teufel, redest du?« Charis' Augen verengten sich zu schmalen Schlitzen.

»Hör auf, mich für dämlich zu verkaufen. Alíki hat mir alles erzählt.«

»Alíki?« Er schüttelte den Kopf, seine Stimme wurde lauter. »Sie hat doch mit dem Ganzen zwischen uns beiden nicht das Geringste zu tun?«

Wie bitte? Alíki hätte damit nichts zu tun? Sie war seine Verlobte, Himmel noch eins. War ihm dieses Detail etwa so unwichtig? Vor lauter Fassungslosigkeit verschlug es Lisa einen Moment lang die Sprache.

Zugleich fühlte sie, wie die Wut langsam in ihr hochkochte. Bald würde sie explodieren.

»Das reicht.« Sie nahm den Lappen vom Tisch, wrang ihn aus, hängte ihn ordentlich über dem Spülbecken auf und stellte dann die frisch gegossene Seife in der Form auf das dafür vorgesehene Regal, bevor sie herumfuhr.

In drei Schritten war sie bei Charis angelangt und sagte in ihrem besten Griechisch, jede einzelne Silbe betonend: »Ich will nichts mehr mit dir zu tun haben, Charíalos Zoidakis, und ich hatte trotz allem recht: Du bist ein verlogener Chauvinist. Alíki ist wirklich zu bedauern.«

Mit hocherhobenem Kopf ging Lisa an ihm vorbei zum Haus und reagierte nicht darauf, als er ihren Namen brüllte.

Sobald sie ihr Zimmer erreicht hatte, schloss sie die Tür ab und lehnte sich dagegen. Völlig außer Atem.

Das war's also. Schluss. Aus. Ende. Sie hatte ihm ihren Standpunkt klargemacht. Mehr gab es dazu nicht zu sagen.

Es schmerzte trotzdem, als sie begann, ihre Sachen zusammenzupacken.

»Aber warum willst du denn einfach so gehen?«, rief Sofia entsetzt. »Wo wirst du überhaupt wohnen?«

»Wir haben so viel auf der Grabungsstelle zu tun, dass wir häufiger auch nachts arbeiten werden, und ich will euch bei meinen unmöglichen Zeiten nicht stören. Ich kann in meinem Bürocontainer schlafen. Ein Schlafsack reicht mir, keine Sorge«, erklärte Lisa und reichte der Kreterin einen Briefumschlag. »Nick hat mir meinen Lohn vorgestreckt. Das hier ist eine Anzahlung auf die Kosten für das Zimmer seit Mai. Der Rest kommt Ende des Monats.«

Sie beugte sich vor, um Sofia zu umarmen. Jetzt bloß nicht anfangen zu heulen. »Grüß bitte alle anderen von mir, ja? Ich komme euch besuchen, sobald ich kann, versprochen.«

Sie würde gleich morgen jemanden schicken, um die restlichen Sachen abzuholen, rief sie noch zur Terrasse hoch, während sie die Notebook-Tasche auf dem Rücksitz von Nicks Jeep verfrachtete und rasch einstieg.

An Nick gewandt, flüsterte sie: »Mach bitte schnell.« Bevor

Charis womöglich wieder hier auftauchte, der sich zum Glück nach ihrem Streit vorhin nicht mehr hatte blicken lassen.

Der Zyprer fuhr los, schlug jedoch nicht die Straße in Richtung Roussolakos ein, sondern bog nach Sitia ab.

Bevor Lisa protestieren konnte, erklärte Nick: »Ich will nicht wissen, weshalb du mich völlig aufgelöst angerufen hast, damit ich dich auf dem Gutshof abhole. Das ist deine Sache und geht mich nichts an. Aber jetzt fahren wir erst einmal zur Villa, wo du dich ausruhst. Keine Widerrede, Honey. Morgen sehen wir weiter.«

»Na schön, aber nur eine Nacht. Morgen richte ich mich im Bürocontainer ein«, lenkte sie ein und hielt sich am Rand des Sitzpolsters fest, als Nick eine enge Kurve nahm. Sie war zu erschöpft, um mit ihm zu diskutieren. Vielleicht hatte er ja recht, und etwas Ruhe und Distanz würden ihr tatsächlich guttun.

Eigentlich hätte sie nicht erstaunt sein sollen, als der Jeep eine halbe Stunde später vor einem großen und modernen, geschmackvoll in die Umgebung passenden Gebäude außerhalb von Sita anhielt.

Solange sie Nick kannte, war sein Geschmack von der exklusiven Sorte, und natürlich mietete er keinen einfachen Ferienbungalow.

Das lag bei ihm zweifellos in der Familie, die – wie könnte es anders sein – im Frankfurter Westend residierte. Seinem Vater gehörte zudem ein Weingut in der Toskana sowie ein Penthouse an der Côte d'Azur.

Trotzdem musste Lisa mehrmals trocken schlucken, als der Zyprer sie durch die zweistöckige Villa führte, die genug Platz für eine ganze Fußballmannschaft geboten hätte.

»Was sind das denn für Statuen?«, fragte Lisa und deutete

auf die zwei kleinen Kisten neben dem Schreibtisch in Nicks Büro, in denen auf Holzwolle mehrere Tonfiguren lagen.

Nick winkte ab. »Ach, das sind ein paar der unwichtigeren Fundstücke von meiner letzten Grabung in Nicaragua. Ich habe sie mitgenommen, um sie bei Gelegenheit noch genauer zu untersuchen.« Damit führte er Lisa wieder zurück ins Erdgeschoss.

»Und hier ist der Pool«, sagte er und trat vom Salon hinaus auf den mit Zeltplanen überdachten Patio, der wiederum in den Garten und zu dem rechteckigen, von einem eleganten Holzsteg umgebenen Schwimmbad führte. Direkt links vom Pool stand, in einer windgeschützten Ecke und ebenfalls von Planen beschattet, ein großer Esstisch mit Sitzgelegenheit für zehn Personen. Rechter Hand zog sich ein von Terrakottakrügen flankierter Kiesweg hinunter zum Strand.

Die Aussicht war einfach atemberaubend und ließ Lisa einen winzigen Moment mit dem Gedanken liebäugeln, doch hierzubleiben, statt in den heißen, stickigen Container zu ziehen.

Als hätte er ihren Gedanken erraten, legte ihr der Zyprer den Arm um die Schultern und schmunzelte. »Meinetwegen kannst du auch länger bleiben. Ehrlich, das ist kein Problem. Eine kleine Luftveränderung würde dir bestimmt guttun. Galatía, meine Haushälterin, kocht wie eine Göttin, und bis nach Roussolakos ist es nicht weit. Wenn du willst, mieten wir dir ein Auto, damit du kommen und gehen kannst, wie du möchtest.«

Sie ließ den Blick über den Pool, den Garten und das marineblaue Meer wandern. Ein Windstoß brachte die Segeltuchplanen zum Flappen und kräuselte die Wasseroberfläche des Pools. Das Rauschen des Meeres. Das Zirpen der Zikaden in den Oleandersträuchern. Eine Oase der Ruhe.

»Nein, im Container zu schlafen ist viel praktischer«, sagte

Lisa schließlich und hätte sich selbst ohrfeigen können. Es war absurd und nach dem heutigen Tag unbegründet, doch dass sie nicht bei Nick einzog, war eine von Charis' Bedingungen gewesen, und Lisa Stadler hielt sich an Abmachungen.

In einem Punkt hatte Nick jedoch recht gehabt: Die Veränderung tat ihr tatsächlich gut, und sie verbrachte den Abend bei einem köstlichen Essen – an Sofías Kochkünste kam Nicks Haushälterin dennoch nicht heran –, draußen auf dem Patio sitzend und den Sonnenuntergang genießend.

Um diese Uhrzeit saß die Familie auf dem Gutshof ebenfalls beim Essen. Alle zusammen. Womöglich war auch Cousin Petros gekommen. Und Onkel Iordánis mit Dimitra. Bestimmt hatten die beiden auch Großonkel Stelios mitgebracht. Dieser war wahrscheinlich wie immer bei Tisch eingeschlafen.

Vielleicht kämen auch die anderen Mitglieder der Folklore-Tanzgruppe wieder einmal zum Essen vorbei und würden später bis in die Nacht hinein singen und tanzen.

Eigentlich war es ganz nett, unter den Weinranken zu sitzen und ihnen einfach nur zuzuhören.

Lisa staunte, als sie sich bei diesem Gedanken ertappte.

Sie schlief die ganze Nacht über tief und fest und nahm am nächsten Morgen das Surren ihres Mobiltelefons auf dem Nachttisch zuerst gar nicht wahr.

Schlaftrunken tastete Lisa nach dem Handy, war jedoch mit einem Schlag hellwach, als sie Max' Namen auf dem Display sah. Und es war schon zehn Uhr, um Himmels willen.

Sofort richtete sie sich im Bett auf. »Hallo.«

»Du wolltest doch einen Beweis für den Palast haben«, sagte der Geophysiker aufgeregt. »Ich glaube, wir haben ihn gefunden.«

KAPITEL 24

Kretische Wahrheiten

Du hast ihr was gesagt?«, brüllte Charis am Nachmittag desselben Tages ungläubig. Das war ein Scherz der übelsten Sorte. Waren denn alle hier verrückt geworden?

Alíki zuckte zusammen und sah sich hilfesuchend nach Yiayià, Kalli, Tante Nefeli und Cousine Apollonia um.

»Lass sie in Ruhe, es war allein meine Idee.« Furchtlos hob Yiayià das Kinn und trat vor die beiden jüngeren Frauen. »Irgendjemand musste schließlich die Situation in die Hand nehmen, nachdem weder dir noch Lisa ein Licht aufgegangen ist.« Sie zuckte die Schultern. »Wie heißt es so treffend? Die Wahrheit geht nicht unter, aber es dauert oft lang, bis sie einen Ankerplatz findet. Und ich war es leid, zu warten. Also habe ich mir diese kleine Komödie ausgedacht und die ganze Familie eingeweiht. Alíki hat ihre Rolle doch ganz wunderbar gespielt, oder?« Mit einem warmen Lächeln blickte Yiayià sich zu dieser um und streckte die Hand nach ihr aus.

Tante Nefeli und Cousine Apollonia nickten beinahe synchron.

»Eine Komödie? Die ganze Familie?« Charis' Stimme überschlug sich. Er spürte, wie die Venen an seinem Hals anschwollen. »Ihr lasst Lisa im Glauben, ich sei mit Alíki verlobt, und nennt das eine Komödie? Seid ihr, verdammt noch mal, noch ganz bei Trost?«

Er packte die leere Mokkatasse auf dem Tisch und schleuderte sie in hohem Bogen über das Geländer der Terrasse. Danach fühlte er sich jedoch keinen Deut besser.

Die Nachricht über Lisas überstürzten Auszug hatte ihn völlig unerwartet getroffen. Daraufhin war er sofort nach Roussolakos gerast, nur um zu hören, dass sie den restlichen Nachmittag freigenommen hatte und zusammen mit diesem Nikos irgendwo hingefahren war.

Der Blitz sollte den verfluchten Zyprer treffen.

Also war ihm nichts anderes übrig geblieben, als Alíki anzurufen und zum Gutshaus zu beordern, um sie zur Rede zu stellen. Dabei hatte er eigentlich eine ganz simple Erklärung erwartet. Ein Missverständnis oder allerhöchstens eine kleine Eifersüchtelei zwischen ihr und Lisa. Niemals hätte er jedoch mit einer solch durchtriebenen Verschwörung gerechnet. Und sie alle waren dabei beteiligt – Yiayià, Kalli sowie die anderen Verwandten.

Thée ke Kírie, auf einmal fiel es ihm wie Schuppen von den Augen: Alíki, die sich ihm vor der versammelten Familie an den Hals geworfen hatte, während all die anderen keine Miene verzogen.

»Du hast hier nicht grundlos herumzutoben und mein gutes Geschirr durch die Gegend zu werfen, Charíalos Zoidakis, das verbiete ich dir«, rief Yiayià und stampfte resolut mit dem Fuß auf.

»Ich habe jeden Grund zum Toben. Du hingegen hast dich nicht in meine Angelegenheiten zu mischen«, donnerte Charis und wies auf die anderen. »Das gilt für euch alle.«

»Schäm dich. Es gehört sich nicht, so mit deiner Großmutter zu reden, Junge«, sagte Tante Nefeli in vorwurfsvollem Ton.

»Wir haben es doch nur gut gemeint«, meldete sich Alíki zu Wort und legte dabei die rechte Hand auf ihr Herz, als würde sie schwören.

Kalli schnalzte mit der Zunge und runzelte die Stirn. »Soll das etwa der Dank dafür sein, dass wir dir und Lisa helfen wollten?«

Cousine Apollonia schüttelte den Kopf. »Und das nach all unserer Mühe.«

Fassungslos stieß Charis den Atem aus. Helfen? Lisa und ihm? Was faselten sie da?

Sein Blick wanderte über die Frauen. Suchte jedes einzelne Gesicht nach irgendeiner Bestätigung ab, dass sie noch nicht alle übergeschnappt waren.

»Er versteht es nicht«, konstatierte Nefeli schließlich.

Yiayià hob in einer ratlosen Geste die Hände. »Nein, er hat keine Ahnung, wovon wir reden.«

»Was?«, schnaubte Charis. Allmählich riss sein Geduldsfaden.

Mit einem tiefen Seufzen trat Kalli vor, legte ihm die Hand auf den Arm und sagte: »Du bist mein großer Bruder, und ich liebe dich. Aber ganz ehrlich, manchmal bist du so schwer von Begriff, dass man davon Migräne kriegen könnte.«

Charis holte Luft, um zu protestieren.

»Ah, ah, ah!« Kalli hob mahnend den Finger, wie Mutter es früher getan hatte, als sie noch Kinder gewesen waren, und brachte ihn damit zum Schweigen.

Mit sanfter Stimme fuhr sie fort: »Die ganze Familie weiß doch, dass es zwischen dir und Lisa gefunkt hat.«

Was? Überrascht horchte Charis auf.

Alíki nickte. »Bloß seid ihr beide zu verbohrt, um es überhaupt zu bemerken. Darum sollte ich Lisa eifersüchtig machen, indem ich mit dir flirte. Damit es echt wirkt, musste ich ihr jedoch sagen, wir wären verlobt. Um sie endlich aus der Reserve zu locken.« Sie warf sich das Haar über die Schulter zurück, stemmte die rechte Faust in die Hüfte und schmunzelte zufrieden. »Ich glaube, das ist mir ganz gut gelungen.«

Charis starrte sie an. Sprachlos. Ungläubig. Yiayià und Kalli lächelten ihn an, ebenso Tante Nefeli und Apollonia.

Er rieb sich den Nacken, trat einen Schritt zurück, unentschlossen, ob er losbrüllen oder lachen sollte.

Die ganze Familie weiß doch, dass es zwischen dir und Lisa gefunkt hat.

Aber woher? War er tatsächlich so leicht zu durchschauen?

Und sie hatten alle bei dieser Scharade mitgespielt und sich bestimmt köstlich amüsiert. Nur er und Lisa hatten nichts begriffen.

Jetzt machte auch ihr Verhalten von gestern und während der vergangenen Tage Sinn.

Lisa. Sie glaubte, dass er und Alíki …

»Scheiße.« Der Gedanke traf ihn wie ein Schlag ins Gesicht.

Charis machte auf dem Absatz kehrt und schnappte sich den Autoschlüssel von der Küchentheke.

»Hol Lisa nach Hause, Junge«, hörte er Yiayià sagen. Liebe, gute Yiayià.

Er fuhr erneut herum und küsste sie auf die Wange, bevor er die Außentreppe hinunterrannte.

Er musste nach Roussolakos. Er musste Lisa alles erklären.

KAPITEL 25

Zypriotische Ratschläge

Als er mit dem Wagen auf den Weg abbog, der zur Ausgrabungsstätte führte, traute Charis seinen Augen kaum.

Was war denn hier los? Auf dem Platz vor dem Eingangstor hätte sich zwischen den zahlreichen Autos nicht einmal mehr eine magere Katze durchzwängen können. Was hatten denn diese vielen Leute hier zu suchen?

Er quetschte seinen Toyota in eine Lücke zwischen zwei Minivans mit den Aufschriften Kriti 1 und TV Creta.

Lokale Fernsehsender? Hier in Roussolakos?

Verwundert folgte Charis den Leuten – Reportern und Schaulustigen –, die allesamt in Richtung Eingang drängten. Dort angekommen, wurden sie jedoch von Sicherheitsleuten aufgehalten.

»Ich suche Lisa Stadler. Sie ist die Leiterin der Ausgrabung hier«, wandte Charis sich an einen der Beamten, einen stiernackigen Kerl mit Millimeter-Haarschnitt und dunkler Sonnenbrille, dessen Polohemd hässliche Schweißränder zierten.

»Bewilligung?«, schnauzte der Koloss.

»Habe ich nicht.«

»Dann gibt's auch keinen Einlass.«

Idiot. Charis kämpfte sich unter Einsatz der Ellbogen zurück zum Wagen.

So schnell gab er nicht auf. Außerdem kannte er die Gegend wie seine Westentasche.

Er lenkte den Wagen über einen von der Straße her kaum erkennbaren Fuhrweg, der über den Olivenhain führte. Die Eisenschranke mit Kettenschloss, die die Zufahrt versperrte, hatte Vater seinerzeit noch errichtet.

Eilig steckte Charis den Schlüssel in das Schloss. Zwar musste er den Wagen auf dem Weg oben stehen lassen und zu Fuß quer durch den Hain bis nach Roussolakos laufen, aber egal.

Die Abzäunung aus grellorangefarbenen Plastiknetzen, die die Parzelle vom restlichen Land abgrenzte, war schon von Weitem zu sehen.

Direkt bei der Mauer erkannte er drei junge, mit Fotokameras bewaffnete Männer, die sich durch einen Spalt zwischen Mauer und Plastiknetz zwängten. Wahrscheinlich ein paar besonders findige Reporter, die ebenfalls zu Fuß über den Hain gekommen waren.

Was um alles in der Welt war in Roussolakos passiert, um einen solchen Tumult auszulösen? Vor allem um diese Tageszeit. Es musste gegen sieben Uhr abends sein, die Sonne stand schon tief.

Neugierig schlüpfte er ebenfalls durch den Spalt.

Auch dahinter drängten sich die Fotografen und Reporter Schulter an Schulter. Jedoch nur, um nicht in eine der Gruben zu fallen.

»Donnerwetter«, entfuhr es Charis, als er einen Blick auf die metertiefen Gräben zwischen einem verwinkelten Labyrinth von Mauerresten erhaschte, von denen ein paar mit Gerüsten gestützt waren. Um besser von einem Bereich zum anderen zu gelangen, ohne die Ruinen zu beschädigen, hatten die Archäologen sogar auf Pfählen stehende Holzbrücken gebaut.

Er lächelte, als er sah, wie die Gräben rund um die Olivenbäume angelegt worden waren, um deren Wurzeln nicht zu verletzen. Wie Lisa es versprochen hatte.

Und dann entdeckten Charis sie, am Rand eines quadratischen Lochs stehend und flankiert von dem Zyprer zu ihrer Linken und von Línos Mouskouri zu ihrer Rechten. Beide Männer lachten stolz und zufrieden.

»Sie haben gefunden, wonach andere seit Jahrzehnten gesucht haben. Wie fühlen Sie sich?«, rief eine Reporterin auf Englisch.

Línos hob den Daumen der rechten Hand und löste damit ein Gewitter von Blitzlichtern aus. »Es war ein hartes Stück Arbeit, doch wir haben nie an einem Erfolg gezweifelt.«

Charis presste die Lippen zusammen, als er sah, wie der Zyprer Lisa den Arm um die Schultern legte und dabei zwei Reihen weißer Zähne entblößte, als wäre er der Hauptdarsteller in einer Werbung für Zahn-Bleeching.

Dieser Wichtigtuer.

Lisa hingegen hielt den Blick auf ihre Hände gesenkt, in denen ein dunkelbrauner, rechteckiger Gegenstand von der Größe einer Milchpackung lag. Eine Art Kästchen.

Zwar konnte Charis ihre Augen nicht sehen, doch er wusste, dass sie lächelte. Er erkannte die Grübchen in ihren Wangen.

Die Art und Weise, wie sie das Kästchen hielt … ehrfürchtig, fast ein wenig ängstlich. Als wäre es aus purem Gold und könnte ihr jeden Moment aus den Fingern gleiten.

»Frau Stadler. Warum ist die heutige Entdeckung so wichtig, und was bedeutet sie für Roussolakos?«

Doch Lisa antwortete nicht. Es schien, als würde sie die ganze Aufregung um sie herum gar nicht wahrnehmen.

»Frau Stadler?«

Erst als der Zyprer sie kurz anstieß, hob sie den Kopf, blinzelte. Ein Leuchten lag auf ihrem Gesicht, Charis sah es ganz genau. Dasselbe Leuchten wie seinerzeit bei ihrem Ausflug nach Zakros.

Es ist, als würde einem Zugang in eine jahrtausendealte Vergangenheit gewährt. Das hatte sie damals gesagt.

Er schmunzelte. Kein Zweifel, sie war wieder in ihrer eigenen, vergangenen Welt. Im selben Moment fühlte er ein warmes Gefühl von Stolz in seiner Brust.

»Nun … bei dem Fund handelt es sich um ein außergewöhnlich gut erhaltenes Gefäß aus gebranntem Ton«, erklärte Lisa schließlich zögernd und mit heiser klingender Stimme. »Wir nehmen an, dass es sich dabei um eine Schatulle handelt, deren Holzdeckel leider nicht mehr auffindbar ist. Nach einer ersten, jedoch noch nicht abschließenden Begutachtung datieren wir sie in die spätminoische Epoche, also in die Zeit zwischen 1700 und 1450 vor Christus. Noch viel wichtiger als die Schatulle selbst ist aber ihr Inhalt.« Sie hielt inne, schluckte und senkte erneut den Blick.

Nachdem sie tief Luft geholt hatte, schob Lisa das Tongefäß vorsichtig auf Hand und Unterarm so zurecht, dass die obere Öffnung sichtbar wurde.

Ein erneutes Blitzlichtgewitter.

»Selbstverständlich muss der Inhalt noch genauer untersucht werden. Trotzdem sind, wie Sie hier sehen, bereits mindestens zwei goldene Ringe deutlich zu erkennen. Dabei handelt es sich um Siegelringe mit typisch minoischen Symbolen.«

»Damit und mit der Lage des Fundes – hier, in diesem großen, wahrscheinlich als Amtszimmer benutzten Raum …«, meldete sich der Zyprer selbstbewusst zu Wort und deutete mit beiden Händen den Verlauf der Mauerstücke vor ihnen an, »… haben wir mit absoluter Sicherheit einen Beweis dafür, dass es sich bei diesen Ruinen wahrhaftig um den seit Jahrzehnten gesuchten Palast von Roussolakos handelt.« In einer weit ausholenden Geste breitete er die Arme aus.

Damit waren die Journalisten und Fotografen endgültig nicht mehr zu halten.

»Wie wird es nun mit Roussolakos weitergehen?«

»Werden die weiteren Ausgrabungen nun verstaatlicht?«

»Was bedeutet die Entdeckung für den Ort Palekastro?«

»Welche Institution wird die Autorität über Roussolakos bekommen?«

Die Reporter drängten so weit wie möglich nach vorn, sodass Charis nichts anderes übrig blieb, als das Feld zu räumen, bevor er von den wild gewordenen Medienleuten in eine der Gruben gestoßen wurde.

Er blieb noch eine Weile in der Nähe des Plastikgitters stehen und sah zu, wie große Stabscheinwerfer zwischen den Grubenabschnitten platziert wurden, sobald die Sonne unterging.

Noch immer gaben die Journalisten nicht auf und löcherten nun auch das restliche Grabungsteam mit Fragen. Das Wiesel Mouskouri sprühte förmlich vor Lobeshymnen über die Zusammenarbeit mit der archäologischen Fakultät der Universität Trier und über das beispiellose Engagement, das Nikos Georgios Joannou als neuer Sponsor im Namen des Kulturerhalts an den Tag gelegt hatte.

Charis schnalzte missbilligend mit der Zunge. Wie typisch. Natürlich fiel kein einziges Wort über die Person, die sich dem Projekt mit Leib und Seele verschrieben und die meiste Zeit von allen hier Anwesenden dafür investiert hatte: Lisa.

Wo war sie überhaupt?

Ah, dort drüben, in der Nähe der Container, wo sie die

Fragen einer Reporterin beantwortete und vom Scheinwerferlicht geblendet blinzelte, während sie noch immer die Tonschatulle in den Händen hielt.

So schnell wie möglich drängte sich Charis in ihre Richtung. Wenn er sie nur in einer ruhigen Minute erwischte. Er würde nicht lang brauchen, um ihr alles zu erklären, er hatte sich schon jedes Wort in Gedanken zurechtgelegt.

Endlich. Das Interview war zu Ende.

Er sah, wie Lisa sich umdrehte und in Richtung ihres Containerbüros ging.

Das war die Gelegenheit.

»Lisa, warte«, rief er. Doch sie hörte ihn nicht. »Lisa!« Schon wollte Charis ihr nachrennen.

Aber jemand packte ihn am Arm und hielt ihn mit eisernem Griff zurück.

Er fuhr herum, und sein Blick begegnete einem sonnengebräunten, kantigen Gesicht mit Zahnpastalächeln.

»Dich hätte ich hier heute allerdings zuallerletzt erwartet«, sagte der Zyprer. »Charíalos Zoidakis, wenn ich mich recht erinnere?«

Charis spannte sich instinktiv an. Sie waren ungefähr gleich groß, der Zyprer und er. Gut.

»Ich wollte nur sehen, was der ganze Tumult zu bedeuten hat. Draußen reihen sich die Autos fast bis an die Hauptstraße«, erwiderte er ruhig und deutete mit dem Kopf in Richtung des Eingangs.

Der Zyprer nickte verständnisvoll. »Das erweckt natürlich Neugier.« Dann blickte er kurz über die Schulter, bevor er seinen Griff an Charis' Arm verstärkte und noch näher trat. So nah, dass sich ihre Schultern beinahe berührten.

»Lassen wir die Spielchen, ja? Wir wissen beide, dass dich

Roussolakos keinen Deut interessiert und du nur wegen Lisa hier bist«, flüsterte der Zyprer. Von seinem üblichen, gönnerhaften Tonfall war nichts mehr zu hören. Stattdessen klang seine Stimmte wie das Zischen einer Viper.

Mit einem Ruck befreite sich Charis aus dem Griff und antwortete ebenso leise: »Selbst wenn dem so wäre, geht dich das nichts an.«

»So? Meinst du?« Ein glucksendes Lachen ertönte. »Dann gebe ich dir einen gut gemeinten Rat, und ich sage es in möglichst einfachen Worten, damit du auch wirklich verstehst, was ich meine.« Das Lächeln verschwand. An seine Stelle trat eine hässliche Grimasse. »Lisa ist eine hervorragende Archäologin, aber sie verfügt weder über Menschenkenntnis noch versteht sie auch nur das Geringste von der Welt außerhalb ihres Fachgebiets. Nichtsdestotrotz oder gerade deswegen brauche ich sie. Und ich brauche sie konzentriert und ohne Ablenkung.« Da war es wieder, das Zischen. »Außerdem … was sollte eine so intelligente und gebildete Frau wie Lisa von einem Olivenbauern wollen? Also tu uns beiden den Gefallen und lass die Finger von ihr, verstanden?«

Mit einem Winken befahl er zwei der Sicherheitsleute herbei. »Schafft ihn hinaus. Und sorgt dafür, dass er sich nicht wieder auf das Gelände schmuggelt.«

»Du verfluchter Mistkerl«, knurrte Charis und versuchte vergeblich, den Griff der Männer abzuschütteln. »Du hast mir überhaupt nichts zu verbieten.«

Rücksichtslos schleppten ihn die beiden Bewacher in Richtung Ausgang.

KAPITEL 26

Kein guter Morgen

Es war schon vier Uhr morgens, als Lisa die Tonschatulle vorsichtig in die mit Styropor gepolsterte Transportkiste legte. In wenigen Stunden würde sie ins Museum von Sitia gebracht werden. Dort konnten die Untersuchungen mit den nötigen technischen Hilfsmitteln um einiges besser und effizienter durchgeführt werden als hier im Feldlabor.

»Genug für heute.« Nick gähnte, streifte sich die Handschuhe ab und streckte die Arme in die Höhe.

Er hatte recht. Auch Lisas Schultern schmerzten, und ihre Augen brannten. Trotzdem fühlte sie noch immer das Kribbeln der Aufregung in sich, nachdem sie die vergangenen Stunden damit verbracht hatten, das Tongefäß einer ersten Untersuchung zu unterziehen.

Dabei hatten sie bis jetzt drei hervorragend erhaltene Siegelringe aus dem Staub und Schmutz von mehr als dreitausend Jahren lösen können. Drei Ringe mit jeweils einem ungefähr drei Zentimeter langen, ovalen Goldplättchen, auf dem filigrane Ornamente und Bildnisse eingraviert worden waren: eine menschliche Figur, die über einen Stierrücken sprang; tanzende Frauen mit den für minoische Motive typischen nackten Brüsten; kämpfende, mit Speeren und Schilden bewaffnete Krieger.

Diese unglaubliche Präzision, mit der diese Ringe bearbeitet worden waren. Lisa konnte sich nicht daran sattsehen, und am liebsten wäre sie die ganze Nacht mit Pinsel und Pinzette über der Schatulle gehockt, damit ihr nicht das kleinste Staubkorn entging.

»Geh schlafen, Honey. Wenigstens so weit es auf diesem … Ding da überhaupt möglich ist«, sagte Nick mit schiefem Blick auf das Feldbett, das sie sich im hinteren Teil ihres Containerbüros hergerichtet hatte. Es war so schmal, dass man sich kaum darauf umdrehen konnte, und es knarzte bei jeder Bewegung, aber es war immerhin die bessere Alternative, als auf dem nackten Boden zu schlafen.

»Gleich.« Vorsichtig schob Lisa die Transportkiste neben das Bett.

Nicks Miene zeigte Skepsis. »Es wäre klüger, den Fund in den Sammelcontainer zu bringen.«

Doch Lisa schüttelte den Kopf. »Ich werde die Tür von innen abschließen. Außerdem sind doch die ganze Nacht lang Sicherheitsleute draußen.« Das bedeutete zwar, dass die Luft hier im Container trotz der kleinen geöffneten Fensterluke so dick werden würde, dass man sie mit einem Buttermesser zerschneiden könnte. Aber sei's drum. Hauptsache, die Schatulle war in Sicherheit.

Vielleicht hätte Línos den Fund doch schon gestern nach Sitia bringen sollen, überlegte Lisa, während sie sich kurz darauf aus dem schweißnassen Hemd schälte und sich, nur in Shorts und Top bekleidet, auf das Bett legte.

Andererseits hätten sie dann auch keine eigene Untersuchung anstellen und dabei die ersten drei der Goldringe eigenhändig freilegen können.

Lisa lächelte, streckte den rechten Arm nach der Kiste aus

und legte die Hand darauf. So ähnlich musste sich Gollum im Film *Herr der Ringe* gefühlt haben. Lisa ließ sich auf die dünne Matratze sinken. Sie war erschöpft und trotzdem vor Aufregung angespannt. Nach einem solchen Tag würde sie bestimmt nicht schlafen können.

Aber wenigstens die Augen schließen. Rücken und Beine ausstrecken. Entspannen.

Nur für einen kurzen Moment.

Sie schreckte hoch, als eine dicke Fliege um ihre Nase surrte. Staubpartikel tanzten im Sonnenstrahl, der durch die Fensterluke hereinfiel.

Stöhnend rollte sich Lisa zur Seite, ihr Nacken war steif und schmerzte. Dann stemmte sie sich hoch, blieb auf der Bettkante sitzen und rieb sich das Gesicht.

Irgendwann während des Schlafs hatte sich der Haargummi gelöst. Feuchte Strähnen klebten ihr auf Stirn und Wangen, und ihr Mund war ausgetrocknet. Sie hatte die Wasserflasche auf dem Arbeitstisch stehen lassen.

Ihr Blick glitt zur Transportkiste neben der Liege. Alles noch genau so, wie sie es vor ein paar Stunden platziert hatte.

Das Display auf ihrem Handy zeigte 07:30 Uhr an. Zeit genug für eine Dusche. Danach würde sie sich hoffentlich wieder halbwegs wie ein Mensch fühlen.

Die Felddusche, die sie auch tagsüber benutzten, um sich bei besonders großer Hitze abzukühlen, befand sich in einem Graben weit genug außerhalb der archäologischen Zone von Roussolakos, um keine Wasserschäden zu verursachen, und bestand aus mehreren, als Sichtschutz in den Boden gerammten militärgrünen Zeltplanen und einem Rohr mit Brause.

Das Wasser aus den Tanks war lauwarm, aber trotzdem erfrischend.

Rasch trocknete sich Lisa ab und ging zum Container zurück, bevor sie einen Kaffee aus dem Catering-Zelt holte und dabei den vier Sicherheitsbeamten zunickte, die am Eingangstor standen. Durch das Gitter hindurch erkannte sie die Reihe geparkter Minivans und die mit Filmkameras und Mikrofonen bewaffneten Reporter. Seit der ersten Meldung gestern hatte sich die Nachricht über die Entdeckung des Palasts in Roussolakos wie ein Lauffeuer verbreitet. Unter den Wartenden hatte Lisa sogar die Logos von BBC und ARD gesehen.

»Na? Ausgeschlafen?«, fragte Nick gut gelaunt und riss sie aus ihren Gedanken.

Wie schaffte es Nick bloß, so frisch auszusehen? Er hatte schließlich ebenso wenig geschlafen wie sie selbst. Trotzdem wirkte er so erholt wie nach einem verlängerten Wochenende.

»Blendend«, antwortete sie knapp und wechselte das Thema, als sie den Container vor dem Zyprer betrat. »Wann genau kommt Línos, um die Schatulle abzuholen?«

Nick sah auf seine Chrono-Armbanduhr. »Gegen halb neun, hat er gesagt. Um zehn Uhr ist bereits die erste Pressekonferenz im Museum von Sitia anberaumt.«

Richtig, die Pressekonferenz. Lisa seufzte in Gedanken auf. Das war der Teil ihrer Arbeit als Grabungsleiterin, auf den sie liebend gern verzichtet hätte.

»Das ist nun mal der Preis des Ruhms, Honey. Das schaffst du schon. Im Zweifelsfall immer schön lächeln.« Das hatte ihr Nick bereits gestern vor der ersten Presseinfo geraten. Er hatte gut reden, er war der geborene Medienstar. Ganz im Gegensatz zu Lisa. Sie hasste es, im Rampenlicht zu stehen.

Es folgte das erste Skype-Telefonat aus Trier – ja, dank des neuen Hotspots waren sie nun auch in Roussolakos jederzeit erreichbar –, während dem Gerd Kügler sich wie die Freundlichkeit in persona verhielt und Lisa geradezu mit Lob überschüttete.

Danach verlangte die Süddeutsche Zeitung ein telefonisches Interview, und es galt, eine Flut von Mail-Nachrichten zu beantworten.

»Kaliméra – einen guten Morgen allerseits«, ertönte es kurz nach 09.30 Uhr von der Tür her. In blütenweißer Bundfaltenhose und ebensolchem Poloshirt strahlte Línos Mouskouri, als wäre er der Sonnengott Helios auf einem Golfplatz.

Lisa unterdrückte ein Kichern. Was Charis wohl sagen würde, wenn er den Museumsdirektor so sähe?

Verflixt, warum musste sie ausgerechnet jetzt an ihn denken? Bestimmt waren die Neuigkeiten über den Fund inzwischen auch bis zum Gutshof gelangt. Doch bis jetzt hatte sich noch niemand gemeldet – weder Sofia noch Kalli und erst recht nicht Charis, und das schmerzte. Sie hatte ihm zwar gesagt, dass sie nichts mehr mit ihm zu tun haben wollte, aber trotzdem …

Mit aller Mühe zwang sie das Bild des Kreters aus ihrem Kopf.

»Nun, wo ist die Schatulle?«, frage Línos lächelnd. »Wir müssen uns beeilen, sonst kommen wir noch zu spät zur Pressekonferenz.«

Lisa stand von ihrem Arbeitsstuhl auf, ging zur Transportkiste und hob sie hoch. »Ich habe sie bereits vorbereitet. Nanu?« Sie hielt mitten in der Bewegung inne.

Warum war die Kiste so leicht?

Sie stellte sie wieder zu Boden.

Nein, das kann unmöglich sein.

»Was ist denn?« Nick trat neben sie.

»Ist etwas nicht in Ordnung?«, fragte Línos.

Ohne auf die Fragen zu antworten, öffnete Lisa die Kiste. Hielt dabei den Atem an.

Bitte, bitte nicht.

Sie fühlte, wie ihr das Blut in die Beine sackte, als sie in die leere Transportkiste starrte.

Sofort wurde ganz Roussolakos abgeriegelt und sämtliche Presseveranstaltungen bis auf Weiteres verschoben, während Línos Mouskouri umgehend die Polizei alarmierte und innerhalb von nur einer Stunde rund ein Dutzend Uniformierte jeden Winkel der Ausgrabungsstätte durchkämmten.

»Wann haben Sie dieses Tongefäß zum letzten Mal gesehen?«, fragte der Beamte, der mit undurchsichtiger Miene und einem kleinen Notizblock in der Hand vor Lisa stand. Er hatte sich ihr als Polizeichef der Kommandantur von Sitia mit dem Namen Arís Antonakis vorgestellt. Ein stämmiger Mann Mitte fünfzig mit dem dicksten Schnurrbart, den Lisa je gesehen hatte.

»Heute Morgen, kurz nach vier Uhr. Ich habe die Schatulle eigenhändig in die Transportkiste gelegt, nachdem mein Kollege und ich sie untersucht hatten«, antwortete Lisa und kniff, in einem vergeblichen Versuch, die Panik zu unterdrücken, kurz die Augen zusammen.

»Sind Sie ganz sicher?«, fragte der Polizist eindringlich.

»Was für eine Frage. Natürlich bin ich sicher. Ich habe mir die Kiste doch absichtlich neben das Bett gestellt.«

Sie biss die Zähne zusammen.

Ruhig bleiben. Jetzt nur nicht die Nerven verlieren.

»Als ich ein paar Stunden später aufgewacht bin, stand sie

noch immer da. Genau hier.« Sie zeigte auf die Stelle direkt neben dem Feldbett.

»Sie haben den Inhalt der Kiste jedoch nicht überprüft?«

Lisa schüttelte den Kopf. »Es schien alles genau so, wie ich es ein paar Stunden zuvor hingestellt hatte.«

Er kritzelte etwas auf den Schreibblock, hob jedoch gleich wieder den Blick. »Und weiter? Was haben Sie gemacht, nachdem Sie aufgewacht sind?«

»Dann bin ich duschen gegangen und habe mir einen Kaff…« Ihr Magen zog sich zusammen, ihr wurde übel. Atemlos setzte sie sich auf die Bettkante.

O Gott, sie war aus dem Container hinausgegangen und hatte die Tür nicht abgeschlossen.

»Es waren nur ein paar Minuten.« Sie schüttelte den Kopf und presste hervor: »Ich war allerhöchstens eine Viertelstunde weg, ich schwöre.«

Der Kommandant räusperte sich und runzelte die Stirn, bevor er sagte: »Ist Ihnen seit der Presseinformation gestern irgendetwas Verdächtiges aufgefallen?« Mit dem Kugelschreiber in der Hand zeichnete er einen Kreis in der Luft. »Vielleicht ein ungewöhnliches Vorkommnis? Oder eine Person, die sich verdächtig verhalten hat?«

Lisa versuchte, sich zu erinnern, aber in ihrem Kopf schwirrten die Gedanken wie ein Karussell im Kreis herum. »Nein, tut mir leid, gestern waren so viele Leute hier«, flüsterte sie.

Der Polizist nickte, drehte sich um und ging zum nächsten Container, um Nick zu befragen.

Es dauerte bis kurz vor Sonnenuntergang, bis die Durchsuchung von Roussolakos sowie sämtliche Recherchen abgeschlossen und alle Teilnehmer des Grabungsteams, zusammen mit den gestern und heute Morgen anwesenden Sicherheitsleuten, befragt worden waren. Die Tonschatulle bleib verschwunden, und Lisa fühlte sich so elend wie noch nie zuvor in ihrem Leben.

Warum hatte sie nicht auf Nick gehört und die Schatulle im Fundcontainer deponiert? Warum hatte sie mal wieder so verflucht besserwisserisch sein und ihren Kopf durchsetzen müssen?

»Jetzt mach dich nicht verrückt«, versuchte Nick, sie zu beruhigen, indem er ihr tröstend über das Haar strich. »Das Wichtigste ist, dass wir die Schatulle so schnell wie möglich finden.« Ein netter Versuch, aber nutzlos.

Mit steifen Schritten trat Kommandant Antonakis schließlich in den Bürocontainer. »Die Befragungen haben möglicherweise ein paar nützliche Informationen ergeben, denen wir nachgehen werden. Bitte halten Sie sich für weitere Nachfragen bereit.«

»Selbstverständlich. Was immer wir tun können, um die Ermittlungen zu unterstützen«, erwiderte Nick und reichte dem Polizisten die Hand. »Ich weiß Ihre Bemühungen sehr zu schätzen.«

Antonakis stand kurz stramm, ehe er sich mit einem knappen Nicken verabschiedete und ging.

Trotz heftiger Einwände seitens Nick blieb Lisa auch die kommende Nacht in Roussolakos. Allerdings konnte sie nicht schlafen, dafür war sie viel zu aufgewühlt. Stattdessen verbrachte sie die Stunden damit, die Fundstücke der letzten Tage zu klassifizieren und in die elektronische Datenbank einzugeben. Die Beschäftigung lenkte sie zumindest ein wenig von ihren Schuldgefühlen ab, und die Arbeit musste schließlich irgendwie weitergehen.

Es war kurz vor Mittag am nächsten Tag, als einer der Sicherheitsleute vom Eingangstor in Lisas Büro trat. »Da will Sie jemand sprechen«, sagte er und zeigte mit dem Daumen über die Schulter. »Eine Frau namens Sofia Zoidaki. Sie sagt, es sei dringend.«

Sofort fuhr Lisa von ihrem Arbeitsstuhl auf.

Sofia stand am Eingangstor. Ihre Augen waren geschwollen, und sie presste die Lippen zu einer dünnen Linie zusammen. In der Hand hielt sie ein zerknülltes Papiertaschentuch.

»Was ist passiert?«, fragte Lisa alarmiert.

Die Kreterin schüttelte den Kopf. »Die Polizei hat Charis verhaftet. Heute Morgen. Haben einfach die Haustür eingetreten, die Wüstlinge«, stieß sie hervor. Ihre Schultern bebten vor unterdrücktem Schluchzen. »Sie sagen, er hätte irgendwelche alten Siegelringe gestohlen. Und es gäbe sogar einen Zeugen dafür.«

KAPITEL 27

Die Iliás auf Kretisch

Lisa saß wie betäubt auf der Terrasse des Gutshofs. Hier ließ es sich besser reden als inmitten der vielen Leute auf der Ausgrabungsstelle.

»Er mag seine Fehler haben, aber so etwas würde er nie tun. Nicht mein Charis.« Mit Bestimmtheit winkte Sofia ab und tupfte sich mit dem Taschentuch über die Augen.

Kopfschüttelnd stellte Kalli ein Glas Wasser vor sie hin, strich ihr übers Haar und küsste ihre Großmutter auf den Scheitel. »Beruhig dich, Yiayià. Natürlich hat er nichts damit zu tun, das wissen wir doch.«

An Lisa gewandt, fuhr sie fort. »Wir waren gestern alle den ganzen Tag lang auf dem Wochenmarkt von Sitia. Von dem Diebstahl in Roussolakos haben wir erst heute Morgen von der Polizei erfahren.« Damit stellte sie ihr eine große Tasse Nescafé hin.

Dankbar nickte Lisa ihr zu. Sie war völlig erschlagen von den Ereignissen. Und dann war diese Nachricht gekommen: Charis sollte der Dieb der Tonschatulle sein.

Himmel, etwas so Hanebüchenes hatte sie noch nie gehört. Der pochende Schmerz in ihren Schläfen wurde stärker.

»Habt ihr einen Anwalt eingeschaltet? Bestimmt kann er Charis gegen Kaution auslösen«, sagte Lisa und umfasste die

Kaffeetasse mit beiden Händen, wie um sich daran festzuhalten. Der Kaffee schmeckte stark und süß.

»Das ist es ja. Sie lassen den Anwalt nicht zu ihm«, rief Sofía und begann wieder zu schluchzen.

»Aber das ist rechtswidrig.« Zwar kannte sich Lisa mit der griechischen Gesetzgebung nicht aus, aber das Recht auf einen Anwalt musste bestimmt auch hierzulande im Grundgesetz verankert sein.

Kalli schnaubte ungehalten und streichelte tröstend über Sofías Rücken. »Ja, das ist es. Genauso wie die ganze Anschuldigung eine einzige Farce ist.« Sie ließ sich auf den Stuhl neben ihrer Großmutter fallen. »Es heißt, ein Zeuge hätte Charis beobachtet, wie er sich vorgestern unter die Presseleute in Roussolakos gemischt und sich sogar mit jemandem gestritten hat, sodass die Sicherheitsleute ihn hinauswerfen mussten. Nicht genug damit. Der besagte Zeuge, der natürlich anonym bleiben will, behauptet, Charis hätte danach die ganze Nacht lang vor dem Eingang herumgelungert.«

Sie schnalzte mit der Zunge und fegte die Behauptung mit einer energischen Geste beiseite. »Er war tatsächlich in Roussolakos, und er hat auch die ganze Nacht lang draußen im Auto gewartet. Aber bestimmt nicht, um irgendetwas zu stehlen. Sondern deinetwegen.«

Wie bitte? Lisa schaute auf. »Meinetwegen?«

»Um dir zu erklären, dass alles nur wegen einer meiner Ideen so durcheinandergeraten ist«, sagte Sofía, der die Stimme zu versagen drohte. »Charis und Alíki sind ebenso wenig miteinander verlobt, wie ein Esel quaken kann.«

Und so erfuhr Lisa alles: Von Sofías Verkupplungsplan; davon, dass sie alle Verwandten zum Mitmachen angestiftet hatte, um Lisa eifersüchtig zu machen; und davon, dass sie ihren Enkel noch nie zuvor so voller Feuereifer erlebt hatte – außer, wenn es um seinen Olivenhain ging, natürlich.

»Das ist nur deinetwegen, Lisoula.« Ein warmes Lächeln erhellte Sofías Gesicht, als sie Lisas Hand drückte. »Charis hätte sogar wochenlang auf dich gewartet. Weil er dich liebt. Oje, hast du dich etwa verschluckt?«

Nein, Lisa bekam keine Luft mehr. Weil ihr Puls raste. Weil sie von diesem Geständnis einmal mehr hoffnungslos überrumpelt war. Weil sich das warme Prickeln, das sich in ihrer Brust ausbreitete, so ungewohnt gut anfühlte. Weil sie diesen sturen Kerl doch ebenfalls liebte.

»Amaltheias Ziegenhorn mit Zuckerwatte«, sagte sie schließlich keuchend.

Aber Charis saß in einer Zelle, und das nur, weil er gestern nach Roussolakos gekommen war, um ihr alles zu erklären.

»Geht es dir nicht gut? Du bist auf einmal knallrot im Gesicht«, hörte sie Kalli wie von weither sagen.

Mit einem Sprung war sie auf den Beinen. »Wohin haben sie Charis gebracht?«

»Auf die Kommandantur nach Sitia. Warum?«, fragte Sofía.

»Ich brauche ein Auto.« Ohne auf eine Antwort zu warten, schnappte sich Lisa den Schlüssel von Charis' Wagen vom Küchentresen. »Ich rufe euch an, sobald ich mehr weiß«, rief sie den Frauen über die Schulter zu, bevor sie die Außentreppe hinuntereilte.

»Der Chef? Ne, der hat sich heute noch nicht hier blicken lassen«, erklärte Max, der Geophysiker, und zuckte die Schultern, als Lisa ihn nach Nick fragte.

Himmelherrgott, sie hatte schon ungefähr sieben Mal vergebens versucht, ihn auf dem Mobiltelefon zu erreichen. Dabei brauchte sie ihn. Dringend sogar.

Nach allem, was sie eben von Sofia und Kalli gehört hatte, war Lisa sofort klar geworden, dass hier rein gar nichts mit rechten Dingen zuging, obwohl sie im Moment weder das »Wer« erriet noch das »Warum« begriff.

Viel wichtiger war, dass sie Charis aus seiner Zelle herausholten. Doch wenn selbst der Anwalt der Familie nichts erreichte, mussten sie eben ein stärkeres Geschütz auffahren. Beziehungen und genug Einfluss öffneten alle Türen, darin unterschieden sich die kretischen Behörden kaum vom Rest der Welt, und Nicks Familie verkehrte in höchsten Kreisen. Wenn ihr also einer helfen konnte, dann er.

Zwanzig Minuten später raste sie in der Nähe von Sitia durch die Einfahrt der Villa des Zyprers.

»Nick!« Mit der flachen Hand schlug Lisa an die Eingangstür. »Nun mach schon auf!«

Sie trat einen Schritt zurück, als sich die Tür tatsächlich öffnete und Nicks Haushälterin vor ihr stand.

»Kann ich Ihnen helfen?« Der entrüstete Tonfall Galatías war nicht zu überhören.

»Ich suche Nikos. Es ist sehr wichtig«, keuchte Lisa atemlos.

Die Kreterin schüttelte den Kopf. »Er ist heute Morgen früh abgereist.«

»Abgereist? Was soll das heißen, abgereist?« In Lisas Ohren klang ihre eigene Stimme wie ein Krächzen.

»Eine dringende Familienangelegenheit, wegen der er seinen Bruder in London treffen muss, hat er gesagt«, erklärte Galatía. »Es tut mir leid, aber er ist erst in ein paar Tagen wieder zurück.«

Ohne ein weiteres Wort schloss sie die Tür vor Lisas Nase. War das zu fassen?

Einen Augenblick blieb Lisa reglos stehen, starrte die Tür an, als könnte sie sie allein durch ihre Willensstärke wieder öffnen.

Sie stampfte mit dem Fuß auf, bevor sie sich umdrehte und zurück zum Auto eilte.

Nick war nach London gereist. Ohne ihr etwas zu sagen. Ausgerechnet jetzt. So viel zu ihrem miserablen Karma.

Der Motor heulte auf, als sie davonfuhr.

Und jetzt? »Scheiße, Scheiße, Scheiße!« Sie trat das Gaspedal bis zum Anschlag durch und preschte durch die Ausfahrt.

Nur um nach ein paar Hundert Metern so brüsk abzubremsen und den Wagen nach rechts an den Straßenrand zu lenken.

Es roch leicht nach verbranntem Gummi, als Lisa, die Hände um das Lenkrad geklammert, zwei Meter vor einem riesigen Werbeplakat der Fährengesellschaft Anek Lines anhielt. Ein junges Pärchen lächelte, entspannt in einem Cabriolet sitzend, von dem Plakat herunter.

Nick wollte seinen Bruder in London treffen, hatte seine Haushälterin eben gesagt. Aber er hatte doch nur einen Bruder, und Iáson war vor fünf Jahren bei einem Bootsunfall in Saint-Tropez ums Leben gekommen.

Lisa erinnerte sich ganz genau. Das war auch für sie ein Schock gewesen. Während ihrer gemeinsamen Studienzeit hatte sie Nicks Familie persönlich kennengelernt. Ja, sie war damals sogar ein wenig in den um ein paar Jahre älteren Iáson, genannt Jason, verknallt gewesen, der in ihrer romantischen Vorstellung so attraktiv war wie der Schauspieler Robert Taylor im Film *Quo Vadis*.

Erneut wählte sie die Nummer des Zyprers, erreichte jedoch wieder nur den Anrufbeantworter.

»Was, zum Henker, soll das, Nick?«, brüllte sie das Display ihres Mobiltelefons an, warf das Gerät auf den Nebensitz, ließ den Kopf gegen die Lehne sinken und atmete tief durch.

Verlier jetzt bloß nicht die Nerven, Stadler, und schalte stattdessen dein Hirn ein.

Richtig, die Situation analysieren. Analysieren war gut. Analysieren verschaffte Sicherheit und bedeutete, die Kontrolle zu behalten.

Lisa schloss die Augen, sortierte in ihrem Kopf alle bekannten Fakten mit gewohnter Gründlichkeit: die Tonschatulle in der Transportkiste. Während der Nacht hatte sie die Containertür abgeschlossen, dessen war sie sich sicher, doch sie erinnerte sich beim besten Willen nicht mehr daran, ob sie den Schlüssel auch tatsächlich hatte stecken lassen.

Wenn nicht, hätte jemand problemlos die Tür von außen aufschließen, sich hereinschleichen und das Fundstück aus der Kiste nehmen können. Es musste also gar nicht zwingend am Morgen passiert sein.

Möglich. Lisa war so erschöpft gewesen, dass sie trotz aller Aufregung sofort in einen Tiefschlaf gefallen war. Doch niemand außer ihr selbst und Nick besaß einen Schlüssel für den Bürocontainer.

Sie schüttelte den Kopf. Unsinn.

Nächster Punkt.

Charis. Er war während der Presseinfo in Roussolakos gewesen, das hatte Kalli bestätigt. Ebenso, dass er die Nacht über vor dem Haupteingang gewartet hatte.

Aber die gesamte Ausgrabungszone war die ganze Zeit über von einer Armee aus Sicherheitsleuten bewacht worden.

Nicht einmal eine Heuschrecke wäre unbeobachtet auf das Gelände gelangt. Dasselbe galt für den darauffolgenden Morgen. Ganz abgesehen davon, dass Charis überhaupt kein Motiv hätte, um eine antike minoische Tonschatulle zu stehlen.

Voller Frust schlug Lisa mit der flachen Hand auf das Lenkrad.

Und richtete sich ruckartig wieder auf. »Moment mal.«

Die Polizei hatte Nick ebenfalls aufgefordert, während der laufenden Ermittlungen für weitere Fragen zur Verfügung zu stehen. Und er war heute Morgen nicht in Roussolakos erschienen. Er konnte also gar nicht wissen, dass Charis verhaftet worden und die Ermittlung somit zumindest im Moment abgeschlossen war. Außer …

Noch bevor sie den Gedanken zu Ende gedacht hatte, drehte Lisa den Autoschlüssel im Zündschloss und riss das Steuer herum.

Sie strich sich eine verirrte Haarsträhne hinter das Ohr und zupfte ihr T-Shirt zurecht, bevor sie an der Haustür von Nicks Villa klingelte.

Hoffentlich war Galatía überhaupt noch da.

Die Tür öffnete sich.

»Ya sas«, sagte Lisa und setzte ihr höflichstes Lächeln auf, den abschätzigen Blick der Haushälterin ignorierend. »Es tut mir leid, wenn ich Sie noch einmal stören muss, aber ich habe eben mit Nikos am Telefon gesprochen, und er hat mich gebeten, ein Dokument aus seinem Büro zu holen. Die Polizei braucht es dringend für die Ermittlung. Wegen des Diebstahls in Roussolakos. Sie haben bestimmt schon davon gehört.« Und jetzt ein möglichst zerknirschtes Gesicht machen. Lisa wünschte, Alíki wäre hier, die könnte das tausendmal besser.

»Natürlich habe ich davon gehört, die Geschichte ist in allen Medien. Einfach schrecklich.« Galatía griff nach dem goldenen Kreuz, das an der Kette um ihren Hals hing. »Aber ich weiß wirklich nicht. Nikos hat ausdrückliche Anweisungen gegeben, niemanden hereinzulassen.«

»Zu Recht, wie man in Roussolakos gesehen hat, kann man heutzutage wirklich keinem mehr trauen.« Lisa legte ihre Hand ebenfalls auf die gleiche Stelle, an der ein Anhänger liegen würde, würde sie eine Halskette tragen. Sie hatte vor einer Weile in einem Buch über Körpersprache gelesen, dass diese sogenannte Spiegeltechnik dem Gesprächspartner Vertrauen einflößen sollte. Einen Versuch war es wert.

Dann fuhr sie fort und versuchte, die Worte eindringlich zu betonen: »Umso mehr braucht der Oberst der Kommandantur von Sitia ebenjenes Formular.«

»Der Oberst der Kommandantur von Sitia?«, rief die Haushälterin, und ihre Augen wurden groß.

»Richtig. Arís Antonakis. Kennen Sie ihn etwa?«

Bitte sag Nein, flehte Lisa in Gedanken. Und hoffentlich lagen die Soziologen mit ihrer Theorie richtig, wonach die Erwähnung einer ranghöheren Person eine einschüchternde Wirkung hatte.

Um ein Haar hätte Lisa vor Erleichterung geseufzt, als Galatía die Tür weit öffnete. »Wenn das so ist, dann kommen Sie herein.«

Sie folgte der Haushälterin in den oberen Stock, wo Nick, wie Lisa seit ihrem letzten Besuch wusste, sein Büro eingerichtet hatte. Der Raum war von der Treppe her zugänglich, groß und hatte eine Fensterfront, die ganz nach Bedarf auf Knopfdruck durch Rollläden verdunkelt werden konnte.

Aus Schwemmholz geschnittene und mit weißer und ockerfarbener Lasur behandelte Wandregale gaben dem Raum einen Strandhaus-Touch, vervollständigt von dem in der Mitte des Zimmers stehenden schlichten Tisch aus hellem Kiefernholz und dem Rattan-Drehsessel. Als sie das letzte Mal hier oben gewesen war, hatten noch zwei Kisten neben dem Tisch gestanden. Diese waren nun verschwunden.

»Das Formular, das Sie suchen, muss hier irgendwo liegen«, sagte Galatía und zeigte auf die Papierstapel, die links und rechts neben einem Notebook auf dem Tisch lagen. »Ich habe gerade Kaffee gekocht. Möchten Sie auch einen?«

»Danke, nein.« Lisa lächelte so breit, dass die Haut an ihren Wangen spannte.

»Na gut, dann lasse ich Sie suchen. Rufen Sie mich, wenn Sie etwas brauchen.« Damit ging die Kreterin zurück zur Treppe.

Lisa blieb allein zurück.

So weit, so gut, und was nun? Allzu lang würde sie nicht hier oben bleiben können, ohne Verdacht zu erwecken, dabei hatte sie nicht einmal eine Ahnung, wonach genau sie suchte.

Während sie sich über den Tisch beugte, meldete sich prompt ihr schlechtes Gewissen: Sie sollte eigentlich nicht hier sein, und das Ganze beruhte ohnehin nur auf einem sehr vagen Verdacht, für den sie sich im Grunde schämen müsste. Sie kannte Nick schon so lange, er war ihr einziger, bester Freund, und sie hatte ihm in all den Jahren blind vertraut.

Lisa zögerte nur einen Augenblick, bevor sie sich hinsetzte und den ersten Stapel zu durchsuchen begann, jedoch nur alte Zeitungen, ein paar Grabungsprospektionen aus Mexiko und Belize sowie zehn fotokopierte und zusammengeheftete A4-Seiten von Ausschnitten aus Homers Iliás auf Altgriechisch fand.

Seit wann interessierte sich Nick denn dafür? Er hatte sogar ein paar Wörter auf den Kopien markiert.

»Brauchen Sie Hilfe?«, rief Galatía von unten herauf.

»Alles bestens, danke. Ich wusste gar nicht, wie unordentlich Nick ist. Die Dokumente sind alle ziemlich durcheinander«, rief Lisa zurück und fühlte sich schäbig. Sie war ursprünglich nur hergekommen, um Nick um Hilfe zu bitten, stattdessen wühlte sie jetzt in seinen Sachen.

Eigenartig, dass Nick überhaupt so viel Papier herumliegen hatte, er war doch sonst ein Vorbild, was Nachhaltigkeit anbelangte, und machte sich sogar die kleinste Notiz ausschließlich auf seinem Tablet.

Das Tablet, richtig. Das hatte er natürlich mitgenommen, aber vielleicht war auf dem Notebook ein Backup gespeichert.

Lisa hielt den Atem an, lauschte den Geräuschen aus der Küche, wo die Haushälterin hantierte.

Was sie hier tat, war absoluter Vertrauensbruch.

Gleichzeitig öffnete sie das Notebook und stutzte, als sich ohne Weiteres der Desktop öffnete. Nicht einmal mit einem Passwort gesichert?

Rasch klickte sie sich durch die verschiedenen Dateiordner. Nichts Nennenswertes. Auch das Backup-File zeigte nichts Verdächtiges beim Durchscrollen. Ein paar Text- und Bilddateien und Links zu südamerikanischen Privatfluggesellschaften.

Doch halt, da war dieser Unterordner. Ganz unscheinbar am Ende einer Sammlung von Strandbildern und »ZIlias« betitelt.

Nanu? ZIlias – Iliás. Ein Vertipper oder gar ein Zufall?

Nach dem Anklicken sah Lisa einen riesigen Katalog von Fotos. Für einen Laien waren sie wahrscheinlich nicht mehr als Abbildungen von altem, längst unbrauchbar gewordenem Zeug. Ihr geschultes Auge hingegen erkannte die archäologischen Relikte aus den verschiedensten Epochen und Gegenden auf den ersten Blick: Das Messer aus Gold mit der Darstellung eines Menschenkopfs am Knauf schien, obwohl nicht Lisas Fachgebiet, typisch für ein Stück aus einem Inka-Goldschatz. Das kleine, zylinderförmige Ding aus Kalkstein ähnelte einem dieser assyrischen Rollsiegel, von denen sie kürzlich in einer Fachzeitschrift gelesen hatte. Diese Tonfiguren sahen genau so aus wie diejenigen, die vor ein paar Tagen hier in Nicks Büro in den Kisten gelegen hatten. Und wenn sie nicht alles täuschte, stammte der silberne Halsreif mit den zwei Stierköpfen aus keltischer Zeit.

Natürlich war eine Bildsammlung von Fundstücken für einen Archäologen nichts Besonderes. Aber all diese völlig unterschiedlichen Epochen und Regionen?

Lisa traute ihren Augen nicht, als auf dem Bildschirm Bilder von minoischen Siegelringen erschienen.

Sie beugte sich vor, um besser sehen zu können. Kein Zweifel, das waren die drei Ringe aus Roussolakos. Sie hatte die Fotos eigenhändig nach der Säuberung für die digitale Katalogisierung gemacht, so, wie sie es bei jedem Fundstück tat.

Rasch machte sie mit ihrer Handykamera ein paar Aufnahmen der Bildersammlung.

Von der Küche zog der verführerische Duft von frisch gebrühtem Kaffee herauf.

Sie musste sich beeilen.

Was hatte denn dieser Internetlink hier mittendrin zu suchen?

Kurz entschlossen, klickte sie darauf. Auf dem Bildschirm erschien eine Tabelle mit Bildern, Zahlen und Texten in griechischer Schrift – genauer in den typisch für Altgriechisch benutzten Großbuchstaben.

Sie blinzelte ungläubig. Das waren schon wieder Zeilen aus der Iliás, und die Bilder waren die Fotos der Relikte, die sie gerade gesehen hatte.

Aber was hatten diese Zahlen in den Spalten neben jedem Text zu bedeuten?

In der Spalte ganz rechts standen Namen – absurde Namen allerdings, welcher Unmensch taufte sein Kind denn heutzutage noch Lancelot, Agamemnon oder Dschingis.

Auch hiervon machte Lisa eilig ein paar Fotos, klappte das Notebook zu und suchte die Fotokopien der Iliás aus dem Stapel hervor.

»Gefunden«, rief sie dann so laut, dass Galatía es auch wirklich hörte, und rannte, die Kopien triumphierend über dem Kopf schwenkend, die Treppe hinunter.

»Wollen Sie wirklich keinen Kaffee?« Die Haushälterin streckte Lisa eine Mokkatasse entgegen.

»Ochi, efcharistó polí – nein, vielen Dank. Ich muss leider gleich weiter«, lehnte Lisa so höflich wie möglich ab und war bereits aus der Tür getreten, bevor die Kreterin etwas erwidern konnte.

Rasch ins Auto gesprungen und weggefahren.

Erst als Lisa die ersten Häuser von Sitia erreichte, hielt sie an.

Gute Güte, ihr Herz raste vor Aufregung. Sie brauchte einen Moment, bis sie sich so weit beruhigt hatte, dass ihre Finger nicht mehr zitterten, während sie die Fotos vom Notebook-Bildschirm genauer betrachtete.

Vor allem interessierte Lisa die seltsame Tabelle mit den altgriechischen Texten, die auf den ersten Blick in keinerlei Zusammenhang mit den Bildern, Zahlen und Namen standen.

Sie kniff die Augen zu schmalen Schlitzen zusammen, um den Text auf dem kleinen Display des Mobiltelefons überhaupt entziffern zu können.

In der ersten Spalte von links war pro Zeile ein Reliktbild eingefügt – das Erste war eine Silberbrosche mit einem eindeutig inselkeltischen Triskele-Motiv. Rechts daneben folgte eine Spalte mit Text. Zeile um Zeile las Lisa sich das Geschriebene laut vor. Doch sie bemerkte das einzelne, mitten im Text stehende Wort in Neugriechisch erst, als sie beim Aussprechen ins Stocken geriet.

Der Ausdruck »Angebot« passte weder in den Verskontext noch hatte er etwas in einer Schrift von Homer zu suchen.

Sie nahm die Kopien, die sie auf Nicks Arbeitstisch gefunden hatte.

Da, derselbe Vers. Das auf der Kopie mit leuchtend gelbem Marker gekennzeichnete Wort war genau dasjenige, das in der Tabelle durch das zusammenhanglose »Angebot« ersetzt worden war.

In der nächsten Spalte stand die Zahl 9500. Dann wiederum ein Vers. Auch diesen fand Lisa sogleich auf einer der Kopien. Dieses Mal suchte sie jedoch nur nach dem markierten Wort.

»Preisgebot?«

Verständnislos runzelte sie die Stirn. Doch dann warf sie den Blick auf die folgende Spalte, wo die Zahl 14 250 stand. Und mit einem Mal fiel es Lisa wie Schuppen von den Augen: Angebot 9500, Preisgebot 14 250.

Eine Auktion. Das war eine Onlineauktion, und zum Verkauf standen archäologische Relikte.

Fassungslos scrollte sie durch die Liste, und ihre Welt zerfiel in Trümmer.

Angebot und Preisgebot – beide Wörter waren in allen Texten der jeweiligen Spalte versteckt.

Und da waren auch die Siegelringe von Roussolakos. Das momentane Höchstpreisgebot stand bei 45 340 pro Stück. Wahrscheinlich Euro oder Dollar, obwohl die Währung nicht die geringste Rolle spielte. Die simple Tatsache, dass diese Auktion überhaupt stattfand und Nick damit zu tun hatte, war erschütternd genug.

Lisa ließ das Mobiltelefon sinken. Ihr war übel geworden, und ihr Kopf schmerzte. Was sie fühlte, war weit jenseits von Enttäuschung und Wut. Aber jetzt machte alles Sinn: Nick hatte den Schlüssel zum Container. Er hätte sich somit sowohl während der Nacht Zutritt verschaffen können als auch am Morgen, als sie duschen gegangen war. Und keiner der Sicherheitsleute hätte ihn verdächtigt.

Sie stöhnte, fuhr sich mit den Händen übers Gesicht.

Nick hatte sie ausgenutzt und aufs Gemeinste hintergangen. Ausgerechnet er, selbst ein angesehener Archäologe. Entgegen jeder Berufsethik.

Hatte er das Roussolakos-Projekt etwa nur deswegen unterstützt? Weil er aufgrund seiner Erfahrung damit gerechnet hat, dass ihnen hier früher oder später ein bedeutender Fund in die Hände fallen würde, womit sich seine Investition auf dem Schwarzmarkt womöglich um das Doppelte, wenn nicht sogar Dreifache wettmachen ließ?

Machte Nikos Georgios Jannou sein Vermögen etwa mit solchen Geschäften? Nach außen hin der reiche Kulturförderer und in Wahrheit in unlautere Machenschaften verwickelt. Jedenfalls fühlte er sich sicher genug, dass er sein Notebook nicht einmal mit einem Passwort schützte.

Ihre Wut kochte immer heißer.

Zweifellos war Nick auch der anonyme Zeuge. Und Charis kam ihm in der ganzen Geschichte natürlich mehr als gelegen. Denn wem glaubte man eher: einem einfachen Olivenbauer, der zudem schon eine Vorgeschichte im Konflikt mit Kulturbehörden hatte, oder dem Sohn eines hochrangigen diplomatischen Vertreters? Die Antwort lag auf der Hand.

»Aber du hast die Rechnung ohne mich gemacht«, presste Lisa hervor, nahm das Telefon und wählte Sofias Nummer.

»Ruf euren Anwalt an. Er soll mich in einer halben Stunde vor der Polizeikommandantur in Sitia treffen«, rief sie, bevor sie wieder auflegte und die nächste Nummer heraussuchte.

Mehr wollte sie der Kreterin noch nicht sagen. Die ganze Angelegenheit schien so verfahren und war so korrupt, dass sie Sofia keine voreiligen Hoffnungen machen wollte. Denn Nick saß im Moment eindeutig am längeren Hebel, da er offensichtlich sogar den Obersten der lokalen Polizei auf seiner Seite hatte. Sie brauchte somit ebenfalls einen Sparringspartner. Jemanden mit möglichst ebenso viel Einfluss. Jemanden, wie …

Die Telefonnummer starrte ihr vom Handydisplay entgegen. Sie biss sich auf die Lippen, kniff ein paar Atemzüge lang die Augen zusammen.

Was, wenn die Nummer gar nicht mehr gültig war?

Was, wenn er ihr nicht antwortete, es wäre schließlich nicht das erste Mal.

Doch sie verbannte den Gedanken sofort aus ihrem Kopf.

Kein Rückzug, nicht aufgeben. Hier ging es um weit mehr als um ihren eigenen Stolz. Es ging um Charis. Um die Familie.

Lisa drückte auf den Anrufbutton, wagte kaum, zu atmen, als es in der Leitung knackte und der Rufton ertönte.

Eigentlich hatte sie nicht damit gerechnet, sodass sie beinahe erschrak, als die tiefe, rauchige Männerstimme ertönte. »Hallo.«

Sie schluckte. All die Worte, die sie hatte sagen wollen, waren auf einmal wie weggeblasen.

»Hallo?«, sagte die Stimme erneut.

Bis sie schließlich all ihren Mut zusammennahm und sagte: »Paps. Ich bin's. Lisa.«

KAPITEL 28

Der Tag, an dem Palekastro tat, was sich gehörte

Man hat uns nicht mal vorgelassen«, berichtete Lisa am selben Abend, als sie auf der Terrasse des Gutshofs saß und versuchte, sich die Frustration und Sorge nicht vor den versammelten Familienmitgliedern anmerken zu lassen. Kein leichtes Unterfangen, denn heute fand nicht eines der üblichen Abendessen statt. Heute machte keiner der Anwesenden Scherze, und sie redeten auch nicht durcheinander. Stattdessen saßen sie alle mit sorgenvollen Gesichtern unter den Weinranken. Sogar Onkel Aléxios und Tante Magda waren extra von Agios Nikólaos zu dieser Krisen-Familiensitzung gekommen.

Sofia umarmt Lisa fest. »Taten sind Früchte, Worte nur Blätter. Du hast es versucht, das ist schon sehr viel wert.«

»Und du hast das alles hier gefunden«, fügte Kalli hinzu und scrollte durch die Fotos, die sie inzwischen vom Handy auf das Tablet kopiert hatte. »Wow, ich kann gar nicht fassen, was für ein fieser Hund dieser Zyprer ist. Das muss in allen Medien publik gemacht werden, jawohl.« Sie schlug sich mit der flachen Hand aufs Knie.

Die Entschlossenheit der jungen Kreterin brachte Lisa trotz

allem zum Schmunzeln. Wenn die Angelegenheit doch nur so einfach wäre …

»Wir haben zwar die Beweise, aber umso vorsichtiger müssen wir nun vorgehen«, erklärte sie so ruhig wie möglich. »Wenn wir das Ganze jetzt schon an die Öffentlichkeit bringen, wühlen wir nur das Wasser auf und verscheuchen damit die Fische, ohne sie fangen zu können.« Himmel, jetzt fing sie auch schon an, in Metaphern zu reden, doch dieses Bild beschrieb die Situation ziemlich treffend. Mit einem guten und vor allem mutigen Anwalt könnten sie Nick zwar womöglich überführen und das Auktionsportal schließen lassen, jedoch nur, damit am nächsten Tag an einer anderen Stelle ein neues online ging.

Sie schüttelte den Kopf. »Antikenhehlerei ist ein weit vernetztes, tiefschwarzes Geschäft. In diesem Fall wissen wir nicht einmal, wie weit Nicks Einfluss überhaupt reicht.«

»Damit hat Lisa recht. Ohne die nötige Rückendeckung kann das womöglich sogar gefährlich werden«, pflichtete Onkel Iordánis ihr mit dunkel umwölkter Stirn bei, während der neben ihm sitzende Cousin Costas nickte.

»Aber was können wir denn sonst tun?« … »Wir können doch nicht einfach tatenlos herumsitzen, während Charis im Gefängnis hockt«, riefen Alíki und Tante Dimitria gleichzeitig. Cousin Petros fluchte, woraufhin ihm Großonkel Thalis mit vorwurfsvoller Miene einen Klaps auf den Hinterkopf verpasste und selbst einen noch wüsteren Fluch ausstieß.

»Wir müssen versuchen, den Fall an die Öffentlichkeit zu bringen, ohne den Fokus jedoch auf den Hehlerring zu lenken«, murmelte Lisa nachdenklich.

Genau das hatte ihr Vater gestern am Telefon auch geraten und zu ihrem größten Erstaunen ernsthaft zugehört und versprochen, seinerseits ein paar Hebel in Bewegung zu setzen.

Sie wollte ihm so gern glauben, doch die Skepsis blieb wie eine dicke, zähe Masse über der Hoffnung kleben. Deshalb hatte sie der Familie nichts von dem Telefonat erzählt. Was, wenn alles nur ein leeres Versprechen war?

Sie zuckte zusammen, als sie den Blick hob und bemerkte, dass alle Anwesenden sie schweigend und mit erwartungsvollen Mienen ansahen.

»Nun sag schon, was schlägst du also vor?«, drängte Kalli ungeduldig.

»Ich … ähm.« Einen Moment fehlten Lisa die Worte. Nicht nur weil sie es hasste, im Mittelpunkt zu stehen. Es war ein seltsames Gefühl, zu erfahren, dass jemand außerhalb eines Ausgrabungsfelds auf ihre Meinung Wert legte. So, als gehörte Lisa tatsächlich zu dieser Großfamilie dazu.

Sachte legte Sofia ihr die Hand auf den Arm und lächelte ihr aufmunternd zu.

»Nun«, fing Lisa schließlich an und räusperte sich, bevor sie fortfuhr: »Die Idee ist noch nicht ganz ausgereift, aber ich denke, sie könnte klappen …«

Der Plan war denkbar simpel: Es ging primär nicht darum, irgendwelche Institutionen oder Behörden oder gar einen Archäologen mit Geschäftskontakten zu zwielichtigen Hehlern direkt an den Pranger zu stellen, sondern so viel Lärm wie möglich zu machen, damit die Öffentlichkeit von selbst darauf kam.

Das Erste, was Lisa noch am selben Abend tat, war, die Leitung des Roussolakos-Projekts ad interim an ihren Geophysiker-Kollegen Max zu übergeben.

Wer hätte je gedacht, dass sie, Lisa Stadler, die Vollzeit-Archäologin, eines Tages ihre eigenen Prioritäten ändern würde und stattdessen die ganze Nacht mit Petros und Costas Plakate mit den Slogans »Palekastro für Charis!« oder »Lasst ihn frei!« beschriftete. Danach verfasste sie mit Kalli sowohl eine E-Mail an mehrere Onlinezeitungen und lokale Radiostationen als auch eine Twittermeldung mit dem Hashtag #FreeCharis. Der Sitzstreik vor der Kommandantur von Sitia würde schon am nächsten Morgen beginnen.

Viel Lärm – so laut, dass es alle hörten.

Noch vor Sonnenaufgang fuhren Lisa und Kalli zusammen mit Sofia und Apollonia los und setzten sich mit den mitgebrachten Klappstühlen, Campingtischen, Sonnenschirmen und Kühlboxen voll mit Wasser und Essen vor den Stufen des Polizeigebäudes auf den Gehsteig. Am Nachmittag folgte die Ablösung durch Petros, Nefeli und Alíki.

Kaum jemand schenkte ihnen Beachtung. Die Einzigen waren die Autofahrer, die beim Vorbeifahren neugierig glotzten.

Am nächsten Morgen traute Lisa jedoch ihren Augen nicht, als sie mit Sack und Pack bei der Treppe ankamen und Onkel Iordánis mit Tante Dimitra und fünf weitere Frauen, die Lisa nicht kannte, dort saßen und in aller Ruhe frühstückten.

»Ich habe noch ein paar von Iordánis' Schwestern und Cousinen zusammengetrommelt. Die gehören schließlich auch zur Familie. Am Nachmittag kommen noch ein paar Leute mehr«, verkündete Dimitra stolz.

Mit »ein paar Leuten« meinte sie fast das halbe Dorf von Palekastro inklusive dem Dorfpriester Pater Artémios.

Sogar der junge Wirt Sotíris stand auf einmal vor Lisa. »Wenn du schon meine ganze Kundschaft hierherlockst, ist mir ja wohl kaum etwas anderes übrig geblieben«, brummte er, doch das Zucken an seinem rechten Mundwinkel verriet ihn. »Wir kriegen ihn schon raus, mach dir keine Sorgen.

Wenn Palekastro etwas tut, dann tut Palekastro es so, wie es sich gehört.«

Die Reihe aus farbigen Sonnenschirmen, Tischen und Klappstühlen verlief nun bereits an der gesamten Eingangsfront des Polizeigebäudes entlang bis auf die breite, autofreie Einkaufspromenade.

Auf der einen Seite hatten sich die Männer zu einem Grüppchen zusammengetan und spielten Tavli oder Domino. Die Frauen saßen auf der anderen Seite, häkelten, schwatzten oder putzten Bohnen.

Es wurde Kaffee auf Campingkochern gekocht sowie das mitgebrachte Essen ausgetauscht, gekostet und kommentiert. Mehr als einmal wurden sogar fremde Passanten an die Tische zu einem Stück Loukomades oder einem Gläschen Raki eingeladen. Eine immer größer werdende, gut gelaunte Gesellschaft, und Lisa hatte sich noch nie zuvor inmitten so vieler Leute so wohlgefühlt. Auch wenn die Gespräche der Frauen des Öfteren zu etwas voreiligen Schlussfolgerungen abdrifteten.

»Es ist auch allmählich Zeit geworden«, sagte Tante Magda, die zwischen Aliki, Lisa und Sofia saß und ein Loch in einer Socke stopfte. »Ich habe mir schon Sorgen um Charis gemacht. In seinem Alter sollte er längst verheiratet sein.«

Sofort fühlte Lisa, wie ihr die Röte in die Wangen schoss.

Sofia nickte bekräftigend. »Die schlaflosen Nächte, die der Junge mich deswegen gekostet hat, kann ich gar nicht zählen.«

»Meine Worte. Aber jetzt ist ja alles in bester Ordnung.« Über den Tisch hinweg lächelte Tante Magda Lisa an und beugte sich ein Stück vor. »Ich freue mich für euch beide. Ihr seid ein schönes Paar.«

Sogleich ergänzte Dimitra: »Und sie hat noch dazu einen Doktortitel.«

»Aber Charis und ich, wir sind eigentlich noch gar nicht …«, versuchte Lisa, die Euphorie der Frauen zu drosseln. Doch sie kam nicht weit.

»Ach, papperlapapp.« Mit einer resoluten Geste fegte Sofia den Einwand beiseite. »Charis liebt dich, und du liebst Charis, oder?«

Lisa nickte. »Ja, aber …«

»Na also!« – »Da siehst du's!« – »Oríste mas, da haben wir's!«, riefen die Frauen und lachten. Dagegen hatte Lisa einmal mehr keine Chance.

Am Nachmittag erschienen vier Polizeibeamte mit grimmigen Mienen und verlangten die sofortige Räumung des Gehwegs. Doch Lisa hielt ihnen lediglich den Auszug der lokalen Straßenverkehrsordnung vor die Nase, die sie zum Glück von Sofías Anwalt besorgt hatte. »Der Gehweg ist öffentliches Gelände«, erklärte sie. »Solange kein Verkehrsteilnehmer behindert wird oder eine Beschwerde wegen Ruhestörung vorliegt, haben wir jedes Recht, hier zu sein. So steht es im Gesetz. Wir behindern weder Fußgänger noch Autos oder stören irgendjemandes Ruhe.« Im Gegenteil, am Abend räumten sie alles zusammen und kehrten sogar die Brotkrümel vom Asphalt, damit sich niemand beschweren konnte.

Im Laufe des Vormittags des dritten Tages kam die erste Reporterin, eine Mitarbeiterin des Onlinemagazins *Crete Gazette,* und kurz vor Mittag ein junger Journalist mit einem Fotografen vom Greek Reporter.

»Prima, jetzt weiß bald die ganze Insel davon. Schau dir das an«, sagte Kalli begeistert und hob Lisa grinsend das Mobiltelefon entgegen. »Wir haben schon über zehntausend Follower auf Twitter und fast ebenso viele Retweets.«

Lisa konnte es nicht fassen. So viele Leute, die sich ihrer

Sache anschlossen. Inzwischen saßen bereits über hundert Menschen hier rund um das Polizeigebäude. Die meisten kamen jeden Morgen von Palekastro hierher, doch es waren auch einige Bewohner aus Sitia dazugestoßen. Die Restaurants in der Nähe boten ihnen aus Solidarität sogar den freien Zugang zu den Toiletten an, und auch die Reporter wurden täglich zahlreicher.

Natürlich standen nun auch ständig Polizisten vor der Tür des Polizeigebäudes, die sich jedoch dezent zurückhielten. Von Arís Antonakis, dem Obersten der Kommandantur, war bisher allerdings noch nicht einmal ein Schatten zu sehen gewesen. Jeden Tag, wenn Lisa um eine Unterredung mit ihm bat, hieß es, er sei nicht da. Immerhin war es Sofias Anwalt gestern endlich erlaubt worden, mit Charis zu sprechen. Wenigstens ein kleiner Hoffnungsschimmer.

Es war am späten Morgen des vierten Tages, als ein schwarzer Minivan mit verdunkelten Scheiben und eskortiert von zwei schnittigen Polizeiwagen vorfuhr.

Lisa stand auf, schützte die Augen mit der Hand vor der blendenden Sonne.

Sofort stürmten die Reporter und Fotografen zu dem Wagen.

Zwei Männer stiegen vorn aus dem Minivan aus und öffneten die hinteren Türen für einen groß gewachsenen Mann mit grau meliertem Haar. Auf dem Oberarm seiner Uniform trug er das Emblem der Elliniki Astynomia, der Hellenischen Polizei, auf seiner Schulter glänzte ein goldener Stern mit Wimpel.

Instinktiv straffte Lisa die Schultern. Ein Polizeimajor?

Im selben Moment setzte ihr Herz einen Schlag lang aus, als sie die zweite Person aussteigen sah.

Ein Mann. Nicht ganz so groß wie der Uniformierte und

viel magerer. Sein Haar war mit den Jahren schütterer und grauer geworden, trotzdem konnte Lisa noch immer das satte Mittelbraun darin erkennen. Die Haarfarbe hatte sie von ihm geerbt.

Gefolgt von seiner Entourage, trat der Major auf die Treppe zu. Erst jetzt erkannte Lisa zu ihrem Erstaunen Línos Mouskouri neben einem der Polizisten. Was machte der denn hier?

Sogleich kam Bewegung in die Beamten der Kommandantur. Wie verwirrte Lemminge rannten sie die Treppe hinunter, zupften an ihren Uniformen und brüllten einander Befehle zu, die keiner befolgte.

Schließlich erschien auch Kommandant Antonakis auf den Stufen.

Sieh an, war er also doch da. Lisa hätte ihn sogar im Tarnanzug erkannt, einen Schnurrbart von diesem Kaliber vergaß man nicht.

Eilig trat er vor seinen Vorgesetzten und salutierte zur Begrüßung. »Major Skordilis, wir haben Sie nicht erwartet.«

Der Major deutete einen Salut an. »Das haben Blitzbesuche so an sich«, erwiderte er ungerührt, nahm die schwarze Mütze vom Kopf, klemmte sie sich in den Gürtel und warf einen Blick über das Meer von Sonnenschirmen. Zwei tiefe Furchen gruben sich zwischen seine Augenbrauen. »Ich hätte gern eine Erklärung hierfür, Antonakis.«

»Eine völlig harmlose Aktion. Ein Sitzstreik. Aber ich versichere Ihnen, wir haben alles unter Kontr…«

»Ich weiß, was die Leute hier wollen, das steht schließlich inzwischen in allen Medien«, schnitt ihm der Major das Wort ab. »Ich will wissen, warum es überhaupt dazu gekommen ist.«

»Wenn Sie erlauben, Herr Major«, meldete sich der magere Mann hinter dem Uniformierten mit ruhiger Stimme zu Wort.

Lisa hielt den Atem an.

Mit einem scheuen Lächeln deutete der Mann auf sie und sagte: »Ich glaube, meine Tochter kann diesbezüglich am ehesten Klarheit schaffen.«

»Hallo Paps«, krächzte Lisa, als sie ihrem Vater wenig später in dem auf sibirische Temperaturen heruntergekühlten Büro des Polizeiobersten gegenüberstand. Ihr Mund war wie ausgetrocknet, und die Zunge klebte ihr am Gaumen fest.

Das Lächeln lag immer noch auf Helmut Stadlers Lippen. »Lorchen. Es ist schön, dich zu sehen.«

Ach, wirklich? Nach viereinhalb Jahren? Doch sie verbiss sich die Antwort. Hier und jetzt war weder der richtige Ort noch die richtige Zeit für eine Auseinandersetzung. Außerdem musste sie sich auf Wichtigeres konzentrieren.

Zum Beispiel auf den breitschultrigen Mann in der Uniform der D. D. A. S. – der Division für internationale Polizeikooperation –, der dem Major wie ein stummer Schatten folgte und nun, die Hände hinter dem Rücken verschränkt, neben ihm stehen blieb.

»Nun gut.« Major Oréstis Skordilis, Oberbefehlshaber der Polizeikräfte der Regionalbezirke von Lasithi und Heraklion, setzte sich auf den Stuhl hinter dem massiven Holztisch und verschränkte die Hände. Vor ihm auf dem Tisch lag eine Dokumentenmappe, auf der in ordentlichen Buchstaben der Name »Charíalos Zoidakis« stand. »Kommen wir zur Sache. Ihr Vater hat mir schon einiges erklärt. Er sagt, Sie wären einem Onlinehehlerring auf die Schliche gekommen.«

Lisa trat vor, das Tablet mit den Beweisfotos in der Hand. In einer präzisen Erklärung fasste sie die Ereignisse der vergangenen Tage zusammen und ließ nach einem Moment des Zögerns auch kein Detail ihrer Vermutungen über die Beteiligung von Arís Antonakis aus. Es war eine riskante Angelegenheit, einen höheren Polizeibeamten eines Vergehens zu beschuldigen, das wusste sie sehr wohl, doch es blieb ihr keine andere Wahl.

»So ist uns die Idee des Sitzstreiks gekommen«, schloss Lisa schließlich ihre Erläuterungen. »Unter anderem wollten wir damit eine Anhörung bei Kommandant Antonakis erreichen, doch er hat wahrscheinlich erwartet, dass wir aufgeben, wenn er uns nur lang genug da draußen sitzen lässt. Nun, wir haben nicht aufgegeben.« Sie hob das Kinn und straffte die Schultern.

Major Skordilis hatte Lisas Ausführungen schweigend zugehört, lehnte sich nun mit einem heiseren Räuspern zurück und ließ den Blick zwischen Lisa und ihrem Vater hin- und herwandern.

»Sie ist Ihre Tochter, Professor Stadler, das lässt sich nicht leugnen. Hartnäckigkeit scheint bei Ihnen in der Familie zu liegen«, sagte er und verzog die Lippen zu einem kurzen, schiefen Grinsen.

An Lisa gewandt, fuhr er ernst fort: »Was Sie uns eben berichtet haben, bietet uns tatsächlich sehr wertvolle Informationen. Ich danke Ihnen.« Er deutete auf den Uniformierten neben sich. »Sie müssen wissen, dass mein Kollege und ich schon seit Jahren einer Interpol-Taskforce angehören, die dem illegalen Schmuggel unserer antiken Kulturgüter den Kampf angesagt hat. Mit der Hilfe Ihres Vaters konnten wir zum Glück bereits einige kriminelle Machenschaften aufdecken und verhindern.«

Verblüfft sah Lisa ihren Vater an. Hatte sie das eben richtig verstanden? Er arbeitete mit der Polizei zusammen und deckte Fälle von Antikenschmuggel auf?

»Wir werden uns umgehend um die Angelegenheit kümmern und Ermittlungen aufnehmen«, erklärte Skordilis weiter. »Was das Verhalten von Kommandant Antonakis betrifft, bleibt mir nur, mich bei Ihnen im Namen der gesamten Ellinikí Astynomia zu entschuldigen. Unsere interne Dienststelle wird entsprechende Maßnahmen ergreifen, darauf gebe ich Ihnen mein Wort.«

Dann nahm er die Dokumentenmappe, klopfte damit ein paarmal auf den Tisch und reichte sie Lisa. »Somit erübrigt sich wohl eine Fortsetzung dieser leidigen Geschichte – hoffe ich.«

Sie sah auf die Akte in ihren Händen. Dann zu dem Major. »Soll das heißen, dass Charis …«

»Er kann gehen«, unterbrach Skordilis sie und wedelte mit der Hand ungeduldig in Richtung Tür. »Und tun Sie mir den Gefallen und nehmen Sie seine Verwandten da draußen auch gleich mit, ja?«

KAPITEL 29

Oppah!

Die Nachricht löste einen Freudenapplaus aus, sobald Lisa mit ihrem Vater wieder nach draußen trat und die Familie informierte. Sofia küsste Lisa auf die Wange, Kalli umarmte sie so heftig, dass sie kaum noch Luft bekam.

Unschlüssig stand sie dann neben ihrem Vater und sah zu, wie in Windeseile die Sonnenschirme, Campingtische und Stühle zusammengeklappt wurden. Aller Familienbande zum Trotz waren zweifellos alle froh, dass der Sitzstreik endlich ein Ende hatte.

»Lorchen, ich …« – »Danke, dass du …«, fingen Lisa und ihr Vater gleichzeitig zu reden an.

»Du zuerst«, sagte er und steckte die Hände in die Hosentaschen. Da war es wieder. Jenes schüchterne Lächeln, dass die Fältchen an seinen Augen noch tiefer werden ließ.

Lisa presste einen Moment die Lippen zusammen. Es gab so viel Unausgesprochenes zwischen ihnen. Wo sollte sie anfangen? »Danke, dass du gekommen bist. Damit hätte ich nicht gerechnet«, sagte sie schließlich.

Helmut Stadler senkte den Blick. »Ich weiß, ich war wohl nicht gerade der beste Vater für dich.«

Ha, das war wohl die Untertreibung des Jahrhunderts. Ob er sich überhaupt bewusst war, wie sehr er ihr gefehlt hatte und wie sehr sie ihn all die Jahre gebraucht hätte? Dass sie ihre ganze Kraft nur seinetwegen in ihr Studium und ihre Arbeit investierte, in der Hoffnung, der berühmte Professor Helmut Stadler würde vielleicht doch noch Notiz von seiner Tochter nehmen? Und davon, wie weh es getan hatte, von seinen Erfolgen in der Fachpresse zu lesen und ihm nicht persönlich gratulieren zu können, obwohl sie so verdammt stolz auf ihn war? Das alles hätte Lisa ihm nur zu gern ins Gesicht geschleudert. Aber sie schwieg.

»Es tut mir leid«, flüsterte er und hob den Blick. Seine Augen waren so haselnussbraun wie in Lisas Erinnerung. »Es tut mir unsäglich leid, auch wenn ich nicht erwarte, dass du mir glaubst. Deine Mutter und ich … Es war nicht fair von uns, die Probleme unserer Beziehung auf dich abzuwälzen.«

Diese Erkenntnis kam reichlich spät. »Ich habe meinen Weg auch so gemacht«, sagte sie leichthin und hob das Kinn. Er sollte ruhig wissen, dass sie es trotz allem auch ohne ihn geschafft hatte.

Er nickte mit der typischen Bestimmtheit eines Gelehrten. »Ja, das hast du. Sehr gut sogar. Deine Abhandlung über den Bezug zwischen der minoischen und kypro-minoischen Schrift war wirklich durchdacht und ausgezeichnet recherchiert.«

Im diesem Moment bekam Lisas Schutzwall einen ersten Riss. »Du hast sie gelesen?«

»Selbstverständlich. Ich habe alle deine Arbeiten gelesen. So, wie ich auch deinen ganzen Werdegang verfolgt habe. Schon seit deinem Abitur und erst recht seit deiner Promotion.«

»Seit meiner …?« Wie bitte? Sie starrte ihn ungläubig an. »Willst du damit sagen, dass du bei meiner Promotion dabei warst?«

Er nickte. »Ich hätte es um nichts in der Welt verpassen wollen.«

Lisa schnappte nach Luft. »Aber … aber …« Mehr brachte sie nicht heraus.

Helmut Stadler hob die Hände und erklärte: »Ich weiß, was du jetzt sagen willst. Ja, ich hätte mich melden und auf deine Briefe und Mails antworten sollen, damit hast du völlig recht. Aber du musst verstehen. Nach der Scheidung hielten deine Mutter und ich es für besser, wenn ich auf Distanz gehe. Du solltest nicht das Gefühl haben, zwischen ihr und mir wählen müssen.«

»Zwischen Mama und dir wählen zu müssen?«, echote Lisa heiser.

Mit einem tiefen Seufzer legte er ihr beide Hände auf die Schultern. »Und dann waren auf einmal Jahre vergangen, und ich habe mich nicht mehr getraut, mich bei dir zu melden. Bis du aus heiterem Himmel angerufen hast.«

Er zögerte kurz, bevor ein Schmunzeln über sein Gesicht huschte. »Ach, Lorchen, wenn du wüsstest, wie stolz ich auf dich bin.«

Im selben Moment ertönten Applaus und Jubel von der Treppe her, und Lisa fuhr herum.

Charis. Von einem Polizisten flankiert, verließ er die Polizeikommandantur.

Sofort waren die Fotografen und Reporter zur Stelle. Doch gegen den heranstürmenden, freudig »Oppah« rufenden Familienclan aus Palekastro hatten sie nicht die geringste Chance.

»Ich hatte ganz vergessen, wie überschwänglich diese Kreter sein können«, hörte Lisa ihren Vater sagen.

Sie lächelte. Überschwänglich – ja, das waren sie. Und stolz und stur und auf eine so ehrliche Art herzlich, dass man gar nicht anders konnte, als sich in sie zu verlieben.

»Warum bleibst du nicht ein paar Tage hier?«, fragte Lisa spontan, bevor sie sich weitere Gedanken darüber machen konnte. »Auf dem Gutshof gibt es genug Platz, Sofia hat bestimmt nichts dagegen. Ich könnte dir Roussolakos zeigen. Außerdem würde mich deine Meinung zu einem neuen Suchschnitt interessieren, bei dem wir auf eine ungewöhnliche Mauerformation gestoßen sind.«

Einen Moment sah ihr Vater Lisa perplex an, bevor er strahlend nickte und sagte: »Ich kann es kaum erwarten. Aber zuerst will dich da wohl jemand sprechen.« Er deutete über Lisas Schulter.

Sie drehte sich um, und Charis stand vor ihr. Sie brauchte nur die Hand auszustrecken, um ihn zu berühren.

»Hey«, flüsterte er und trat noch einen Schritt näher.

Sie schluckte. »Hey.«

Er sah müde aus, dunkle Schatten lagen unter seinen Augen. Doch sein Blick war warm, und, Himmel, wie sehr ihr dieses Grinsen gefehlt hatte.

»Tut mir leid, ich habe wohl für etwas Trubel gesorgt.« Er zuckte entschuldigend die Schultern.

»Das macht nichts«, beeilte sie sich zu sagen. Wenn der dumme Kerl sie nur endlich küssen würde.

Zögernd strich er mit dem Daumen an ihrem Kinn entlang, bevor seine Miene ernst wurde. »Was immer du von mir denkst, Alíki und ich sind nicht verlobt, und was zwischen uns gewesen ist, ist lang her und hat nicht das Geringste mehr zu bedeuten. Die ganze Geschichte war alles nur Yiayiàs …«

Weiter kam er nicht, da Lisa sich auf die Zehenspitzen stellte und ihn küsste, während der Applaus rundum anschwoll.

An diesem Abend wurde auf dem Gutshof gefeiert, und nicht nur mit der Familie. Kurzerhand hatte Sofia sowohl Lisas Vater als auch das gesamte Ausgrabungsteam sowie – sehr zum Erstaunen aller – Línos Mouskouri mit eingeladen. So viele Leute, dass nicht alle auf der Terrasse Platz hatten.

Unten auf dem Vorplatz richteten Sotíris und die Cousins Costas und Petros eine Feuerstelle ein, über der schon bald ein saftiger, köstlich duftender Braten brutzelte.

Sobald die Sonne unterging, verbreiteten Lichterketten und unzählige Kerzen in alten Einmachgläsern auf der Terrasse und dem Hofplatz eine stimmungsvolle Atmosphäre.

All die fröhlichen Gesichter, das köstliche Essen und der Klang von Bouzouki und Lyra … Lisa konnte das Gefühl nicht beschreiben, das bei dem Anblick in ihr aufstieg.

Sie lächelte, als sie ihren Vater beim Lorbeerstrauch neben Sofia auf dem Stuhl sitzen sah, die ihm eifrig gestikulierend den Unterschied zwischen griechischer und kretischer Moussaka erklärte.

Auf der anderen Seite des Platzes versuchte sich Max unter Onkel Aléxios' und Línos' Anleitung im Tanzen, während Großonkel Stelios auf einer Holzbank unter dem Olivenbaum saß und zufrieden schmunzelnd mit dem Kopf zum Takt der Musik wippte.

Ein wohliger Schauer rieselte Lisa über den Rücken, als ein kräftiges Paar Arme sich von hinten um ihre Mitte legte und die vertraute dunkle Stimme sagte: »Ti kanis, psichí mou?«

Sie sah lächelnd auf. Frisch geduscht und ausgeruht, wirkte Charis wieder wie früher. Nur mit dem Unterschied, dass in seinem Blick auf einmal ein ganz anderes, intensiveres Funkeln lag, wenn er sie ansah – so wie jetzt.

Seufzend lehnte sie sich gegen seine Brust und genoss den

Moment. Sie hätte ewig so stehen bleiben können. Wenn ihr das jemand vor vier Monaten gesagt hätte, hätte sie ihn für verrückt erklärt.

Und zu ihrem größten Erstaunen brachte sie der eigentliche Grund für Línos' Erscheinen auf dem Gutshof nicht im Geringsten aus der Fassung.

Línos hatte nämlich bereits Nachricht von Major Skordilis bekommen. »Interpol hat eine Fahndung nach Nikos Georgios Joannou eingeleitet. Seine Festnahme ist wohl nur noch eine Frage der Zeit«, hatte Línos erklärt.

Somit stand Lisas Grabungsprojekt zwar erneut ohne Sponsor da, doch mit ihrer Sitzstreikaktion waren die lokalen Medien anscheinend derart elektrisiert worden, dass sich das Museum von Sitia kurzerhand dazu entschlossen hatte, das Patronat für Roussolakos zu übernehmen und Lisa eine Festanstellung als Kuratorin anzubieten.

Lisa hatte keinen Moment gezögert und zugesagt.

»Du willst also ernsthaft für das Wiesel Mouskouri arbeiten?«, fragte Charis und streichelte ihren Unterarm.

»Er ist etwas eigen, aber im Grunde kein übler Kerl«, erklärte sie und drehte sich um. »Außerdem heißt das, dass ich hier auf Kreta bleiben werde. Natürlich nur, wenn du nichts dagegen einzuwenden hast.« Dabei schaute Lisa ihn herausfordernd an.

Mit einer gespielt gleichgültigen Miene und einem Schulterzucken antwortete er: »Na ja, ich werde mich dann wohl an deine seltsamen Ausdrücke gewöhnen müssen. Nicht zu reden von deinem sehr fragwürdigen Musikgeschmack.«

Doch noch bevor sie darauf antworten konnte, küsste er sie.

»Nun lass sie zumindest atmen. Das kann man ja nicht mitansehen«, rief Kalli ihnen im Vorbeigehen zu.

Charis lachte dunkel. »Du verstehst nicht, Schwesterherz. Ich rette hier unsere Ruhe. Sonst fängt sie wieder mit ihrem Musiklärm an.«

Entsetzt riss Kalli die Augen auf. »Thée mou, bloß nicht. Ich kann dieses ›Walk like an Egyptian‹ nicht mehr hören.«

»Hallo, ich stehe hier«, rief Lisa lachend und boxte Charis in die Seite. »Und was habt ihr überhaupt gegen die Bangles einzuwenden. Die waren sehr erfolgreich.«

Im selben Moment traf es sie wie ein Blitz aus heiterem Himmel: *Walk like an Eyptian – Walk like a Minoan.*

»Amaltheias Ziegenhorn mit Zuckerwatte!« Mit einem Ruck riss sie sich von Charis los. »Ich habe eine Idee, wie wir eure Verkäufe vielleicht ankurbeln können«, sprudelte es aus ihr heraus. »Schnell, holt die anderen!«

»Olivenölseife aus Roussolakos – nach Rezeptur der antiken Minoer«, verkündete Lisa wenig später oben auf der Terrasse vor den gespannt wartenden Frauen und Charis. »Niemand sonst kann das von seinen Produkten behaupten. Und dazu könnten wir Seifensiedekurse anbieten. Auf dem Hof gibt es genug Platz dafür. Oder Kochkurse mit Zutaten aus dem eigenen Garten – alles hundertprozentig bio. Das suchen die Leute heutzutage. Und zu alledem gibt es noch einen Schnupper-Ausgrabungskurs im minoischen Palast von Roussolakos.«

Sie hob die Hand und malte den Slogan in die Luft »Villa Esperides – hier erleben Sie Geschichte hautnah.«

Das Grüppchen starrte Lisa schweigend und mit riesengroßen Augen an.

Bis sich Sofia als Erste erholte. »Vielleicht könnten wir den hinteren Teil des Nebenhauses umbauen und zusätzlich noch Übernachtungsmöglichkeiten anbieten«, sagte sie, an Charis gewandt.

Alíki nickte. »Und wir bräuchten zudem eine richtige Homepage.«

»Das kann ich machen«, rief Kalli und klatschte in die Hände.

»Die Idee gefällt mir.« Dimitras Augen strahlten.

Cousine Apollonia warf sich das Haar über die Schulter zurück. »Ich bin dabei.«

»Ich auch«, sagte Nefeli und hakte sich bei Sofia ein.

Einzig Charis hatte sich noch nicht geäußert. Die Arme vor der Brust verschränkt und mit undurchsichtiger Miene, stand er da, während alle Blicke gespannt auf ihn gerichtet waren. Als Familienoberhaupt traf er die Entscheidung.

Lisa biss sich auf die Unterlippe. Herrgott noch mal, warum sagte er denn nichts? Die Idee war gut – sehr gut sogar.

»Also schön«, sagte er endlich, »versuchen wir's. Vielleicht können wir auch ein paar Folklore-Tanzkurse anbieten.«

Und zum zweiten Mal an diesem Tag gerieten die Frauen der Familie Zoidakis in helle Aufregung.

»Danke«, flüsterte Lisa und drückte Charis' Hand.

»Dank mir nicht zu früh, denn du hast meine Bedingungen noch nicht gehört«, erwiderte er mit einem schelmischen Grinsen.

Sofort wurde sie hellhörig. »Und die wären?«

Er zwinkerte und zog sie näher zu sich. »Bald ist das Erntefest, und da wird wieder der Chaniótikos getanzt.«

Aber dieses Mal würde Charis ihn ihr persönlich beibringen, zusammen mit Lisas neuer Familie. Allerheiliges, kretisches Ehrenwort.

Oppah!

ANMERKUNGEN DER AUTORIN

Es heißt, dass einem die Kraft der Insel in die Adern dringt, sobald man Kreta zum ersten Mal betritt. So ähnlich ist es auch mir ergangen, als ich vor mehr als zwanzig Jahren zum ersten Mal auf Kreta gelandet bin. Seither sind viele weitere Besuche gefolgt, doch die Insel fasziniert mich jedes Mal von Neuem. Vielleicht wegen ihrer Schönheit, ihrer spannenden Geschichte und ihrer vielen, vielen gegensätzlichen Gesichter.

Ja, es fällt leicht, sich in Kreta und die Herzlichkeit ihrer Bewohner zu verlieben, die zu Recht stolz auf ihre Traditionen und ihre Kultur sind. Trotzdem hat es einige Jahre gedauert, bis die Geschichte um Lisa und Charis von meinem Kopf den Weg aufs Papier gefunden hat. Sie zu schreiben war jedoch, wie nach Hause zu kommen, und stellt nicht zuletzt auch meine ganz persönliche Hommage an eine meiner Lieblingsinseln dar.

Ich habe mich bemüht, den hohen Ansprüchen gerecht zu werden und ein realistisches Bild von Kreta, Palekastro sowie der tatsächlich existierenden Ausgrabungsstätte von Roussolakos zu zeichnen. Ich hoffe, es ist mir einigermaßen gelungen. Ein paar Kleinigkeiten seien an dieser Stelle jedoch angemerkt:

Das Fest der Agia Triada wird in Palekastro jeweils am 4. Juni gefeiert. Damit das Ganze in den zeitlichen Kontext passt, musste ich in dem Roman das Datum jedoch um ein paar Tage verschieben.

Die Finanzierungen archäologischer Ausgrabungen sind leider tatsächlich vielfach von externen Investoren abhängig. Ein Sponsorenvertrag mit solch skrupellosen Rückzugsklauseln, wie hier beschrieben, gibt es in Wahrheit zum Glück jedoch (hoffentlich) nicht. In der Regel können die finanziellen Mittel, einmal vertraglich festgelegt, auch nach Ablauf eines Termins nicht zurückgezogen werden. Aus dramaturgischen Gründen habe ich mir diesbezüglich eine kleine dichterische Freiheit erlaubt.

Wie bereits erwähnt, gibt es die Ausgrabungsstätte der minoischen Stadt mit dem Namen Roussolakos tatsächlich. Sie befindet sich nur etwa 1,5 km von Palekastro entfernt. Ebenfalls besteht seitens der Forscher die Vermutung, dass sich hier ein Palastbau verbergen muss, der die überdurchschnittliche Größe der Siedlung erklären würde. Die Suche danach geht allerdings noch immer weiter, womit auch das Mysterium bestehen bleibt, ob das antike Palekastro tatsächlich nach Knossos die wichtigste autonome Minoerstadt Kretas war.

DIE MINOER

Geschichte und Mythologie sind auf Kreta allgegenwärtig. Selbst wenn man die Insel als Badeferienurlauber besucht, ist es unmöglich, nicht über die eine oder andere Information über das Volk der Minoer zu stolpern. Über jene bronzezeitliche Hochkultur, die auf Kreta vor über viertausend Jahren entstanden ist und atemberaubende Palastbauten wie diejenigen von Knossos, Phaistos oder Kato Zakros, um nur ein paar zu nennen, hinterlassen hat. Entsprechend verschiedener Funde reichten die minoischen Einflussbereiche und Handelsbeziehungen nicht nur bis aufs griechische Festland, sondern noch viel weiter, bis nach Sizilien, Zypern, Ägypten und Mesopotamien. Inzwischen verhärtet sich auch immer mehr die These, dass die Minoer unter ihrem mystischen König Minos im 16. Jahrhundert vor Christus die erste Seemacht im Mittelmeer errichteten.

Wenn wir schon von König Minos sprechen: Gemäß der griechischen Mythologie war er der Sohn von Zeus (der übrigens – der Zufall will's – ebenfalls auf Kreta geboren sein soll) und Europa. Ihm verdanken wir unzählige bis heute überlieferte Sagen. Wie zum Beispiel die des Minotauros, eines menschenfressenden Ungeheuers, halb Mensch, halb Stier, der von Minos in einem eigens dafür gebauten Labyrinth gefangen gehalten wurde. Dieses soll, so die Legende, unter dem Palast von Knossos liegen.

Entgegen aller Vermutung ist der Name »Minoer« jedoch tatsächlich auf den deutschen Archäologen Arthur Milchhoefer zurückzuführen, der bereits im 19. Jahrhundert eine bronzezeitliche Hochkultur auf Kreta vermutet und diese aufgrund des in der Theseus-Sage erwähnten Königs Minos kurzerhand »Minoische Kultur« genannt hat. Der Begriff ist später von dem britischen Archäologen Sir Arthur John Evans aufgegriffen worden, der den Palast von Knossos im Jahr 1900 freigelegt und diesen aufgrund der aufgefundenen labyrinthartigen unterirdischen Gänge ebenfalls Minos zugeschrieben hat.

Über Minos und die Kultur der Minoer gäbe es noch viel mehr zu erzählen, was jedoch hier den Rahmen sprengen würde. Wer sich für das äußerst spannende Thema interessiert, dem empfehle ich:

Antonis Vassilakis, *Minoisches Kreta – Vom Mythos zur Geschichte,* 1999 im Verlag Adam erschienen

Lesley Fitton, *Die Minoer – Völker der Antike,* deutsche Ausgabe 2004 im Verlag Konrad Thieß erschienen

ZUM SCHLUSS

Wie immer gibt es einige Personen, bei denen ich mich für ihre Mithilfe und Unterstützung bedanken möchte.

Nina Hübner und Hannah Paxian vom Knaur-Verlag und Ilse Wagner, die mitgeholfen haben, aus einer Idee eine richtige Geschichte zu stricken.

Meine Testleserinnen Ilona Schmidt und Diana Menschig, die mich mit ihren hilfreichen und kritischen Bemerkungen immer wieder auf den Boden der Realität zurückholten.

Efi Zekou, meine kretische Arbeitskollegin, und ihre Mutter, die Insidertipps und die nachfolgenden leckeren Rezepte geliefert und oft herzlich gelacht haben, wenn mein Griechisch einmal mehr eher in Richtung Kauderwelsch abgedriftet ist. Efcharistó polí!

Ein großer Dank geht vor allem an die Mitglieder meiner Familie, die mich während der Schreibphasen trotz meiner unmöglichen Launen ertragen und nicht aufhören, mich zu ermutigen.

Und das nächste Mal wird's auch ein Schaf geben, Kusi – versprochen!

DIE KÜCHE KRETAS

Man kann nicht über Kreta schreiben, ohne auch die köstliche lokale Küche zu erwähnen. Diese unterscheidet sich auf eine ganz eigene Art von derjenigen des griechischen Festlandes oder der anderen Inseln: Sie ist rustikal und basiert hauptsächlich auf Gemüse, aromatischen Kräutern, Früchten sowie verhältnismäßig wenig Fleisch. Ein wahrer Gaumenschmaus! Deshalb und weil ich Sie schon während des Lesens dieser Geschichte mit der Erwähnung der vielen Spezialitäten gemartert habe, will ich Ihnen wenigstens zwei leckere Rezepte nicht vorenthalten.

GEMÜSETOPF MIT TOMATEN UND AUBERGINEN

(Laderó – Λαδερό)

(für 4 Personen)

Zutaten:

- 3 mittelgroße Auberginen
- ½ Tasse Olivenöl bzw. 10–12 EL
- 1 mittelgroße Zwiebel, gehackt
- 1 gestrichener TL Zucker
- 2 Knoblauchzehen
- 1 EL Tomatenkonzentrat
- 6 große Kartoffeln, in Würfel geschnitten (festkochend)
- 2–3 Lorbeerblätter
- 1 kg Tomaten, gerieben
- Salz und Pfeffer zum Abschmecken
- glatte Petersilie, klein geschnitten, nach Geschmack

1. Die Auberginen in nicht zu kleine Würfel schneiden (eine Aubergine sollte ungefähr 8–10 Würfel ergeben), diese mit der Hälfte des Olivenöls beträufeln, gut durchmengen und dann im vorgeheizten Backofen (ca. 200 °C) backen, bis sie goldbraun sind.
2. Das restliche Olivenöl in einem Topf erwärmen und die Zwiebel darin 2–3 Minuten lang leicht anbraten. Mit dem Zucker bestreuen und gut vermengen, damit sich die Süße verteilt. Die Knoblauchzehen in Viertel schneiden und mit dem Tomatenkonzentrat, den Kartoffeln und den

Lorbeerblättern vermischen. Ein paar Minuten köcheln lassen.

3. Nun die geriebenen Tomaten hinzufügen, etwas warmes Wasser zugeben und zugedeckt ungefähr 35 Minuten auf mittlerer Hitze köcheln lassen. Schließlich die Auberginen hinzufügen und das Ganze für weitere 15 Minuten köcheln lassen.
4. Zum Schluss mit Salz und Pfeffer nach Belieben abschmecken und die geschnittene Petersilie darüberstreuen.

FRIKASSEE MIT SCHWEINEFLEISCH AN ZITRONE

(Frikase me avgolemono – Φρικασέ με αυγολέμονο)

(für 4–5 Personen)

Zutaten:

- 1 kg mageres Schweinefleisch (am besten vom Rücken)
- Salz und Pfeffer
- 50 g Mehl
- 500 g Lauch
- 1 Knoblauchzehe
- 1 Zwiebel
- 6–8 EL Olivenöl
- 100 ml Weißwein
- 1 Würfel Hühnerbrühe
- 1½ l warmes Wasser
- ½ kg Stangensellerie
- 3–4 Frühlingszwiebeln
- ½ Bund Dill

- Schale und Saft von 2 Biozitronen
- 2 Eier
- Salz und Pfeffer

1. Das Fleisch in Würfel schneiden, mit Salz und Mehl vermischen und ein paar Minuten ziehen lassen.

2. In der Zwischenzeit den Lauch, den Knoblauch und die Zwiebel klein schneiden.
3. Das Fleisch in einer großen Pfanne mit der Hälfte des Olivenöls andünsten und dann beiseitestellen.
4. Das restliche Öl in einem großen Topf leicht erhitzen, den geschnittenen Lauch, Knoblauch und die Zwiebel darin in 3–4 Minuten glasieren. Dann das Fleisch hinzugeben und gut vermischen.
5. Anschließend den Weißwein beifügen und aufkochen lassen. Nachdem der Alkohol verdunstet ist, den Würfel Hühnerbrühe sowie das warme Wasser dazugeben. Mit Salz und Pfeffer nach Belieben würzen und zugedeckt auf mittlerer Hitze ungefähr 1 Stunde köcheln lassen.
6. Danach nur das gewaschene und gehackte Selleriegrün sowie die Frühlingszwiebeln in den Topf geben und zugedeckt weitere 20 Minuten köcheln lassen.
7. Die abgeriebenen Zitronenschalen mit dem Zitronensaft, den Eiern sowie Salz und Pfeffer in einer Schüssel mit einem Schneebesen gut vermischen.
8. Den Topf mit dem Fleisch vom Herd nehmen und ein wenig abkühlen lassen, bevor die Eiermasse löffelweise beigegeben wird. Dass Ganze zum Schluss vorsichtig untermischen und warm servieren.

Kalí órexi! – Guten Appetit!